루도비코의 사람들

달아실한국소설
18

루드비크의 사람들

김홍정
장편소설

달
아
실

|차례|

어재동댁. 루치아. 그녀를 기억하는 사람들은 없다. 순교자를 기억하는 그 숱한 비문과 기록 어디에도 루치아의 흔적은 남아 있지 않다. 어쩌면 간난이, 끝말네, 남당포댁, 혹은 무명씨로 남은, 누구라고 할 수도 있고, 그도 아니라고 할 수도 있겠다. 그러나 미루어 짐작조차 할 수 없는 여인은 아니다. 루치아는 내포사도 이존창 루도비코의 여식으로 이존창이 공주감영 황새바위에서 죽임을 당한 후에도 교우들을 찾아다니며 아버지 루도비코의 말을 들은 대로 전하는 작은새 루치아라고 불리었다. 강진 남당포로 흘러들어와 어재동댁이란 이름을 가지게 되었다.

어재동댁에 대해 다산 정약용의 제자들은 애오라지 정성을 다했고, 남당포 사람들도 초당의 여인으로 여겼다. 어쩌면 소리꾼이거나 남당포 여자 등으로 알려질 수도 있겠으나 초당에 들어와 허드렛일과 살림을 맡았고, 홍임 어미가 된 이야기를 알고 있기 때문일 것이다. 다산이 남긴 시 「남당사南塘詞」 중에 "남당 물가 저 사람南塘江上是儂家", "뱃노래를 잘 부르는 어린 여자南塘兒女解舟歌"란 노랫말로 미루어 다산의 기억 속에 오래 남아 회한이 되었으리라 여길 수도 있겠다.

1. 회혼연[1]

병신년(丙申年, 1836년) 이월 초사흘

황상黃裳은 이른 새벽, 마루로 나와 빙 두른 산자락을 둘러봤다. 어둠이 조금씩 옅어지면서 차가운 기운이 울타리를 타고 넘어와 뼛속까지 스며들어 무릎이 시리다. 어제 종일 내린 비로 골짜기 물소리가 제법 사납다. 까닭 없는 소쩍새 소리도 산자락을 넘는다. 아내가 어린 손주들을 데리고 자는 방은 아직 기척이 없다. 큰아들 남웅의 아기들 잠투정에 밤새 시달리고 새벽에나 겨우 잠들었을 것이다. 남웅이 태어났다는 말을 듣고 스승 다산은 내 손자와

---

1 회혼연回婚宴 : 혼인 후 60년이 지나 베푸는 잔치.

다를 것이 없다고 좋아했다. 다산은 허투루 내뱉는 말을 경계했다. 하지만 남웅에 대하여는 간절했다. 그 남웅이 아이들을 낳은 것을 다산은 알 리가 없다.

다산이 초당을 떠나 두릉[2]으로 돌아가던 날 황상은 스승 앞에 머리를 조아렸다. 다산은 여름이 지났으나 아직 녹음이 짙은 초당 밖 동백나무 숲을 보다가 입을 열었다.
"동백꽃을 다시 볼 수 있을지."
"갈 길이 멉니다요."
"그래야겠지. 산석[3], 자네가 고생 많았네. 사소한 일에 얽히지 말고. 잊지 마시게."
다산은 아전으로 먹을 것을 구하는 것을 구차하게 여겼다.

아들 남웅은 벌써 일어나 책을 읽고 있다. 남웅이 소과에 응시하겠다는 말을 들은 이후 황상은 걱정이 앞선다. 학문에 깊게 들어서지 못하였으니 굳이 나서지 말라 만류했지만, 정진하겠다는 아들의 말을 듣고 더는 그만두라고 강요할 수는 없었다. 저러다가 제 뜻을 이루지 못하고 아전으로 나서지 않을까 두렵다. 문득 다산의 말이 새롭게 가슴을 저민다.

---

2 두릉杜陵 : 정약용의 집이 있는 곳. 남양주시 조안면 능내리. 음차로 마재라고도 함.

3 산석 : 황상의 아호

힘든 짐을 내려놓고 꽃을 가꾸고 시를 짓게. 사람이 먹을 것과 입을 것을 걱정하여 몸을 가두는 일은 안타까운 일이네.

아비 황인담의 뒤를 이어 아전 자리를 꿰차고 앉은 제자 황상이 못마땅해 던진 말이다. 다산이 떠난 후 황상은 아전을 그만두고 식솔들을 데리고 백적산으로 들어왔다. 백적산으로 들어온 이후 강진읍성을 드나들던 발걸음도 끊었다. 책을 읽고 글을 쓰고 살며 산에서 내려오지 않았다. 남웅도 군소리 없어 아비를 따라 책을 읽고 글을 쓰며 때때로 밭을 일구고 산채와 약초를 구하는 일에 전념했다. 미황사에 머물던 색성[4]에게 찻잎을 덖고, 약재를 다루고 침술을 익혀 이립[5]에 이르자 제법 환자를 보살필 줄 알게 되어 살림에 보탬이 되었다.

강진에서 다산이 머무는 두릉까지는 천릿길이다. 가본 적이 없는 낯선 곳을 다녀올 수 있을지 걱정이 앞선다. 그렇지만 다산이 보낸 편지의 끝 구절이 사무쳐 잊을 수 없으니 모르는 척할 수가 없다.

---

4 색성賾性 : 다산의 절친인 혜장의 제자로 다산초당으로 차를 보내고 다산에게 시를 배운 승려.

5 이립而立 : 나이 30세를 일컫는 말.

내가 아침저녁으로 아프다. 내 부고를 들으면 너는 머무는 산속에서 한 차례 울어라.

그동안 다산의 편지를 받고도 황상은 백적산을 내려오지 않고 열일곱 해를 지냈다. 지난겨울 다산은 큰아들 학연의 이름으로 다시 소식을 전해왔다. 다산의 나이 이제 일흔다섯으로 병신년 이월 스무이틀에 회혼연을 열겠다는 소식. 더는 미룰 수 없다.

어둠이 가시기 전, 황상은 집을 나섰다. 어재동댁이 사는 초당까지는 하루거리다. 말을 전하고 곧장 되돌아와도 집에 이를 때는 하룻밤이 지나고 바다 안개 속으로 햇살이 비칠 것이다. 서둘러 걸음을 재촉했다. 주변은 변한 것이 없다. 당곡을 지나고 정수사 경내로 들어서는 길을 돌아서 마을로 향하다가 잠시 멈추고 맑은 물로 얼굴을 씻었다. 걸어온 길을 둘러싼 신매등이 석벽이 곧장 시야를 가린다. 옥녀가 신매등이에 묻힌 지아비를 그리며 저녁마다 머리를 풀고 운다는 곳. 옥녀의 울음이 스산하고 한이 사무쳐 사람들의 혼을 빼간다는 이야기가 있어 좀처럼 사람들이 들어와 살지 않는 곳이다. 황상은 바닷길로 나서면 초당으로 가는 거리를 줄일 수 있으나 부득이 탐진강을 건너 읍성에 들를 참이다. 탐진강과 바다가 만나는 길목으로 몰아치는 바람이 제법 매섭다. 산자락을 이어 가는 칠량 바닷길은 바람이 거세고 파도가 사나워 뱃길이 익숙하지 않은 사공은 감히 나서질 않는 곳이다. 자칫 섣불리 바다로 배를 띄웠다가 파도에 휩쓸리면 나중을 기약할 수 없을 터. 바람을 맞는 황상의 얼굴이 검붉다. 탐진강을 건너기 위해 사공이 원하는 대로 배를 타려는 사람이 모이길 기다렸다.

"이속[6] 어른, 꼭두새벽에 집을 나선 모양이지라. 서너 사람이 모이면 함께 건너십시다요. 금방 모일 거고만요."

사공에게 몇 푼이라도 더 집어주면 얼른 배를 낼 것이지만 빈 주머니라 달리 방법이 없어 기다리기로 한다. 한참을 기다린 후 두 사람이 달려와 사공에게 푼돈을 더하자 선뜻 노를 잡는다. 배는 썰물을 타고 갈대숲 언저리에서 칠량 바다로 마구 밀린다. 사공은 아랑곳하지 않고 갈대숲으로 노를 젓는다. 겨우 바위 뒤 모래톱으로 배를 댄다. 모래톱에는 제멋대로 자란 마른 갈대들이 바람에 사납게 휘날린다. 황상은 베를 여러 겹 덧댄 목도리를 단단히 동인다.

황상은 곧장 동문 주막 사의재四宜齋로 향했다. 다산의 제자 황지초와 윤종삼이 연락을 받고 와서 기다리고 있을 것이다. 황상은 주막으로 들어서기 전 우물에서 물 한 바가지를 떠서 입안을 가셔낸 후 물을 마셨다. 다산이 으레 하던 대로 따라 하는 버릇이다. 동문 우물에 그림자로 비치는 느티나무 등걸을 바라보며 다산이 앉아 있던 평상에 걸터앉았다. 인기척을 느낀 주막집 여자가 황상을 알아보고 부엌에서 나와 고갤 숙여 절한다.

---

6 이속吏屬 : 지방 관아에 속한 하급 벼슬아치. 아전.

"나가 이런 속알머리 옲는 여편네라요. 이속 어른께서 오신 줄도 몰랐지라. 함께 공부허시던 두 양반께서는 벌써부터 지다리고 지시던디 두 양반 다 눈 빠지셨당게요. 근디 당체 다니시지 않더니 어짠 일로 성안 나들이를 허신지라?"

"두릉에 일이 있어서 왔네."

"두릉요? 어짠지 뭔 일 있는갑다 했지라. 어서 방으로 들어가시요. 저 양반님들 한참 지둘렀다요."

"근디, 홍임 어미는 가끔 들르시는가?"

"웬걸요. 스승께서 초당에 지실 때는 스승을 찾아오는 양반님들께 드리라고 철철이 비린 것들을 끊이지 않게 주시더만, 인쟈는 코빼기도 드밀지 않는다요. 한참 동안은 남당포에 어물전을 내고 돈께나 만진 것으로 아는디, 시방은 그도 뭐시여 그 오라비가 맡어서 다 헌다고 헙디다요. 그렇게 뭐 해 먹구 사는지두 모르지라."

"그런가? 그러실 분이 아닐 턴디. 성안 나들이를 아니 허시니 그러시것지. 서운허다 말게. 탁배기나 한 잔 주게."

"서운할 것은 옲지라. 그분 덕 보고 사는 게 하루이틀도 아니고라. 어서 들어가쇼이. 지난 장여라. 까치내에서 징거미새우를 훑어 잡았다고 가져왔어라. 탕으로 끓이니 실헙디다요. 얼른 덥힐 것이요. 어서 안으로 들어가시랑게요?"

"그려, 그리하세."

황상이 방안으로 들어서자 황지초와 윤종삼이 일어나 절했다.

"성님 모습이 많이 상허셨소. 밭일일랑 너무 나서지 마쇼. 남웅 조카님이 제법 용허다고 소문이 났습디다요. 살림 걱정은 인저 안 혀도 될 것인디요."

"그려. 그럴라구 허네. 몸이 옛날 같지 않은게. 나도 일은 그만 헐 라고 허네. 남웅이도 일 그만 허라고 잔소리여. 그런 사람이 소과를 보겠다는디 달리 편들 일이 있어야지. 그러니 밭일이라두 허야지 별수 있겄남."

"조카가 소과를 본다고헌게로 맘이 든든허요. 우리네는 늘 헛일 이었지라. 서운혀도 어짤 수 읎는 일이고, 근디 성님 두릉 가신단 소릴 들었지라. 뭔 일 이래요?"

"긍게, 어찌 이참에 가볼라 허는디 자네들도 같이 가실라는가?"

"저희들이야 다녀온 지 얼마 안 되었지라. 할 일도 태산 같고 요……"

황상은 두 사람의 말을 듣고 예상했던 것과 다르지 않아 고개를 끄덕였다.

"그려, 그렇겄지. 자네들 뜻이 어떤지나 물으려고 부른 것인게. 내가 그간 두릉을 댕겨 오지 않아서 여간 죄송헌 것이 아니었네. 길이야 낯설지만, 스승께옵서 회혼연을 여신다니 이참에 다녀올 것 이네. 그리 아시게."

"회혼연이랍디여? 아따 좋은 일이네요. 그럼 뭐라도 챙겨서 보내 야쓰겄소."

"그럴라는가. 그런다믄 스승께서도 좋아허시겠지."

모처럼 세 사람은 막걸리를 나눠 마셨다. 여러 할 말이 없는 것이 아니었으나 황상이 일체 다산의 일에 나서지 않고 있던 터라 두 사람은 황상에게 말을 아꼈다. 황상이 자리에서 일어서자 두 사람도 따라 일어섰다.

"먼저 가실랑가요? 주막네가 귀헌 징거미국을 냈는디 한잔 더 하시잖고요? 모처럼 나오셨는디."

"아닐세, 길이 머네. 초당에 들렀다가 백적산으로 돌아가야 허거든."

"그럼 저희들은 스승께 보낼 전복이나 챙겨서 여그 사의재에 맡겨둘라요. 가시는 날 꼭 챙기시고요."

"그리 허시게."

황상이 초당에 이른 것은 해가 중천이 지났을 때다. 초당은 단정했다. 다산이 머물고 있을 때보다 마루는 더 반질반질 빛이 나고 여인네 혼자 사는 집이라고 볼 수 없을 정도로 장작도 마루 아래 그득했다. 베틀에 앉았던 홍임 어미는 황상의 기척을 듣고 문밖으로 달려 나왔다.

"이속 어르신께서 어인 일로 초당까지 발걸음을 하셨소?"

"무고하셨는지라? 스승께서는 자주 연락을 주시는가요?"

황상은 홍임 어미 어재동댁이 비록 근본이 다르고 선친의 뜻을 따라 누이로 삼았다 하더라도 스승 다산의 측실이고, 홍임이 다산의 서녀임을 모르지 않으니 스승에 대한 예의로라도 하대할 수는 없었다. 황상은 평소 다산이 거하던 방으로 들어가 자리에 앉았다. 아랫목에서 이불을 덮고 자고 있던 아이가 제 어미의 재촉으로 일어나 급하게 절한다. 제법 사내의 씩씩한 기상이 보인다. 절하고 일어섰다가 다시 물러나 자리에 앉는 모습을 보니 다산의 모습이 엿보인다.

"저런, 웬 땀을 그리 흘리누? 어디 아픈 것이냐?"

"제 누이 몰래 돼지를 잡는다고 뒷산으로 나돌더니 그만 고뿔이 들었나 보오."

"돼지를 잡아야? 어허, 멧돼지가 제 놈을 잡겠구먼. 으흠, 그래 뒷산을 오르내렸으니 동백꽃이 들었드냐?"

"이달 말이면 필 것이옵지요."

어재동댁은 서둘러 아이의 행적을 둘러댄다. 황상은 굳이 알려고 하진 않았으나 아이가 배를 타고 장사치들을 따라다닌다는 것을 알게 된 후 영 마뜩하지 않아 아이에 대해 말하지 않았다. 답하는 아이의 눈이 제 어미를 닮아 크고 곱다. 바닷길에서 초당에 이르는 길과 초당에서 백련암으로 이르는 길은 어디나 동백나무 숲이다. 한겨울 만복산을 넘던 높새바람이 마파람으로 바뀌면 눈이 그치게 되고 동백나무는 감추었던 붉은 꽃눈을 드러낸다. 그러다가 어느 순간 붉은 꽃을 피우고, 어쩌다 사나운 바람이 불면 한꺼번에 후드득 떨어진다. 그렇다고 꽃이 피었다가 지는 기간이 짧은 것은 아니다. 꽃은 피었다가 곧 질 것이나 가지마다 맺은 꽃들이 제각각이어서 동백나무는 한동안 산을 붉게 물들일 것이다. 다산은 동백나무 꽃눈이 나무에 매달린 눈덩이 속을 비집고 나올 때와 꽃잎이 떨어질 때를 기다려 어김없이 숲을 거닐었다. 어쩌면 동백나무 숲을 매일 거닐며 그때를 기다렸는지도 모를 일이다.

"몇 나무에서 꽃눈이 나왔는데 온통 눈을 뒤집어썼더라고요."

어재동댁은 황상이 갑자기 찾아온 이유가 있을 것이라 여기고 말을 돌렸다.

"이 아이 이름은 지어주시던가요?"

"아직, 그냥 만덕산 오르는 것을 좋아하니 만덕이라 부르고 있지요."

"그런가……."

황상은 아이의 모습을 찬찬히 살폈다. 스승의 모습이 분명하다. 황상은 문득 어재동댁의 눈빛이 흐려지는 것을 보았다. 다산이 이 아이에 대해 알고 있는지 궁금했다. 천륜을 어길 수는 없는 일, 문득 두릉으로 가는 길에 만덕을 데려가야겠다는 생각이 들었다.

"스승께 이 아이에 대해 말씀이나 드렸는지요?"

"연락을 끊으신 지 십여 년이 지났으니까요."

"그럼 모르신다고요?"

황상은 고개를 가로저었다. 맺고 끊는 것이 분명한 다산이었다.

아무래도 홍임 어미가 몸을 풀 것 같소이다. 짐승도 몸을 풀 때는 스스로 때를 알고 품을 자리를 마련한다고는 했으나 혼자 그 일을 어찌 감당할지…….

초의 선사가 대흥사로 자리를 옮기며 걱정하던 말을 듣고 미역 꾸러미를 챙겨 만덕산을 오르던 황상은 산고를 참아내는 골짜기 바람 소리를 기억했다. 두릉에서 돌아온 이듬해 여름 홍임 어미는 홀로 초당에서 몸을 풀고 만덕을 얻었다.

"그래 살림은 어찌하시오? 주막에서 들으니 남당포 전포에도 나가지 않는다고 들었지라."

"두고 가신 논에서 쌀 세 가마를 얻고 있으니 넉넉하지는 않더라도 굶지는 않지요. 게다가 찻잎을 덖어서 아이가 쓸 지필묵을 사고, 천지사방에 버섯이며 산나물이니 먹을 찬거리야 걱정할 일이 아니지요. 굳이 나가지 않더라도 남당포 전포에서 보내주는 것도 소홀하지는 않고요."

황상은 고개를 끄덕였다. 다산은 강진을 떠나며 벼 소출이 제법 넉넉한 대천들 다섯 마지기와 청룡들 네 마지기를 더해 모두 열여덟 마지기의 논을 두고 떠났다. 강진에 남은 제자들이 소작을 맡겨 가을걷이가 끝나면 소작료로 받은 것을 두릉으로 먼저 보내고, 그중 쌀 세 가마를 떼어 초당으로 보내고 있었다.

"글은 배우고 있는가?"

"스승께옵서 남기신 아학편兒學編은 읽었고, 두고 가신 서책들을 읽고 있사옵지라요."

황상이 묻자 만덕은 또박또박 답했다. 스승이라는 말을 듣자 황상은 문득 다산이 자신을 처음 만나던 날 가르침으로 주었던 삼근계[7]가 생각났다.

산석은 비록 둔하여 막히고 답답하더라도 파고들면 구멍이 넓어지고 막힌 것이 터져 빛이 나고 알게 될 것이니 부지런히 공부해야 한다.

황상은 만덕에게 더 말하지 않았다. 스승의 피를 얻었으면 스스로 문리를 트게 되어 알 것은 알게 되고, 버릴 것은 가려서 버릴 것이고, 둘 것은 흐트러짐 없이 둘 것이 분명하다. 그래도 자꾸 묻고 싶은 마음이 앞선다. 황상은 그 또한 뒤로 미뤄두기로 한다. 두릉까지 갈 길은 멀고 시간은 넉넉할 것이니, 아이를 데리고 가며 말벗 삼아 묻고 싶던 말이 있으면 그때 물어도 족할 것이다. 황상은 남은 차를 마시고 일어서려 했다.

"가야것소. 스승의 회혼연이 이달 스무이틀이라 헙디요. 스승께서 두릉으로 들르라 허시니 다녀올 참이요. 달리 전헐 말이라도 있으면 전헐까 허여 초당에 들른 것이요. 잘 새겨두었다가 아이에게 들려 보내면 스승께 전헐 것이요. 스승의 마음이 늘 초당을 잊지

---

7   삼근계三勤戒 : 다산이 어린 황상에게 가르침으로 준 부지런하고 부지런하고 부지런하라는 말.

않으신 것을 알고 있으니 허는 말씀이요. 그러고 이참에 만덕을 두릉으로 데리고나 갈까 허는디 어떨지?"

어재동댁이 숙였던 고개를 들었다.

"이속 어른께서 데려가시려고요?"

"그러는 것이 좋을 것 같으요. 피는 속일 수 없고, 보시면 알아볼 것이요."

어재동댁은 황상의 말을 듣고 눈물을 흘렸다.

'달라질 것은 없으리라. 어차피 두릉에 아이를 들일 수 없을 터, 공연한 걸음이 될 것이 분명할지라도 아이에게는 어르신의 얼굴이라도 뵙는 것이 훗날 힘이 될 것이라.'

어재동댁은 만덕을 이참에 보내 다산을 뵙게 하리라 다짐했다.

"두릉 가는 길이 족히 보름은 걸린다고 허요. 가고 오자면 한 달이 될 것이고. 무사허다면 만발한 꽃들이 질 때쯤에 돌아올 것이요. 아이를 보내려면 채비혀서 모레 진시[8]에 동문 사의재로 보내시지라."

황상은 서둘러 일어섰다. 해가 만덕산 등성이를 넘지 않았으나 포구를 건너기 전에 어두워질 것이다. 길이 멀다. 동백나무 숲길로 들어섰다. 숲길 끝 큰절 선방에 초의는 동안거에 들어가 있을 것이다. 동백꽃이 피면 선방을 나설 것이니 초의를 만날 수 있으리라 여겼다. 초의와 황상은 다산에게 시문을 공부한 제자였다. 초의는

---

8 진시辰時 : 오전 8시경.

먼저 학습을 시작한 황상보다 여러 해 늦게 배운 시문으로도 황상을 압도했다. 황상은 초의의 탁월한 솜씨에 놀라고 부러웠다. 황상과 달리 초의는 다산의 가르침에 선뜻 나서지 않았다. 그저 뜨뜻미지근한 태도로 일관했다. 다산의 훈계는 예리했다. 다산은 황상의 시문에 대해 나무라지 않았으나 초의에게는 오로지 질책뿐이었다.

임금의 명을 받은 장수가 싸움에 나서는 것처럼 독서하라.

초의는 다산의 당부를 건성으로 들었다. 논어를 읽어야 하는 시간보다 찻잎을 덖는 일에 더 뜻을 두었다.

초의의 선방은 굳게 닫혀 있다. 아예 들어서는 초입에 장대를 걸어 선방 마당으로 들어서는 것조차 막았다. 황상은 걸어놓은 장대 앞에 서서 한참을 망설이다가 돌아섰다. 초의를 만나기 위해서는 아무래도 동백꽃이 피어야 할 것 같았다.

황상이 돌아간 후 어재동댁은 한참 초당 밖에서 서성거렸다. 무엇보다 황상이 다산의 회혼례를 전하며 만덕을 데리고 다녀오겠다는 말이 고맙기도 하지만 한편으론 두렵고 걱정스러운 일이다. 한 달 넘게 걸릴 오가는 기간도 걱정이지만 다산은 물론이거니와 두릉 윗전 가솔들이 만덕을 어찌 대할지 알 수 없었다. 홍임 어미로 사는 것은 두릉에서도 모르지 않을 것이고, 그동안 해마다 떼어주는 소작미로 미루어 홍임에 대해 인정이 깊은 것을 알 수 있으나 만덕에 대해서는 생각이 다를 것이라 여겼다. 다산은 두릉으로 돌아간 후 초당에 들른 적이 없고, 초당으로 서신 한 장 보내지 않았다. 그저 두릉에 다녀온 제자 황지초와 윤종삼의 손에 들려 보낸 옷감이나 돈으로 다산의 정을 미루어 짐작할 뿐이었다. 제자들도 스승에게 만덕에 대해 말하진 않았을 것이다.

두릉에서 돌아와 어린 홍임을 데리고 초당에 머문 이후 한동안 마음이 편하지 않았다. 게다가 초당으로 돌아와 겨울을 나고 만덕을 낳은 후 가끔 들르던 제자들은 아예 발을 끊었고 오로지 황상만이 어쩌다 들렀을 뿐이다. 초당에서 아이들을 기르고 사는 일은 온전히 어재동댁의 몫이었다. 초당을 나가 남당포 난전으로 돌아가고 싶은 마음도 없지 않았으나 홍임과 만덕을 난전의 아이들처럼 기를 수는 없었다. 다행히 백련암 스님들이 아이들에게 애정을 보였고, 아이들도 수시로 백련암에서 스님들에게 글과 그림을 배우고 찻잎을 덖는 일을 스스럼없이 배우게 되어 다행으로 여겼다. 물론 아이들은 자라면서 제 할 일을 미루지 않고 제때하고, 남매가 서로 돕고 의지하는 모습이 남달라 마음을 놓을 수 있었다.

아이들이 자라면서 어재동댁의 초당 살림살이는 날로 안정되었다. 어재동댁은 초당으로 들어오기 전 일하던 남당포 전포에 온 정신을 쏟았다. 물론 다산이 강진으로 돌아오지 않을 것이고, 자신도 두릉으로 돌아갈 수 없다는 생각은 바뀌지 않았다. 비록 다산에게 의지하는 마음을 접고 있으나 두릉을 떠나올 때 홍임을 잊지 않으리라는 말을 듣고, 다산이 큰 산임을 확신했다. 그러나 이제 황상이 만덕을 데리고 다산에게 가려고 한다. 황상의 깊은 마음을 생각하면 생각할수록 고마우나 이후 벌어질 번거로울 일들로 여간 불편하지 않다. 그렇다고 마음을 두지 않는다고 해서 마음이 비워지는 것이 아니다. 결국 근본을 모를 수는 없는 일. 어재동댁은 하릴없이 백련암으로 오르는 동백나무 숲길을 오르내리며 마음을 진정하려 했으나 그럴수록 오히려 다산에 대한 그리움이 더 깊어졌다. 어재동댁은 동백나무 숲을 벗어나서 초당으로 들어서면서 문득 다산이 머물던 초당이 비어 있다는 생각이 들었다. 마음이 울컥했다. 다산은 떠나고 없지만, 그가 머물던 자리들은 고스란하게 남아 있고 그것만으로도 의지가 되었다. 그런 마음은 다산을 처음 만났을 때부터 지녔으나 갑자기 다산이 자신의 곁에 없는 느낌은 처음이다. 몸이 휘청거리고 초당의 마루가 푹 꺼지는 듯하여 마당에 주저앉았다.

을묘년(乙卯年, 1795년) 가을, 어재동댁은 천주학쟁이가 아니라고 배교하고 천안 감옥에서 풀려나 홍산 토정골에 자리 잡은 아비의 집에서 정약용을 처음 만났다. 병조 참의 벼슬에서 좌천되어 금정찰방金井察訪으로 부임한 정약용은 내포사도라 불리던 이존창 루도비코가 머물던 홍산 토정골로 찾아왔다.

"아이가 있는 줄을 몰랐소. 이름이 무엇이오?"

"루치아라고 부르지요."

"루치아? 세례를 주었단 말이오?"

세례를 줄 수 없는 이존창의 형편을 잘 아는 정약용은 고개를 저었다. 그날 정약용과 이존창은 밤을 새워 이야기했다. 루치아도 잠들지 못하고 그들의 얘기를 마음에 새겼다. 밤새 소쩍새가 울었고, 가끔 대화가 끊어져 긴 침묵이 이어졌지만, 으레 말을 먼저 꺼내 침묵을 깨는 이는 정약용이었다. 그들이 나눈 대화를 어린 루치아는 뚜렷하게 기억했다.

"무덤에서 기어 나오는 것이 무엇이란 말이오? 죽은 자 가운데서 살리는 것과 다르지 않은 것이오. 모두가 죽을 것이라면, 아니 죽어야 한다면 그 또한 사람 사는 세상에서 소용될 법이 아니오. 살아남는 이가 있어야 들은 것을 전할 것이고 옮겨 적어 훗날 사람들에게 보일 수 있을 것이오. 어차피 지금 누가 이존창 그대를 루도비코라 부르겠소?"

천주학을 부정하고 옥에서 풀려난 것을 이르는 말이다. 또한 이존창이 숯을 구워 목숨을 보전하는 것이라면 루도비코 이름도 걸맞은 것은 아니었다. 정약용의 질책은 매서웠다. 루도비코로 불리지 못하는 이존창은 사도가 아닐 것이니 오로지 침묵으로 일관했다. 침묵을 깨고 먼저 자리를 일어선 이도 정약용이었다. 숯막을 나서서 언덕을 내려가는 정약용의 발걸음 소리를 들으면서도 이존창은 꿈쩍도 하지 않았다.

그날 이후 어재동댁에게 다산은 준엄하고 강고하게 가르침을 펼치는 스승이었다.

어재동댁은 고개를 흔들고 앉았던 자리에서 일어섰다. 햇살이 제법 따사롭게 비쳐도 아직 차가운 바람이 옷깃을 파고들었다. 초당으로 이어지는 길을 둘러싼 동백나무 숲길이 제법 푸르고 일찍 서둘러 핀 꽃 한두 송이가 더 붉게 보였다. 몸을 움츠리고 먼 길을 내다보았다. 초당을 내려가는 황상의 모습이 눈에서 사라졌다. 어재동댁은 초당으로 돌아와 마루에 앉았다.

어재동댁이 남당포에서 황인담의 권유로 초당으로 들어온 후 다산의 음식을 만들고, 옷을 깁고, 차를 끓이면 족할 것이라 여겼다. 하지만 초당을 드나드는 이들이 많아지자 그보다 손님상을 준비하는 일이 더 많았다. 예고된 손님을 맞을 때 백련암 보살이 도와주기도 했지만, 워낙 소박한 차림이어서 혼자 손으로도 굳이 걱정하지 않아도 되었다. 산채와 버섯을 말려두었다가 볶아내거나 남당포 전포에서 보내준 미역이나 파래 부침이면 초당과 어울리는 상

차림이라고 다산은 만족해했다.

하지만 무엇보다 견디기 힘든 것은 젊은 욕망이었다. 스물두 살 젊은 어재동댁은 서른여덟 다산을 의지하게 되었다. 루도비코 사도의 가르침으로 자제했던 욕망이 꿈틀거려 만덕산 동백 숲을 오래 거닐곤 했으나 다산은 늘 초당 뒤 바위에 새긴 정석丁石처럼 단정했고 약천藥泉에서 솟는 샘물처럼 차가웠다. 아버지 루도비코는 자신에게 세례명 루치아를 내리면서 이미 세상에서의 인연은 없는 것이라 했다. 하지만 루도비코와 함께 교우를 이끌던 사도들마저 모두 세상을 떠나고 혼자 강진현 남당포로 머물게 되자 루치아란 이름을 버려야 했다. 그저 어린 어재동댁으로 살아야 했다.

다산은 루치아 이름을 잊은 듯 한 번도 루치아라 부른 적이 없었다. 그녀가 처음 초당에 들어섰을 때 다산은 미간을 찌푸리고 잠시 눈을 감았지만, 이윽고 고개를 끄덕이며 어재동댁이라 불렀다. 다행이었다. 다산은 어재동을 잊지 않고 있었다. 이존창 루도비코가 금정역참으로 항쇄를 지러 스스로 찾아갔던 날, 금정찰방 정약용이 역졸을 앞세워 어린 루치아를 보낸 곳이 어재동이다.

"다시 부를 때까지 그곳에 있으라. 내가 보냈다고 하면 너를 돌봐줄 것이다. 아비 루도비코 사도와의 약속이다."

금정역에서 멀지 않은 어재동은 영상 채제공 가문의 사람들이

28

사는 곳이다. 금정찰방으로 떠나는 정약용에게 영상은 친히 어재동에 수시로 들르라 했다. 그들은 모두 서학을 알고 있었다. 어린 루치아를 어재동으로 보낸 날을 기억하는 다산은 황인담이 데려온 어재동댁을 보는 순간 세상살이의 인연과 이치에 대해 모른 척하기로 작정했다. 이미 루치아는 루도비코와 함께 이 세상 사람이 아니라 여겼다.

경오년(庚吾年, 1810년) 동짓달. 다산의 큰아들 학연이 초당으로 발 빠른 사람을 보내 유배가 풀릴 것이란 소식을 전한 적이 있었다.

소자 교리 홍명주에 의지하여 대궐 문 앞으로 나가 꽹과리를 두드렸사옵니다. 홍 교리께서 상소에 적어 임금님께 올려 해배解配 약속을 받았다 하옵니다. 기쁜 소식을 일찍 전하고자 소식을 전하옵니다.

그러나 유배를 풀어준다는 소식은 없었다. 날이 새면 다산은 초당 앞에 나가 먼 길을 내다보고 종일 소식을 기다렸다. 기다림이 간절할수록 몸이 수척해졌다. 한 달이 지나자 다산은 자리에 누웠고 온몸이 불덩이가 되었다. 식은땀을 흘리고 헛것을 보고 헛손질하기 일쑤였다.

다산은 겨우 죽을 넘기며 어느 해보다 독한 겨울을 지냈다. 해가 바뀌고 동백꽃이 피기 시작하자 동안거를 마치고 선방에서 나온

방장 혜장이 제자 초의를 데리고 초당으로 건너왔다. 다산은 겨우 등받이를 하고 자리에 앉았다. 어재동댁은 다산과 혜장에게 달맞이꽃 뿌리와 둥굴레 뿌리를 달여 차와 함께 올렸다. 두 사람은 낮 동안 많은 속마음을 주고받았다. 다산은 멈추지 않고 임금이 베푸신 은혜를 말하다가 술을 마시는 혜장의 버릇에 대해 걱정했다. 혜장은 오로지 찻잎을 따고 덖고 끓이는 얘기를 이어갔다. 초의가 초당 뒤뜰 정석에 불을 피워 물을 끓이고 다시 차를 다릴 때 달빛에 동백꽃이 흐드러졌다. 혜장의 부축을 받은 다산이 초당 마루에 나와 앉았다. 다산은 차를 마시며 기억을 되살렸다.

"갑인년(甲寅年, 1794년) 암행어사 직분에서 돌아와 규장각에 있었지요. 영중추부사 채제공 대감께서 부르십니다. 비변사로 달려가니 어전으로 가라고 하시더군요. 임금께옵서 대전에서 내려와 내 손을 잡으시고는 병조 참지로 명하셨지요. 벼슬이야 아무려면 어떠할까요. 임금께옵서 잡은 손을 놓지 않고 행궁을 꼭 마무리하라 하셨으니까요. 그 눈빛이 얼마나 맑았는지 아시오? 그러더니 임금께옵서 책을 한 권 내주시었어요. 그 하사하신 책이 『기기도설奇器圖說』이오. 요한 신부가 마테오리치와 아담 샬과 함께 지은 책이지요. 그 책의 내용을 기초로 만든 거중기 한 대를 만들라 하시며, 그 거중기를 쓰면 행궁을 짓는 날이 단축될 거라 하셨지요. 그뿐이 아니지요. 슬그머니 금상에 펼쳐놓았던 책을 접고 주시더군요.

『성화주략城華籌略』이오. 그 책을 참고하여 행궁을 지으라 명하시었지요. 삼 년이면 족할 거라 하셨지요. 거중기로 돌을 들어 성을 쌓으니 일이 수월하지요. 이듬해 성곽이 완성되었을 때, 임금께옵서 친히 상을 내리셨지요. 행궁을 완성하기 전에는 다른 일을 할 수 없다고 하셨으니 그 기쁨은 이루 말할 수 없었지요. 그러니 내가 그 책을 지은 서양 신부를 만나지 않을 수는 없지 않은가 하는 말이지요. 서양 신부를 만나고 돌아온 날, 그날 임금께옵서 내 손을 잡으시고 친히 물으셔요. '서학은 몰라도 천주학쟁이는 아니지?'라고 물으십디다. 참으로 황공하옵는 질문이었지요. 어찌 답을 피할 수 있겠어요. 천주학을 따르지 않을 것이라 했지요. 다시 물으시고 확신하신 듯 빙그레 웃으셨어요. 그날 임금께옵서 내 목숨을 지켜 주실 것이라 하셨단 말입니다."

다산은 그날 밤을 밝히고 다시 자리에 누웠다. 열흘이 지난 후 다산은 갑자기 자리에서 일어났다. 땀을 비 오듯 쏟으며 음식을 내오라 하고 어재동댁이 끓여낸 차를 탐했다. 차를 마시며 다산은 임금께서 다녀가셨다는 헛소릴 지껄이곤 했다. 어재동댁은 다산의 표정을 살폈다.

"전하를 오늘 동백나무 숲에서 뵙기로 했네. 오늘 밤이라 하셨지."

다산은 저녁이 되면 초당 뒷산 동백나무 숲을 헤매고 돌아왔다.

"전하를 뵙지는 못했네. 무슨 사정이 있으신 게야."

다산은 온통 땀에 젖어 초당으로 돌아왔다. 자리에 앉지 못하고 서성댔다.

"임금께서 길을 찾지 못하신 게야. 달이 기울었거든."

어재동댁은 다산을 부축해 방으로 인도했다. 약속을 버릴 수 없는 날이 연속되었으나 약속한 임금은 오지 않았다. 다산이 덧저고리를 벗어 흐트러진 동백꽃을 잔뜩 가져와 마당에 펼쳤다. 등불을 밝히자 동백꽃으로 붉게 물든 초당은 임금과 거닐던 화성의 꽃숲과 다를 게 없었다.

그날 다산은 어재동댁을 취했다. 동백꽃 붉은 향기에 취한 다산은 욕망으로 채워진 짐승처럼 으르렁댔고, 꿈길을 헤매는 야차처럼 정신줄을 놓고 세상을 떠돌았다. 어재동댁은 그런 다산에게 몸을 맡기고 소리 없이 눈물을 흘렸다.

한 시각이 지나고 홍임이 초당 안으로 들어올 때까지 마루에 앉아 있었다. 홍임은 백련암 승려 해강海舡에게서 그림을 배우기 시작한 이후 하루도 멈추지 않고 그림을 그렸다. 해강은 초의와 동문수학했으나 초의가 지리산 칠불암으로 자리를 옮겼다가 돌아와 동안거에 들어가 동다송 저술에 몰두하자 해강이 백련암에 남아 찻잎을 덖고 때때로 그림을 그렸다.

"어머니, 왜 그러고 앉아계시오? 제가 저녁 안칠까요?"

"어미가 할 것이니라. 그래 오늘은 화제가 무엇이었느냐? 해강 스님께 누가 되진 않았더냐?"

"누라니요? 아닙니다. 칭찬만 받았지요."

홍임은 그림 보따리를 풀러 당장이라도 칭찬을 받은 그림을 보여줄 참이다. 홍임의 그림 솜씨는 이미 백련암뿐이 아니라 강진 저자에도 소문이 자자했다. 어디서 그런 재주가 나오는지 모르겠다는 말을 들었고, 가끔 쌀말이나 들고 와 힘차게 뛰어오르는 잉어를 주문하는 이도 있었고, 붉은 동백 꽃잎이 노란 꽃술과 어우러진 그림을 주문하기도 했다. 특히 다산이 흑산도로 사람을 보내 가져온 물고기 그림 몇 점이 남아 있었으나 헤져서 버려야 할 것을 원래 그림과 똑같이 그려낸 것도 홍임이다. 하지만 어재동댁은 홍임의 그림을 늘 칭찬만 하는 것은 아니었다. 홍임의 그림이 해강 그림처럼 미륵보살이나 옮겨 그려서는 안 된다고 생각했다. 그렇다고 겉으로 드러내어 말을 한 적은 없다. 홍임은 "저의 눈에 보이는 동백꽃을 그릴 거지요."라 말하며 환하게 웃었다. 이제 동백꽃이 필 것이고, 홍임은 백련암 일대의 동백꽃을 때론 대범하게 때론 섬세하게 그려낼 것이다. 그럴 때마다 어재동댁은 얼굴이 붉어지는 홍임을 보며 동백꽃을 닮았다고 생각했다.

"홍임아, 너는 두릉을 기억하고 있느냐?"

순간 홍임의 얼굴이 울상으로 변했다. 두릉, 다산을 따라 먼 거리를 가서 도착한 곳이었다. 두릉은 초당과는 다른 곳으로 기와를 얹은 집들이 마당별로 나뉘었고, 사람마다 사는 곳의 구별이 있었다. 홍임의 거처는 종일 햇빛이 들고, 새 우는 소리만이 들리는 조용한 곳이었다. 홍임은 넓은 마루가 이어진 작은 방에서 모친 어재동댁과 둘이 지냈다. 어재동댁은 단정한 차림으로 이른 새벽 나가 종일 부엌에 머물다가 어둠이 내린 뒤에 돌아왔다. 홍임은 늘 혼자 놀았다. 밥때가 되어야 어재동댁은 홍임에게 찬합을 가져와 먹을 것을 내놓았다. "내 새끼. 불쌍해서 어쩐다냐." 어미가 한 말이라곤 그뿐이었다. 스승은 두릉에 머무는 동안 한 번도 본 적이 없었다.

홍임은 어미 말에 아무 대꾸도 하지 않았다.

"두릉을 잊어서는 아니 될 것이야."

어재동댁이 일어서서 방 안으로 들어가자 홍임은 부엌으로 들어가 쌀을 꺼내 씻고 뜨물에 마른 우럭을 담갔다. 우럭을 쪄내는 것은 어미에게서 배운 솜씨다. 어재동댁은 만덕이 글을 읽게 된 때부터 다산에게 했던 것처럼 우럭을 쪄서 밥상에 올렸다.

"홍임이 누이 노릇을 하는구나. 만덕아, 일어나거라."

아랫목에 누워 있던 만덕이 자리에서 일어나 밥상을 받았다. 홍임은 만덕의 밥상에 올린 우럭의 가시를 세세하게 발라냈다.

"이속 어르신을 따라가려면 잘 먹어두어야 한다. 남기지 말거라."

"만덕이 어디 가요?"

홍임이 귀를 쫑긋하고 말참견이다.

"두릉에 다녀와야 한다. 스승께옵서 회혼연을 여신다고 하니 만덕이 다녀와야지."

홍임은 입을 삐죽거렸으나 더는 말하지 않았다.

어재동댁은 만덕이 입고 갈 덧옷을 짓기 시작했다. 하루해가 꼬박 지났지만 미동도 않고 덧옷을 만들었다. 속저고리와 속바지는 입던 것을 챙겨도 남의 손가락질을 당할 차림은 아니었으나 북쪽 날씨는 아직 매섭고 혹한이라 하니 덧옷이 꼭 필요할 터다. 안감속에 두둑하게 솜을 넣고 헤지거나 뭉치지 않도록 촘촘하게 꿰맸다. 누비옷의 모습이 제법 넉넉한 것이 마음이 놓인다. 혹한이 닥치면 속저고리를 하나 더 입어도 옷맵시가 나도록 넉넉해야 했다. 색상은 수수했고 단정해야 하기에 감색으로 물을 들인 옷감으로 옷깃을 덧대려 하다가 도로 내려놓고 흰 무명 옷감을 덧대기로 했다. 다산은 늘 단정했으며, 검소한 옷이어야 했고, 입기 편해야 했다.

"어머님, 스승님 옷도 지어야 하지요? 몸이 여전하실까요?"

홍임의 뜬금없는 질문이다. 어재동댁은 아무 말도 하지 않았다. 벌써 지난여름부터 철 따라 입을 옷을 지어서 함에 넣어둔 것을 모르지 않는 홍임의 질문이다.

"어머니께서 지으신 새 옷을 입으면 몸이 가볍고 하늘을 훨훨 날 것 같아요. 스승께서도 그리하시겠지요. 저는 스승님을 뵙고 싶지만 두릉에는 가지 않을 참이지요. 그냥 어머니와 여기 초당에서 아우가 돌아오길 기다리려고요. 동백꽃이 피고 지면 돌아오겠지요."

그럴 것이다. 어재동댁은 동백꽃이 모두 지면 만덕은 돌아올 것이고 그 후 초당을 떠나지 않을 것이라 확신했다. 그것은 만덕이 피할 수 없는 운명이다. 비킬 수 없는 일. 그러나 만덕이 해야 할 일이 무엇일지는 아직은 알 수 없다. 어재동댁은 아비 이존창이 남긴 말을 기억했다.

"아가, 너는 앞으로 일이 어떻게 될지 아무것도 모르고 이곳을 떠나지만 너는 루치아로 돌아와 아비 루도비코의 말을 전하게 될 것이야. 사람들이 네 말을 듣고 그 말이 아비의 말인 것으로 믿을 것이야. 그것이 네가 맡아 할 일이야."

아비 이존창의 말을 따르려 루치아는 아비의 말을 종일 입속에서 뇌고 또 뇌었다. 집 밖으로 나가 들길을 혼자 걸으며 아비의 말을 욀 때, 어쩌면 그 표정도 똑같이 짓는 것이어야 한다는 생각으로 흉내 내기도 했다. 이존창은 루치아가 외는 말이 자신이 한 말과 조금도 다르지 않다는 것을 확신하고 늘 만족하고 루치아를 '말을 따라 외는 작은새'로 불렀다. 교우들은 작은새 루치아의 말을 내포사도 이존창의 말로 받아들였다.

병신년(丙申年, 1836년) 이월 초닷새. 이른 새벽 어재동댁은 아들 만덕을 앞세워 동문 사의재로 향했다. 홍임은 어미가 먼 길을 떠나는 동생을 데리고 동문으로 가는 것을 배웅하러 칠량만이 보이는 만덕산 아래까지 따라왔다.

"만덕아, 이속 어르신 말씀 잘 듣고서니 해찰⁹하믄 안 되는 것 알지?"

"누이, 걱정 마시랑게요."

청년다운 모습이 의젓했지만 홍임은 그저 걱정뿐이다.

"그려, 걷기 힘들다고 아무 때나 쉬어가자고 말해도 안 되지라?"

"걱정 말래니까 자꾸 그런다니?"

"누이가 만덕이 돌아올 때까정 부처님께 만덕이 발 아프지 말라고 매일 빌 것이랑게. 알겠지?"

"아이참, 알았다니 그러네. 누이는 어서 백련암 가야지라. 그러다가 스님헌티 혼나부러."

"그려, 누이는 만덕이 가는 거 조금만 더 보고 갈 거네."

어재동댁은 만덕이 짊어진 바랑을 손으로 추켜올리며 어깨가 너무 무겁지나 않은지 걱정했다. 짐을 들어줄 발품꾼을 구할까 했으나 황상이 어찌할지 몰라 눈치만 살피고 있던 참이다. 대신 황상에게 가다가 힘들면 발품꾼을 사라고 할 참이다. 홍임이 다시 물었다.

"만덕아, 스승께옵서 무슨 책을 읽느냐 물으시면 뭐라고 한당가?"

"그야 다 알지. 아학편은 읽었고, 두고 가신 서책들을 읽고 있다고 말씀드릴 거랑게."

---

9 해찰 : 다른 일이나 쓸데없는 짓.

"아휴, 그려, 잘 아네. 아학편은 누가 지으신 거라고 했지?"

"어째 그리 맨날 묻능가. 스승님께서 지으신 거라고 했잖은감? 그만 물어보랑게."

"누이는 만덕이가 잊었을까 해서 묻는 것이지."

하지만 홍임은 정작 묻고 싶은 것은 묻지 않았다. 그 물음은 그동안 홍임도 한번 듣지 못한 답이었다. 어재동댁은 홍임의 마음을 알고 있었다. 다산을 따라 두릉으로 갔다가 그 이듬해 두릉을 나서 되돌아올 때 홍임은 울지 않았다. 초당으로 돌아가겠다고 먼저 앞장서던 홍임이다. 종일 뒤채 외진 곳에서 밖으로 나오지도 못하고 혼자 보냈을 홍임에게 두릉은 견디기 어려운 곳이었다. 하지만 홍임은 두릉을 선명하게 기억하고 있었다. 네 집이 어디냐고 누군가 물으면 두릉이라고 답하리라 다짐하곤 했지만 늘 홍임의 집은 초당이었다. 아비가 누구냐고 물으면 다산 스승이라 말하리라 다짐했던 것을 기억했다. 순간 홍임은 발을 멈췄다.

"어머니, 전 여기서 백련암으로 갈라요. 오늘 용을 그리기로 했당게요."

"여자가 무슨 용을 그린다니?"

어재동댁은 홍임의 그림을 볼 때마다 울컥 치솟는 슬픔이 있었다. 홍임은 그림의 한구석에 늘 두릉이라는 글씨를 써넣었다. 만발한 동백꽃을 그리고도 두릉동백이라 썼다. 두릉에는 동백이 살 수 없다는 것을 모르지 않을 것이나 두릉이라 밝힌 것은 다른 속뜻이 있다고 여겼다.

"누이, 내가 얼른 다녀올란다. 너무 걱정하지 마라."

"그래라."

홍임은 오던 길을 뒤돌아 걸었다. 발이 무거웠다. 돌아가기 싫은 길이다. 두릉에서 돌아오던 날 강진 동문을 나오며 사의재를 수없이 쳐다봤다. 홍임은 사의재에 대한 기억이 없다. 다만 사의재라고 써 붙인 현판이 다산의 글씨고 그 현판을 보는 것이 스승을 뵙는 것과 다르지 않았다. 찬바람이 소용돌이 되어 불었다. 홍임은 머리를 감싼 아얌을 손으로 잡았다. 두릉을 떠나올 때 큰댁의 아가씨가 썼던 아얌[10]을 홍임에게 주었다. 머리가 작아 걸치고 왔는데 이젠 제법 어울려 곧잘 쓰고 다닌다.

백련암으로 가는 길은 고즈넉하다. 떨어진 낙엽이 마구 흩어져 오르는 산길이 바람이 불 때마다 어지럽다. 좀처럼 게으름이라고는 모르는 해강 스님이 미처 길을 쓸지 않은 모양이다. 홍임은 얼른 싸리나무를 잘라 뭉쳐 손에 잡고 백련암 오르는 길을 쓸며 올라갔다.

"그거 가지고 되겠는가? 바람이 이리 센데, 흩어진 낙엽이 바람에 날리는 것을 어찌 막을 것이고. 소용없는 짓 말고 어서 오르기나 해라. 그래도 네 마음이 바르고 정하다. 심성을 그리해야 그림도 그리되는 법이지. 어서 오너라."

두께가 굵은 싸리비로 널찍하게 마당을 쓸던 해강 스님이 활짝

---

10 아얌 : 부녀자들이 쓰는 방한모. 액엄이라고도 함.

웃는다. 홍임은 대웅전에 합장하고 스님을 따라 선방으로 들어갔다.

황상은 동문 주막에서 만덕을 기다렸다. 어재동댁과 만덕은 황상에게 고개 숙여 절하고 주막 안으로 들어섰다. 황상은 큰 키에 두툼한 덧옷을 입어 풍채가 좋아 만덕을 맡기기에 더할 나위 없이 믿음직하게 보였다. 어재동댁은 만덕이 짊어진 짐을 추키며 걱정하는 표정으로 물었다.

"이것은 스승님께 보낼 말린 전복과 우럭이지요. 아이에게 맡기려니 걱정이 되어 발품꾼을 구하는 것이 어떨까요?"

"그 작은 꾸러미도 가져갈 것이라?"

"작년에 덖은 차가 남았기에 가져왔지요."

"스승께옵서 차를 늘 기다리시니 이리 주소. 내가 가져가지라."

어재동댁은 황상에게 작은 보퉁이를 건넸다.

"만덕아, 등짐이 무겁진 않느냐?"

"짊어질 만은 하지요."

황상은 고개를 끄덕였다.

"자, 가자. 뱃길은 사납고 기약할 수가 없느니라. 우린 걸을 것이다. 그저 여러 날 걷다 보면 걷는 것을 마땅하게 여길 것이다. 어재동댁은 이제 그만 들어가시오. 우릴랑 병영에 가서 좀 쉬고 영암으로 올라가 나주로 갈 것이오. 길이 멀다. 어서 가자."

황상은 동문 밖 언덕길을 앞서 오르기 시작했다. 만덕이 황상의 뒤를 따랐다. 어재동댁은 성문을 나와 만덕의 모습이 보이지 않을 때까지 서 있었다. 순간 만덕의 뒷모습이 다산과 다르지 않았다. 어재동댁은 고개를 저었다. 잘못 보았겠지. 다시 흐린 눈을 비비고 보니 이번에는 늘 앞에서 걸으며 의지가 되고 단정하던 아버지 사도 이존창의 모습으로 보였다.

2. 고변告變과 배교背敎

신해년(辛亥年, 1791년) 구월

　스스로 사그라질 것이라 여겼던 천주학이 서학으로 불리자 새학문으로 받아들이는 이들이 늘었다. 그러던 중 서학을 받아들인 윤지충이 신주를 소각하고 제사를 부정한 일로 고발당했다. 윤지충의 행위가 신분 질서와 왕권에 대한 도전으로 인식되자 탄압이 시작되었다. 홍문관에 보관된 서학 서적을 불사르고 서학을 사학邪學으로 규정하고 서학을 따르는 이들을 반역 죄인으로 몰았다. 반역으로 몰려 죽지 않으려면 서학을 부정해야 했다. 상황이 악화되자 배교하여 목숨을 구한 자들이 많았다. 권철신은 세례명을 받았지만, 서학을 양인들의 학문으로 여기고 서적을 학습했다는 말로 벌을 면했다. 서학을 일찍 새 학문으로 받아들여 학습하던 이승훈과 정약용도 그러했다.

　권일신의 경우는 달랐다. 스스로 조선교구의 주교가 되어 서학을 전하고 학습을 주도했다. 남인 영수 영의정 채제공이 서학을 두둔하고 나서자 상황은 급변했다. 임금도 채제공의 말을 듣고 서학을 오로지 정학正學을 돕는 학문으로 여긴다면 배척할 일만은 아니라고 했다. 하지만 남인과 대립하는 노론들이 채제공에 대한 공격을 멈추지 않았다. 서학을 천주학과 동일시하고 사학으로 몰아 마침내 홍낙안, 송도정, 목일신의 고발을 근거로 권일신 등을 죄인으로 몰았다. 비변사가 나서서 권일신 등을 탄핵하자 임금도 어쩔 수 없이 조사를 명했다.

　…성스러운 조정의 성학聖學에 누를 끼칠까 걱정해 처벌하고 죄주자는 말은 그 정성과 마음이 가상하다. 그렇다고 어찌 몇 줄 만든 말이 꼭 하나하나 다 적중하지 않는다고 해서 이를 끄집어내어 허물할 것이 있겠는가. 요청한 대로 조사하여 결과에 따르라.

　권일신에 대한 조사는 날로 정도가 심했다. 권일신은 진중했다. 의금부 종사관이 따지는 죄목에 반박하여 자신의 소견을 밝혔다.

천하의 학문은 정사正邪를 가릴 것 없이 이해利害 관계가 있는 사람들이 마음을 기울여 따르게 마련이오. 만약 서학에 천당天堂과 지옥地獄의 설이 없다면, 사람들이 어찌 이를 따르겠소. 오로지 사람의 마음이 동하여 그 시비를 가려서 옳은 것을 권하고 백성을 서로 돌보라는 가르침이 어찌 그릇되었다 할 것이고 어떤 가르침과 다를 것이오? 나는 그저 가르침을 인도한 사도라 칭한 것이오. 또한 더더욱 교주일 수 없으니 그대들의 뜻을 알 수 없소이다.

권일신의 항변은 소용없는 일이었다. 노론 영수 심환지가 주도하는 비변사의 뜻은 서학은 천주학이고 천주학은 새로운 왕을 내세운 반역의 무리로 단죄하고자 하여 고신이 결정되었다. 권일신의 몸을 매질하고 뼈를 부수는 고신을 더했다. 의금부는 고신을 견디지 못해 온몸이 부서진 뒤에 배교한다고 수결한 권일신을 예산으로 유배했다. 그러나 권일신은 예산으로 유배 가던 중 유배지에 이르기도 전에 장독杖毒으로 죽었다. 권일신을 고신한 의금부 종사관들은 갑작스럽게 권일신이 죽자 당황했다. 권일신에 대한 심문도 한 달에 세 번만 실시하여 그를 죽이지 말라는 어명이 있었기 때문이었다. 좌포청은 권일신의 죽음을 대체할 죄인이 필요했다. 성균관 유생 박영원이 노론의 당론에 따라 상소했다.

권일신은 임금의 은혜를 저버리고 고신을 받는 중에도 자신의 죄를 뉘우치지 않았습니다. 자신을 따르는 무리에게 은밀하게 자신의 배교가 진실이 아니고 종사관이 증거로 보인 수결 또한 임의로 작성된 것이라 교우들에게 전하라는 명을 내렸다 하옵니다. 그 명을 전하는 이가 충청도 일대를 돌며 천주학을 전파하는 이존창이옵니다.

좌포청 군관들이 여사울로 달려와 이존창을 체포했다. 좌포청 군관들은 이존창이 권일신의 가르침으로 천주교에 입교하여 권일신의 명을 받아 내포의 사도가 되었다는 자백을 받고 배교시키려 했다. 좌포청의 수사는 반드시 이존창을 배교시켜 서학의 무리에게 본보기가 되게 하라는 비변사의 특명이 내려지자 힘을 더했다. 군관들은 교대로 이존창에게 고신을 가했다. 이존창은 완강했다.

"천주학쟁이들이 너를 내포의 사도라 부른다. 사도가 무엇이냐? 네가 천주학을 전파하고 세례를 주어 네가 믿는 천주의 제자들이라 부른다고 하니 너야말로 천주학의 교주가 아니더냐? 너보다 천주학을 전파하는 힘을 지닌 자가 누구냐? 네가 천주학쟁이들의 스승인가?"

"나를 그리 부르는 것을 알고 있소이다. 하지만 내가 세례를 베풀고 교우들을 천주의 제자로 만든다는 말은 헛된 말이오. 내게는 그런 힘도 자격도 없소이다."

"무슨 소리냐? 그럼 너를 고발한 자들이 모두 헛된 말을 하고 있다는 것인가?"

"그들이 어찌 말하든 내게 합당한 말은 아닙니다. 나는 그저 교리를 공부했을 뿐이오."

이존창이 입을 다물었다. 이존창은 북경교구의 인정도 없이 스스로 사도가 되어 교리를 가르치고 세례를 베풀었으나 이미 그것이 잘못이란 말을 듣고 멈춘 지 오래였다.

"저런 고이얀 놈. 거짓을 일삼는 네놈의 버릇부터 고쳐야 할 것이야."

군관들의 매질이 시작되었다. 살이 터지고 핏물이 사방으로 튀었다. 좌포청으로 끌려온 한 무리 교우들은 사실대로 고하면 살려준다는 말에 따라, 이존창에게 교리를 배웠고 자신들을 잘못된 길로 이끈 이가 이존창이라 지목했다. 이존창은 그들과의 대질에서 배교한 이들의 말을 부정하지 않았다. 온통 자신의 죄라 인정했다. 그러나 자신을 천주교로 인도하고 교리 공부에 함께 참여한 정약용과 권철신, 권일신 등의 이름은 입에 올리지 않았다. 끝까지 입을 다문 이존창에게 질린 좌포청 종사관 이관회李觀會는 초주검이 된 이존창을 천안 감옥으로 보내 추가로 조사한 이후 죽일 것이라 했다.

이존창은 좌포청에서 충청감영으로 이송되었다. 동짓달 스무날, 충청 중군영 군사들이 이존창을 천안 감옥에 가두고 다시 심문을 시작했다. 이존창은 완강했다. 닷새 동안의 매를 견디며 이존창은 입을 다물었다. 천안군수 윤후동은 중군영 군관과 군사들을 여사울로 보내 이존창에게 배워서 천주학쟁이가 된 마을 사람들을 잡아들이라 명했다.

중군영 군관들이 나서서 이존창의 향리 여사울로 달려가 인근 사람들을 닥치는 대로 잡아들였다. 군사들은 여사울 사람 중 청년들에게는 무릎과 발목에 매질을 가해 달아나지 못하게 했다. 여사울 사람들은 이존창의 이름을 거론하자 순순히 포박에 응했다. 이존창의 사촌들과 어린 조카딸 등 친지와 스무 명이 넘는 동네 사람들이 사흘 동안 서릿발이 선 길을 걸어 천안군 관아로 끌려왔다. 윤후동이 직접 여사울 사람들을 심문했다.

"그대들은 모두 여사울에 사는가?"

끌려온 사람들은 모두 고개를 끄덕였다.

"그렇다면 마땅히 이존창을 알 것이다. 그를 따라 천주학 신도가 되었는가?"

이존창의 사촌누이 이멜라니아가 입을 열었다.

"영감 나으리, 저는 이존창의 사촌누입니다. 그가 죄인이라 하니 우리도 같은 죄인일 것이옵니다. 다만 저희들은 죄인을 스승으로 삼고 서학을 공부하였사옵니다. 어찌 친지들에게 잘못된 학문을 가르치리라 생각하겠나이까? 그저 먼저 공부한 이가 옳다고 생각하여 가르쳐주시니 배우고 익혔나이다. 그가 천주학이라 하면 천주학이고, 서학이라 하면 서학이옵나이다."

윤후동은 머리를 조아린 사람들을 살폈다. 다리가 부러진 이들이

나 두려움에 떠는 이들 모두 여느 동네 사람들과 다를 것이 없었다.

"네 말이 그렇다고는 하니 다시 묻겠다. 천주학을 배웠다고 하니 천주가 이 세상의 임금인가?"

"이 나라의 임금은 따로 있나이다. 천주님은 오로지 천주님의 백성들을 돌보시고 죄를 용서해 주십니다."

"이 나라의 임금은 아니라는 말인가?"

"이 나라의 임금님은 오직 한 분이십니다. 저희는 아직 더 자세한 것은 모르옵니다. 그저 부모를 공경하고 형제와 그 이웃들을 사랑하라 배웠나이다."

윤후동은 순간 여사울 사람들 모두를 살릴 수 있으리라 확신했다. 오로지 이존창의 몫이었다. 이존창이 배교하면 그들을 모두 풀어줄 참이었다. 윤후동은 이존창을 여사울 사람들 앞으로 끌어냈다. 만신창이가 된 이존창이 사람들 앞에 널브러졌다.

"사도 어르신, 사도 어르신, 정신 차리시옵소서."

여사울 사람들은 이존창의 이름을 부르고 눈물을 흘렸다. 이존창이 고개를 끄덕이며 일어나자 사람들은 일제히 기도문을 외웠다. 윤후동의 목소리가 커졌다.

"조용히 하라. 여기가 너희들이 모임을 하는 곳이더냐? 죄인에게 다시 묻겠다. 저들은 모두 너와 같다고 한다. 네가 죽으려 한다면 그들도 죽일 것이고, 네가 살고자 한다면 저들도 모두 살려 돌려보낼 것이다."

이존창은 고개를 돌려 여사울 사람들을 돌아보고 눈을 감고 있는 윤후동을 보았다.

"그대가 내포사도라 하니 한마디 더 하겠다. 자신이 가르치는 자들을 죽음으로 모는 이가 어찌 사도가 될 수 있겠는가. 일찍이 그런 말을 들은 적이 없다. 그대가 살아서 저들에게 참된 가르침을 더 할 수 있다면 그게 더 옳은 일이라 할 것이야. 부디 그대가 천주학쟁이가 아니라 서학을 배우고 가르치는 자라고 한다면 그것으로 족할 것이네. 자네가 입을 다물어 목숨을 보전한 권일신, 이승훈, 정약용, 그자들이 그러했듯이 자네 또한 귀감이 될 것이야. 자네를 따르는 저들이 모두 죽기를 작정한 자들은 아니지 않은가? 저 어린 것들이 무엇을 알고 이 자리에 불려왔겠는가? 더 살아서 더 좋은 세상을 봐야 할 것이 아닌가? 그렇다고 그대가 내포사도가 아닌 것은 아닐 것이네. 저 여사울 사람들이 모두 그대를 따르니 그대가 죽을 자리로 가면 저들 또한 반역의 무리가 될 것이네. 어찌하겠는가? 저들이 이 나라를 반역한 이들인가? 하룻밤 기한을 주겠다. 더 깊게 생각하라."

사람들을 옥으로 보내며 이존창을 달래는 윤후동의 말은 간절했다. 이존창은 하룻밤을 더 옥에 갇혀 고민했다. 하지만 그를 괴롭게 한 것은 윤후동의 말이 아니라 정약용이 전한 말이었다.

그대들이 이 나라에 반역할 사람들이 아니기에 난 그대들을 믿고 살릴 것이라.

임금의 뜻이었다. 서학을 공부한 이든 천주학을 받아들인 이든 나라의 뜻에 어긋나지 않은 이들은 모두 임금의 백성이란 확신은 이존창이 지녔던 천주님의 백성과 다르지 않았다.

신해년(辛亥年, 1791년) 섣달 초이틀

충청감사 박종악이 이존창의 배교에 대해 임금에게 장계를 올렸다.

이존창을 신의 감영에 잡아와 처음에 엄히 매를 쳤으나 죽기를 각오하고 죄를 자복하지 않았습니다. 그래서 여러 날을 가두어두고 여러 가지로 회유했더니, 그가 정신을 번쩍 차리고 크게 깨달아 사학을 배척해 부르기를 요술이라고까지 하는 등 허물을 뉘우치고 정도로 돌아올 뜻을 갖게 되었습니다. 우선 그대로 가두어두고 계속 훈계하여 완전히 의심 없게 된 것을 알게 된 뒤에 적절히 헤아려 처리할 생각입니다.

열흘 후 임금은 비변사에 명을 내려 이존창과 여사울 사람들을 풀어주라 명했다.

그 말이 이치에 가까우니, 그 마음이 정도로 돌아온 것을 증험해 알겠다. 그들을 모두 죄 없는 평민이 되도록 하고, 어리석은 백성들은 서로서로 본받아 나날이 자기도 모르는 사이에 선으로 옮겨가는 아름다움이 있게 하라.

이존창은 천주학을 숭배하면서도 서학을 공부한다는 말로 살아남았다. 이존창이 배교하자 비변사는 겨우 한숨을 돌렸다. 이존창을 본보기로 배교하지 않는 죄인에게 배교하게 할 명분이 생겼기 때문이다.

이존창은 살던 곳 내포 여사울로 돌아가지 않았다. 여전히 이존창을 감시하는 군관들의 눈이 있었고, 여사울 교우들을 보호하기 위한 까닭으로 홍산현 토정골에 자리를 잡았다. 평소 서학에 뜻을 두고 있었으나 선뜻 교리를 배우지 못하던 홍산현 아전 이두남이 이존창을 찾아와 다짜고짜 물었다.

"천국이 무엇이오? 얼마 남지 않은 내 목숨을 둘 수 있는 곳이오?"

"그걸 왜 물으시오?"

"깊은 가슴병으로 사람 노릇을 못한 지 오래요. 사흘이 멀다 않고 한 사발이나 피를 쏟는다오. 일전에 연산 교우에게서 천국 얘기를 듣고 얼마나 기뻤는지 모른다오. 그 이후 그 얘길 다시 들을 수 없었는데, 이제 사도를 뵈니 천군만마를 얻었소."

"사도라고 할 수 없는 몸이오. 이속이시니 알고 계시잖소."

"그런 소리 마시고, 날 그곳으로 인도하시오. 그리고 이 아일 부탁드리오. 내 서녀이긴 하나 제 어미도 먼저 세상을 떴소이다. 의지할 곳이 없는 아이오."

이두남은 이존창에게 만수산에서 성주산으로 이어지는 길목에 위치한 수리바위 숯막을 내줬다. 수리바위 숲길은 계곡이 깊고 산세가 험하여 평소 사람들이 다니지 않았다. 게다가 숯막은 도화담 개울을 건너 아미산 골짜기로 들어가는 곳에 있어 인근에 사는 사람들도 쉽게 찾지 못하는 곳이다. 이두남은 수리바위 숯막에서 이존창에게 교리를 배웠다. 그리고 초가을 이두남에게는 알패오, 이두남의 서녀에게는 루치아라는 세례명을 주었고 이두남은 홀로 천국으로 먼저 떠났다. 이존창은 숯막에서 구운 숯을 홍산 저자에 내다 파는 일 이외에는 일체 다른 사람들과 어울리지 않았다.

이존창의 은둔이 길어지자 그를 감시하던 군관도 감영으로 돌아갔다. 이존창은 이두남과 소통하던 교우들과 만나 교리를 전하는 일을 다시 시작했다. 교우들은 이존창에게서 교리를 배우며 그를 다시 내포사도 이존창 루도비코라 불렀다. 루도비코는 포교 활동을 위해 홍산을 떠나 교우들의 마을을 찾아갈 때마다 이두남의 서녀 루치아를 데리고 다녔다. 루치아는 이존창을 아버지 사도라고 불렀다. 여사울 교인들조차 루치아를 이존창의 여식으로 알왔다. 동네 아이들은 루치아를 누이라 했고, 어른들은 작은새 루치아로 불렀다. 루치아는 암기력이 좋고 눈썰미가 있어 이존창이 비밀리에 전하고자 하는 말을 원하는 이들에게 전하는 역할을 했다. 이존창이 마을 저잣거리에서 숯이나 독을 팔며 굳이 교우를 직접 만나지 않아도 원하는 교우에게 루치아를 통해 자신의 말을 전할 수 있었다. 교우들은 루치아의 말을 이존창이 전하는 말로 듣고 새겼다. 이존창을 뒤쫓던 좌포청의 군관은 이존창이 만나는 이들이 누군지 알아채지 못했다. 좌포청 군관은 루치아의 모습과 움직임을 주목하지 않았기 때문이다. 날이 지나며 루치아는 이존창의 뜻을 전하는 유일한 사람이 되었다.

이존창에 대한 의심을 버리지 않은 좌포청 종사관 이관희는 서학 잔당에 대해 탐문하던 중 이존창에 대한 황당한 말을 들었다. 이존창이 내포와 전라도 인근까지 수시로 나타났다가 사라지는데 홍길동처럼 둔갑술과 은신술을 쓴다는 말이다. 더 수상한 것은 이미 좌포청 군관들도 이런 소문을 수시로 들었다는 말을 듣자 자신이 신임하는 군관을 홍산으로 보냈다. 홍산으로 달려간 군관은 이존창이 수시로 거주지에서 사라졌다가 돌아온다는 보고를 올렸다. 이존창에 대한 감시가 강화되었다.

새해가 되자 중국인 사제 주문모가 역관 윤우일尹有一과 지황池潢

의 안내로 도성으로 들어왔다. 도성으로 올라온 이존창은 사제를 안내하여 교우들을 찾아가서 세례를 베풀었다. 도성 인근의 교우들이 사제로부터 세례를 받고자 몰려들었다. 사제의 출현을 모르던 좌포청 군관들은 이존창이 도성에 나타났다는 말을 듣고 이존창의 뒤를 쫓았다.

"도성에서 이존창을 본 자들이 있다. 그대들의 눈과 귀는 어디 있는가? 이존창을 추적하여 그가 무슨 짓을 벌이는지 알아내게. 어서 좌포청을 나가서 샅샅이 뒤지라고."

이관회는 군관들을 닦달했다. 좌포청의 추적을 눈치챈 이존창은 서둘러 도성을 떠나 매봉산 아래 독곳[11]에서 머물고 있었다.

을묘년(乙卯年, 1795년) 오월 초닷새

북경 신부가 도성에 나타나 교우들에게 세례를 베푼다는 말을 들은 한영익은 신자였지만 그 속마음은 달랐다. 북경 신부를 고변하면 틀림없이 별장 자리는 내려줄 것이라는 말을 듣고 현혹했다. 한영익은 평소 지인이던 별군청 별장 이석에게 북경 사제가 도성으로 들어와 세례를 베풀고 있음을 고변했다. 한영익의 고변을 들은 별장 이석은 상관인 정약용에게 그 의견을 물었다.

---

11 독곳 : 교우들이 집단 거주하며 질그릇을 만들어 생계를 꾸리는 곳.

"영감, 북경에서 외국인 신부가 들어와 천주학쟁이들에게 세례를 베풀고 다닌다는 고변이 있소이다."

"지금 뭐라 했는가? 외국인 신부라고 했느뇨?"

"그러하옵니다. 중국인 신부라고 하더이다."

정약용은 순간 도성에 나타난 이존창의 움직임이 이와 무관하지 않은 것을 눈치챘다.

"북경 사제라면 좌포청과 비변사가 다르게 대할 것이야. 더구나 사제가 중국인이라면 대국과의 관계도 생각해야 하니, 우선 비변사로 가시게. 비변사 낭청을 통하여 병조판서 심환지 대감께 은밀히 전하시게."

이석은 즉시 비변사로 달려가 그 사실을 알렸다. 하지만 정약용은 느긋했다. 심환지가 그 사실을 알아도 곧바로 몸을 움직이지 않을 것이라 확신했다. 노회한 심환지는 북경 사제로 비롯될 사태를 감당할 수 있을지 먼저 판단하여 대처할 것이다. 하지만 상대가 북경 사제였다. 우선 사제를 도성에서 벗어나게 해야 했다. 정약용은 병조를 나가 시전으로 갔다. 시전에 머물고 있으며 염창 독곶과 연통하는 장사치 무상을 만났다. 정약용은 사태를 모르는 척 물었다.

"자네는 한영익의 사람이 아닌가? 한영익이 도모하는 일을 모르지 않을 터. 시전에 무슨 일로 왔는가?"

"저는 역관 최인길의 수하로 독곶의 물건들을 시전으로 나르고 있습니다요. 한영익이 별군청 별장에게 고변한다는 말을 듣고 혹시 어떤 소식이라도 들을까 기다리고 있었습지요."

"그러한가? 한영익이 자네에게도 그 사실을 알렸는가?"

"별장 자리를 얻을 것이라 들었습니다요."

"독곳에 전하라. 좌포청 군사가 움직일 것이야. 역관들의 집들을 군사들이 조사할 것이야. 곧 강을 건너야 하네."

독곳 교우 무상은 정약용의 말을 듣고 곧장 한강을 건넜다. 독곳에 머물던 이존창은 무상의 말을 듣고 재차 물었다.

"무상 교우, 역관들의 집이라 했소?"

"분명 그리 들었습니다요. 사도님, 한영익이 좌포청으로 간다고 했습니다요. 역관의 집을 조사할 것이라 하여 달려왔습니다요."

"무상 교우께서는 지금 병조의 벼슬아치에게 들었다고 했소? 혹시 그 역관을 최인길이라 했소?"

"그건 아니고 제가 최인길의 수하라고 하자 어서 피하라 했습지요. 역관들의 집 중에서 아무래도 최 역관의 집에 궁중의 여인들이 드나들고 있으니 그곳이라 생각했습니다요. 혹시 그곳이 사제께서 머무시는 곳이옵니까?"

"그것은 알 수 없소. 최인길 교우에게 연락하리다."

최인길의 집은 사제가 머무는 곳이다. 더구나 병조의 벼슬아치라면 정약용이 틀림없다. 이존창은 서둘러 루치아를 데리고 염창나루로 갔다. 강경에서 젓갈을 싣고 온 장사치들은 염창에서 삼개나루로 갈 나룻배에 대기하고 있었다.

"이보슈. 이 아이를 데리고 피맛골 역관 최인길의 집으로 가시오. 시전에 급히 납품할 젓갈을 찾는다 들었소이다."

"그래요? 고맙습니다요. 이 아이가 그 집 주인을 아시오?"

"알 것이오. 역관 최인길의 집이오. 그리 직접 가시오. 다른 장사치가 먼저 그곳에 당도하면 물건 판매를 내가 책임질 수 없소이다."

한영익의 밀고를 의심한 이존창은 삼개나루로 건너는 장사치들과 루치아를 동행하게 했다. 장사치들은 가지고 온 젓갈을 팔아주겠다는 말을 듣고 루치아를 최인길의 집까지 데리고 갔다. 루치아는 최인길의 집으로 들어가 이존창이 전하는 말을 전했다.

"저는 작은새 루치아입니다. 루도비코 사도께서는 사제께서 지금 한강을 넘지 않으면 좌포청 군관들이 들이닥칠 것이라 했습니다. 밀고자가 있다고 했습니다. 지금 떠나야 합니다."

루치아의 말을 들은 최인길은 상황이 급박한 것을 눈치챘다. 최인길은 우선 장사치들에게 값을 후하게 주고 젓갈을 받았다.

"이보시게? 내 아우와 여인들을 이 일을 부탁한 이에게 데려가시게. 강을 건널 배가 있을 것 아닌가?"

"그렇습죠. 저희에게 안면도로 내려갈 배가 마침 있습니다요. 근데 지금 가셔야합지요. 모레까지는 충청수영까지 가서 다시 젓갈을 실어야 합니다요. 기다리긴 어렵습죠."

"잠깐이면 될 것이네."

최인길은 아우 인철과 사제 그리고 동행할 여인들이 장사치들을 따라나서도록 했다. 최인길은 집에 남아 혹시 집으로 들이닥칠 좌포청 군관을 맞아 시간을 끌 참이다. 최인철은 장사치들과 거리를 두고 사제와 양반댁 여인들을 뒤따르게 하고 삼개나루로 걸었다. 삼개나루는 평상시와 다르지 않아 사제 일행은 방해를 받지 않고 장사치들의 배를 타고 한강을 건넜다. 장사치들은 배를 용왕산 아래 성황당이 올려보이는 염창나루에 붙이고 최인철 일행을 내려주고 모래톱을 피해 강 한복판으로 밀고 나갔다. 최인철은 염창나루를 지나 용왕산 너머 독곶으로 일행을 이끌었다.

　　"루치아, 내포사도께서 독곶에 있다고 했느냐?"

　　"예. 독곶으로 오라 하였습니다."

　　독곶. 산세가 험하지 않고 한강이 내려다보이는 용왕산 초입 성황당을 지나 골짜기를 따라 오르면 검붉은 찰흙이 지천인 곳에 서너 채 독을 만드는 독쟁이들이 산다. 독쟁이들은 자신들이 만든 항아리와 질그릇을 안면도 자염이 모이는 염창나루에서 판다. 독을 만드는 솜씨는 어느 도공보다 못하지 않았다. 독곶의 독쟁이들은 일찍 이존창으로부터 교리를 학습한 이들로 여주나 양주의 도공과는 구별되어 용왕산 골짜기로 들어가 흩어져 살았다. 장사치들은 이곳에서 작은 항아리들을 구입하여 젓갈을 나누어 담고 시전에 들어가지 못한 젓갈을 삼개나루 난전에서 팔았다.

　　루치아는 최인철 일행을 독곶 끝에 위치한 사당으로 데려갔다.

이존창은 이들이 사당 안으로 들어서자 겨우 안심했다. 이존창의
손을 잡은 사제는 서둘러 교리 강습을 시작했다. 최인철을 따라온
여인들은 흰 명주포를 쓰고 사제를 마주했다.

"주님께서 정하신 길로 따라온 것을 축복하고 감사드립시다."

"감사드립니다. 아멘."

"주님께서 예비한 길이고 또한 앞으로 우리가 헤쳐나갈 길이니
이 길에서 벗어나지 않기를 축복합니다."

"그 길을 인도하소서. 아멘."

사제가 최인철과 여인들의 머리에 손을 얹고 축복하자 고개를
숙이고 사제의 말을 따랐다. 독곳에서 예배를 마친 최인철과 여인
들은 도성으로 돌아가고 이존창은 사제를 안내하여 그날 밤 독곳
을 떠났다.

이존창은 이미 정해놓은 포교의 길에서 벗어나지 않았다. 온양
을 거쳐 남포, 내포, 공주 등을 다니며 사제를 기다리는 교인들에
게 교리를 전했다. 다만 장소를 옮길 때마다 안내자를 바꿨다. 교
인들이 모여 있는 곳을 알고 있는 안내자를 지목하여 데려오는 역
할은 루치아의 몫이었다. 루치아는 마을로 들어가 먼저 안내자를
찾고 마을 밖에서 기다리는 사제에게로 데려왔다. 교인이 아닌 사
람들은 어둠 속에서 찾아들고 나는 사제 일행의 움직임을 알 수 없
었다.

공주를 빠져나온 사제는 계룡산 남쪽 연산 이보현의 집으로 숨어들었다. 이보현은 본래 덕산 사람이었으나 신앙을 지키기 위해 연산으로 이주해 살면서 이존창의 일을 돕고 있었다. 연산은 이존창이 머물던 홍산에서 한나절 거리고 이존창의 비밀 피난처 수리바위 숯막까지는 다시 한나절을 더하는 거리다.

이석의 고변을 접한 비변사 당상관들은 갑작스레 천주학 신부가 북경에서 조선으로 건너왔다는 말을 듣고 놀랐다. 조선에서 서학책을 읽고 서학을 따르는 것과 북경 신부가 조선으로 들어와 교리를 전파하는 것은 근본적으로 달랐다. 외국인 신부가 도성을 드나드는 것은 용납할 수 없었다. 비변사의 움직임이 바빠졌다. 병조판서 심환지는 비변사 회의를 소집했다.

"별군청 별장 이석의 고변이오이다. 북경에서 천주학 사제가 도성 안으로 들어와 교리를 전하고 세례를 베푼다고 하니 이는 엄연한 반역이오이다. 잡아들여 화의 근원을 뽑아야 하오이다."

심환지는 비변사 회의가 열리자마자 강하게 주장했다.

"그 고변은 언제 들었소이까?"

우상 이병모가 얼굴을 찡그리며 물었다. 또다시 천주학으로 피바람이 불 것이라 여겨 불편했다.

"오시[12] 전이오이다."

---

12 오시午時 : 낮 12시경.

"그래요. 어찌 그런 변고가? 의주부에서 무얼 했다는 것이오?"

이병모가 다시 불만이 그득한 표정으로 물었다.

"지금은 그것을 따질 때가 아니오. 북경 사제라 하는 자가 이 땅에 어떻게 들어왔는지는 나중에 저절로 밝혀질 일이니 우선 잡아들여 화가 번지는 것을 막아야 할 것이오."

심환지는 의외로 서두르며 잡아들일 것을 재촉했다.

"그리 급하면 미리 막았어야 할 일. 그가 들어온 경로를 우선 밝혀야 관련된 자들이 누구인지 알 것이오. 병판께서는 그가 들어온 경로를 아시고 있는 눈치요?"

"어허, 저런, 그게 우선이 아니라고 해도 그러십니다. 우상 대감."

"병판께서는 그가 머무는 곳을 알고 있는 듯하오이다?"

"그건 저절로 밝혀질 것이고, 우선 그를 어찌 처리해야 하는지를 묻는 말이오."

"아무래도 전하께 아뢰옵고 그 명을 기다리는 것이 옳을 듯하오이다."

"그 사이에 어디론가 사라지면 그 책임을 지실 것이오?"

"어허, 무슨 말씀을 그리하시오. 나라고 그 화를 몰라서 그러는 것이오이까? 혹시 그 사제가 양인이라면 더 곤란한 일이 생길까 저어하는 것이지요."

"그 문제는 나중에 따져도 될 일이오."

심환지는 당장이라도 좌포청 종사관과 군관들을 보내 잡아들이라 명을 내려야 한다는 주장을 거두질 않았다. 영중추부사 채제공이 심환지의 말을 막았다.

"천주학 사제가 도성에 나타난 일은 마땅히 단속해야 할 일이지요. 하지만 그가 양인 사제인지 중국인인지 사태를 보고 정해도 늦지 않을 것이오. 또 양인이라면 그가 속한 나라와 문제도 생각해야 하니 서둘 일은 아니라고 생각하오."

"영사께옵서도 그리 말씀하시면 그냥 놔두라는 말씀이오이까?"

"그건 아니지요. 먼저 전하에게 아뢰고 그 명을 듣자는 것이지요."

비변사는 먼저 임금의 명을 받아야 할 것으로 결정했다. 하지만 비변사는 임금에게 북경에서 사제가 들어왔다고 상소를 올리지 않고 머뭇거렸다. 하루가 지났다. 병조판서 심환지와 형조판서 이재학은 우선 북경 사제를 잡아들여 사태가 확산하는 것을 막기로 하고 좌포청 포도대장 조규진을 급히 불렀다.

"좌포청에서 마땅히 대처했어야 할 일. 어찌 천주학쟁이들이 다시 도성에서 활보한단 말이오?"

조규진은 사태를 파악하지 못해 답할 수 없었다. 이재학이 다시 다그쳤다.

"왜 말이 없소? 북경에서 사제가 이 도성으로 들어와 있다는 말을 모르셨소? 좌포청은 대체 무얼 하고 있소? 어서 잡아들이시오."

조규진은 내심 놀랐다. 천주학쟁이들이 도성 안으로 드나드는 일은 없는 일이 아니었다. 그러나 북경 사제가 도성으로 들어왔다는 것은 모르고 있었다. 조규진은 입술을 깨물었다. 입술 주위가 피로 물들었다.

"저희 좌포청이 명을 받고 이참에 천주학쟁이들을 모조리 잡아들일 것이옵니다. 믿어주소서."

"천주학쟁이가 아니라 북경 사제란 말이오. 그를 잡으시오. 그가 움직이지 못하도록 좌포청이 나서란 말이오. 아시겠소?"

심환지와 이재학이 조급한 마음으로 재촉했지만, 조규진은 서두르지 않았다. 좌포청 소속 종사관과 군관들이 북경 사제에 대해 일체 말이 없었기 때문이었다. 섣불리 군사들을 움직이는 것보다 사태를 정확히 아는 것이 우선이었다. 하루가 더 지난 이른 아침 조규진은 고변을 전한 이석을 불렀고, 그 고변의 당사자인 한영익과 대면했다. 조규진은 전모를 파악했다. 한영익의 말대로 북경에서 온 사제는 중국인 주문모라는 사실을 알게 되었다. 주문모는 도성 내 역관들의 집에 머물며 수시로 장소를 옮겨 다니고 교우들에게 세례를 베푸는 것이 드러났다.

조규진은 한영익의 말을 근거로 최인길의 집을 급습했다. 그러나 좌포청 군관들이 군사들을 거느리고 최인길의 집을 급습했을 때 이미 주문모가 최인길의 집을 떠난 지 이틀이 지났다. 최인길의 집 주위와 인근을 포위하고 수색했으나 주문모를 찾을 수는 없었다. 최인길의 집에 모여 있던 사내들 셋만이 좌포청으로 끌려왔다. 최인길의 집에서 잡힌 사내들의 심문이 시작되었다.

"바로 말하라. 북경 사제 주문모를 아는가?"

"우리는 역관들이오. 북경을 드나들며 북경교구의 사제들에 대해 들었으나 도성에 그들이 들어왔다는 소릴 들은 바 없소이다."

조규진은 좌포청 군관들에게 매질을 가하라 명했다. 잡혀 온 최인길, 지황, 윤우일은 끝까지 주문모를 알지 못한다고 입을 다물었다.

"대역죄로 다스릴 것이다. 주문모를 고해야 너희가 살 수 있으리라."

조규진은 북경 사제에 대한 동태를 알아내려는 마음이 급했다. 잡혀 온 역관들이 천주학쟁이라면 쉽게 불지 않을 것이 분명했다. 결국 조규진은 세 명의 사내들 앞에 배교자 한영익을 불러냈다.

"네놈들은 이 사람을 모르지 않을 것이다. 이 자를 아는가?"

"그자는 우리를 따라 북경으로 오갔던 자요. 모를 리 없소이다."

최인길은 어차피 살아나갈 방도가 없다는 것을 알았다. 최인길은 한영익을 탓하지 않았다. 어차피 알려질 사실이고 마땅히 그 책임을 면할 수 없었다. 하지만 북경 사제만은 살려야 했다. 가능한 조사를 지연시켜 북경 사제가 달아날 시간을 벌 참이었다.

"이 자가 너희와 함께 주문모에게 세례를 받았다고 고변했다. 너희가 세례를 받은 것을 부정하겠는가?"

"우리는 북경에서 세례를 받은 자들이오. 북경은 천주교의 포교를 금하지 않고 있소이다. 중국인들과 거래를 하려면 그들의 습성에 따라야 하는 법. 그들이 원하는 것을 들어주어야 하오이다."

"도성 안에서는 주문모를 본 적이 없다는 말인가?"

"몇 번을 말해야 하오리까? 대국을 드나드는 이 나라 역관 누구도 북경의 포교활동을 모르지 않고 황제의 성안에 그들의 예배당이 있는 것을 다 아오이다. 다른 것을 알지 못하오이다."

다시 매질이 시작되었다.

"최인길 이놈, 네 놈의 집에서 이 자가 주문모를 보았다고 하지 않는가? 그래도 시치미를 뗄 것인가?"

"저 사람은 역관이 아니오. 모름지기 진사라고 자처하는 이가 역관을 따라 북경을 드나든 자요. 돈을 벌고자 무슨 일이라도 하는 자의 말을 어찌 믿을 수 있겠소이까. 또한 한 입으로 여러 말을 옮기는 자요. 저런 사람의 말을 믿고 어찌 함께 자리를 할 수 있을 것이오. 그저 말을 관리하는 마군이나 역관들의 짐을 나르는 발품꾼들만도 못한 사람이로되 저자가 어찌 내 집을 드나든다는 말이오. 천부당만부당하오이다."

한쪽으로 물러나 있던 한영익이 다시 앞으로 불려 나왔다.

"그대가 북경 사제에게서 저들과 함께 세례를 받았다고 한 말은 거짓이 아니렸다?"

"아닙니다. 저는 세례를 받진 않았습니다. 다만 열흘 전이웁니다. 저 역관의 집에 모여 세례를 하기로 정하여 사람들이 몰려올 거라고 들었을 뿐이옵니다."

"저런 네놈도 세례를 받았다고 하지 않았느냐?"

한영익이 말을 바꾸자 급해진 군관이 나서서 최인길의 주리를 틀고 손톱을 뽑았다. 불에 달군 인두로 허벅지를 지져 살이 타는 푸른 연기가 치솟는 중에도 최인길은 입을 다물었다. 조용하던 좌포청은 죄인들 고문으로 아수라장이 되었다. 군관들은 매질을 더 하라고 고함을 질렀고 잡혀 온 이들의 신음이 섞였다. 마침내 최인길의 머리가 길게 늘어졌다. 고신이 계속되자 지황과 윤우일은 혀를 깨물고 죽었다. 그들은 역관으로 중국을 드나들며 익힌 천주교를 부정하지 않았다. 하지만 중국인 사제의 거취에 대해선 입을 닫았다.

사내들이 차례로 숨을 거두자 좌포청 종사관은 서학 신부를 잡지 못한 무능으로 질책을 받을까 두려웠다. 또한 한영익이 지목해 붙잡혀 온 자들은 모두 신부의 존재 자체를 부정했다. 다만 최인길이 자신이 교리 학습을 맡았다고 고백했다. 죄인들이 죽자 시신을 해당 관아로 보내주고 고신을 했던 군관과 군사들의 입을 닫게 했다. 무리한 고신을 가하여 죽음에 이르게 했으면서도 북경 사제에 대한 어떤 정보를 얻지 못하고 연행된 자들이 죽자 조규진은 당황했다. 조규진이 심환지에게 달려가서 전후 사정을 고했다. 심환지는 섣부른 조규진의 허술한 일 처리와 무책임한 처사가 불편했다.

"그래 중국인 사제라 했는가? 그 이름이 주문모인가?"

"죄인들은 천주학쟁이로 북경에서 세례를 받았다고 하면서 주문 모는 모른다고 하였나이다."

"뭐라? 주문모를 모른다? 주문모라 하지 않았는가?"

"그 이름은 고변자의 말에서 나온 말이옵니다."

"저런 저런, 어찌 사람이 죽도록 고신을 당하면서도 그 이름조차 모른다니 그게 될 법한 말인가?"

"대감, 아무래도 고변자의 말만 믿고 고신에 참여했던 좌포청의 군관들의 무모함이 극에 달했나이다. 공을 세우고자 했다고 하나 용서할 수 없사옵니다. 우선 그들을 모두 도성 밖의 별장으로 내치고자 하나이다."

심환지는 조규진의 말에 입을 다물었다. 좌포청에서 죽어 나가는 죄인이 한둘이 아니고 북경은 천주학을 인정하고 있으니 북경을 드나드는 역관들이 천주학에 관심을 가질 수 있을 것이나 금하는 세례를 받은 것은 분명한 죄였다. 심환지는 끝내 사라진 북경 사제의 근황이 관심이었을 뿐이었다.

"그렇게 자신하던 포도대장께서는 무엇을 하였는가?"

"대감 죽을죄를 지었나이다. 중국인 사제라 하니 우선 잡아다가 의주에서 내치려 했나이다."

"그대가 이 나라의 중심인가? 가당치 않은 소리. 분수를 아시게."

조규진은 심환지의 날카로운 눈빛과 비꼬는 말에 몸 둘 바를 모르고 머리를 조아렸다. 상대는 병조의 수장이다. 좌포청 포도대장

목 하나 날리는 것은 어렵지 않은 일이었다. 하지만 조규진은 내심 믿는 바가 없지 않았다. 비변사는 아직 북경 사제에 대한 상소를 올리지 않고 머뭇거리고 있었기 때문에 군관들을 보내 북경 사제를 잡아들이기 충분한 시간이 있었다.

"대감, 발 빠르고 눈썰미가 좋은 수하들을 충청도로 보냈나이다. 멀리 가지 않았을 것입니다. 북경 사제를 움직이는 보이지 않는 손이 있을 것이옵니다."

"보이지 않는 손? 누구를 말하는가?"

"대감, 확신할 수는 없사오나 내포사도라 불리는 자와 그와 함께 하는 정약용을 주시하고 있나이다."

"무어라? 정약용."

심환지는 조규진의 말을 듣고 깊게 숨을 들이켰다. 정약용, 그가 있었다. 깊게 숨을 내쉰 심환지는 사태를 우선 관망하기로 했다.

"으흠, 그런가. 그 일은 그대가 알아서 할 일이야. 그대에게 맡겨 둠세. 자신이 없으면 그 중국인 사제는 처음부터 없던 것으로 하든지. 심문에 관여한 군관들은 모두 멀리 내치든지 알아서 하고 물러가시게. 나는 오늘 그대를 본 적이 없는 것이야."

조규진은 심환지의 말에 이를 갈았다. 그렇다고 심환지의 말을 그대로 받아들일 수도 없었다. 조규진은 좌포청으로 돌아와 퇴청하지 않고 수하들을 득달했다. 주문모를 빼돌린 자가 비변사와 연결되어 있을 것이라 여겨 좌포청 군관들을 비변사 당상관은 물론이고 서리들까지 미행을 붙였다. 하지만 어떤 단서를 잡을 수 없었던 조규진은 북경 신부의 고변을 처음 접한 병조에 이 사실을 알고 있을 만한 사람으로 정약용을 떠올렸다. 정약용은 한때는 병조의 비변랑[13]이었기에 비변사에서 정보를 얻을 수 있었고, 당장은 병조 참지로 고변한 별장 이석의 상관이었다. 조규진은 병조판서 심환지에게 정약용을 북경 신부의 움직임을 알고 피신시킨 배후로 의심하여 지목했다. 심환지는 조규진의 말을 듣고도 모른 척 자신과는 무관한 일이라 했다. 임금의 신임이 두터워 동부승지를 거쳐 병조 참지로 승승장구하는 정약용을 섣불리 칠 수는 없었다. 정약용이 서학을 공부하고 있는 것을 알고는 있으나, 임금이 신임하는 그를 불분명한 근거로 천주학의 무리로 고변할 수는 없었다. 역풍을 맞을 수도 있을 것이다. 그렇다고 서학을 빌미로 남인들을 물리칠 기회를 더는 방치할 수 없었다.

수하 군관들을 북방의 별장으로 내치며 이를 갈았던 조규진이 직접 나섰다. 조규진은 정약용과 그 형제들을 지목하여 사학의 무리라고 비변사로 탄핵했다. 정약용이 서학을 공부한 일을 모르는 이는 없었으나 서학을 공부했다고 하여 사학의 무리라고 할 수는 없었다. 하지만 조규진의 탄핵이 있자 확실한 물증도 없이 간관들의 상소가 승정원으로 올라갔다. 임금은 영상 채제공을 불러 간관들의 요구가 타당한지 물었다. 채제공은 서학을 사학이라 할 이유

---

13 비변랑備邊郎 : 병조의 기밀을 맡아보던 종6품 관직. 낭청이라고도 함.

가 없다고 두둔했다. 임금은 채제공의 말을 믿었다. 조규진의 탄핵
은 어전에서 논의조차 하지 않고 두 달이 지나 당상관들의 관심에
서 멀어졌다.

3. 당쟁黨爭

을묘년(乙卯年, 1795년) 칠월 초사흘

조회에서 대사헌 권유權裕가 자신이 올린 상소에 대해 임금께 주청했다. 좌포청에서 쉬쉬했던 일이 겉으로 드러났다.

"…백성을 사랑하시는 임금의 마음을 안다면 어찌 좌포청 군관들이 무고한 백성을 잡아다가 때려죽이고 감출 수 있겠나이까? 이제 거의 두 달이 지났으나 심문에 참여했던 좌포청 군관들이 모두 입을 닫고 있으니 그 진상을 알 수 없나이다. 이를 바로 밝혀주시옵소서."

북경 사제가 도성에서 교리를 전하고 있다는 사실을 논의하고도 임금께 의견을 내지 않았던 비변사 당상관들은 모두 입을 닫고 임금의 표정을 살피기 급급했다. 도승지가 나섰다.

"대사헌께서는 어찌 좌포청의 일을 어전에서 밝히려 하십니까? 좌상이 알아서 할 일이지요."

"좌포청의 일이라니요? 무고한 백성을 때려죽인 일입니다. 도승지께서 나설 일이 아니오이다."

권유는 눈꼬리를 씰룩거리며 목소리를 높였다. 임금의 면전에서 면박당하자 분이 끓어오른 도승지가 언성을 높였다.

"대사헌께서는 말을 삼가시지요. 무고한 일이라니요? 장살된 자들은 모두 사학의 무리고, 배교를 거부한 자들이오. 그자들이 좌포청 군관들의 말에 저주를 퍼부어 생긴 일이라 들었소."

부득이 좌상 유언호俞彦鎬가 도승지를 두둔하고 나섰다.

"대사헌 대감, 사학의 무리를 잡아 법대로 처리하고 해당 관아로 압송하여 그 진위를 밝히려다가 발생한 일이오. 문제 삼을 것은 아니오."

권유도 물러서지 않았다.

"좌상 대감, 문제 삼을 것이 없다니요? 대체 어느 나랏법에 사람을 때려죽여도 무방하다 합니까?"

권유가 다시 목소리를 높이자 유언호의 얼굴이 일그러졌다.

"사람이 다 같은 사람이오? 그들은 모두 사학의 무리였소이다. 해당 관아로 압송된 후 배교하지 않으면 어차피 죽게 될 자들이고 설령 그들이 고신 중에 죽었다고 하여 어전에서 따질 일은 아니지요."

좌상의 목소리가 정전을 요동치게 했다. 다시 대사헌 권유가 말을 더했다.

"좌상 대감, 어전입니다. 말씀을 가려 하시오. 사학의 무리라니요? 서학을 따르는 이들을 모두 사학의 무리라 할 것입니까? 저들은 모두 역관으로 북경을 드나든 적이 있고, 북경은 이미 서학에 관용을 베풀어 허용했습니다. 말을 삼가세요."

격노한 좌상 유언호가 자리를 벗어나 임금 앞에 나서서 부복했다.

"전하, 통촉하옵소서. 대사헌의 말에는 북경을 사례로 들어 공연히 당쟁을 거론하려는 의도가 보입니다."

결국 임금이 나섰다.

"서학이 사학인지는 더 살펴야 할 것이나 만약 사학으로 경도된 자들이 있다면 이들을 마땅히 좋은 쪽으로 인도하고 부끄러움을 알게 하는 것이 판관과 수령의 책임이오. 이를 유념하여 처리하시오."

서둘러 조회를 끝냈다. 이틀이 지나자 좌상 유언호는 상소를 올린 권유 대신에 서학 배척에 앞장선 이의필李義弼을 대사헌으로 천거했다. 임금은 이의필을 대사헌으로 임명하여 서학이 당쟁으로 비화하는 것을 막으려 했다. 하지만 이의필이 대사헌이 되자 다시 상소를 올려 공론을 일으켰다.

"전하, 배교한 이존창이 옥문을 나서자마자 다시 사학을 전파하는 일을 서슴지 않고 있으니 이는 이가환과 정약용의 무리를 내치지 않은 탓이라 할 것이옵니다. 통촉하소서."

이의필이 앞장서자 간관들과 유생들의 상소가 줄을 이었다. 진위를 따질 형편이 아니었다. 정국이 사학 소용돌이에 휘말렸다. 서학을 말하던 이들을 천주학쟁이들의 배후로 지목하고 이승훈, 이가환, 정약용의 이름을 거론했다. 심환지를 따르는 노론 벽파는 서학 패거리에게 죄를 묻고 벌을 주라고 연일 상소를 올렸다. 마침내 영상 채제공의 서자 채홍리와 혜경궁 홍씨의 일가 홍수보 등에 벽파의 집요한 공격이 계속되자 임금은 심환지를 내전으로 불렀다.

심환지가 내전으로 달려와 부복했다.

"서학 서적을 그대도 보았소?"

"전하, 참으로 황망하옵니다. 서학 서적은 그저 한갓 책이옵니다. 하오나 그 책을 보낸 까닭은 조선에 양인들을 보내려는 뜻이 있을 것이옵니다. 양인들의 뒤에는 대포와 군사들이 있나이다. 통촉하소서."

"당장이라도 군사들을 보낼 거라는 말씀이오?"

"빌미를 얻으려 할 것이옵니다. 미리 막는 것이 상책이라 생각하옵나이다."

"천주학을 신봉하는 이들이 그리 두려운 것이요?"

"그들은 조상의 신주도 부순 자들이옵니다. 종묘인들 두려워할

자들이 아니옵니다."

"병판은 말을 삼가시오. 종묘라. 으흐흠."

임금은 심환지의 마음을 달래고 싶었다. 심환지가 물러서지 않으면 노론 벽파들로 채워진 간관들이 물러서지 않을 것이 분명했다. 임금은 고개를 돌린 후 눈을 감고 뒤로 물러나 앉았다. 심환지는 임금의 입술이 씰룩거리는 것을 보았다. 어떤 결정을 하기 전 임금의 모습이다. 심환지는 슬그머니 미소를 지으며 물러설 방책을 꺼내기로 했다.

"전하, 신하들이 어찌 군주의 마음을 제대로 살필 수 있겠나이까? 소신은 전하의 명에 따라 물러설 것이옵니다. 다만 간관들은 그 소임을 다할 것이오니, 서학의 무리에게 잠시라도 죄를 묻고 내치소서."

고육지책苦肉之策. 임금은 정약용을 살려내기 위해 심환지의 뜻을 따르기로 했다. 심환지가 물러간 후, 임금은 승지에게 명을 내렸다.

서학이 비록 학문이라 하나 잘못 알고 따르기도 하여 폐단이 적지 않으니 그 책임을 묻지 않을 수 없다. 이승훈을 예산으로 정배하고, 이가환은 충주목사로, 정약용은 금정찰방으로 보내 속죄하고 근신하여 사학의 화를 벗게 하라.

임금이 종3품 병조 참지 정약용의 직급을 4단계나 강등시켜 금정찰방으로 임명하자 반대파들도 쾌재를 부르며 입을 닫았다. 임금은 정약용의 목숨을 구한 것으로 족하다 여겼다. 하지만 반대파들은 왜 하필 금정역참인지 임금의 뜻이 무엇인지 간파하려 고심했다.

조선은 도성에서 지방 관아에 이르는 도로 중요 지점에 역참을 두고 공문서 전달, 관물 수송, 교통로 확보 및 정보 전달과 수집을 맡게 했다. 찰방은 역참의 수장으로 외관직 종6품 벼슬아치다. 고을 수령인 현감과 달리 음직[14]으로 벼슬에 나선 자들이 맡는 한직이나 그 힘이 적지 않았다. 금정역참은 수령인 찰방과 서리, 장교, 사령, 마부 등 백이십여 명이 상주했고, 크고 작은 관아 건물이 60여 칸이 되었다.

충청도 관찰사가 거느린 찰방은 다섯이다. 이인찰방, 성환찰방, 금정찰방(청양 남양), 율봉찰방(청원 북면), 연원찰방(충주 인근)이 있다. 그 중 금정역참은 천안~아산~대흥~청양~금정~비인으로 가는 도로와 공주~금정~청양~결성~홍주~서산~태안으로 이르는 길과 정보를 관할하는 요충지다. 특히 금정역참에는 종6품 찰방과 종9품 역승이 임명되어 인근 역들을 모두 관장한다.

더구나 금정역참 인근 구봉산 아래 어재동(청양 화성)은 영상 채제공이 태어난 고향이고 채제공의 인척들이 살고 있었다. 채제

---

14 음직蔭職 : 대과를 거치지 않고 관직을 지녔던 조부나 부친의 공으로 얻은 관직.

공은 정약용이 화성행궁의 설계를 맡도록 천거한 장본인이고, 사사롭게는 정약용의 누이가 채제공의 며느리다. 임금이 서학으로 내칠 수밖에 없는 정약용을 살려내고자 한다면 부득이 의지할 이는 남인 영수 채제공뿐이었다.

하지만 임금은 참지 벼슬을 떼었다고 정약용을 살릴 수 있을 것이라 확신하지 못했다. 서학을 추종하지 않을뿐더러 천주학쟁이가 아니라는 정약용의 고백을 조금도 인정하지 않는 이들이 노론 벽파였다. 정약용이 천주학쟁이들과 결연했다는 것을 보여줄 계기가 필요했다.

을묘년(乙卯年, 1795년) 칠월 말

정약용은 금정찰방으로 부임한 후 근신하고 관아에 머물렀다. 인근 어재동에 사는 채제공의 친지들이 찾아왔고, 그들이 사는 곳을 방문한 것을 빼고는 나들이를 삼갔다.

정약용이 금정찰방으로 부임하자 이존창은 정약용을 찾아가 만나기로 결심했다. 이존창은 정약용과 마찬가지로 배교한 아픔을 지니고 있었지만, 그 속마음은 달랐다. 또한 정약용의 배교도 믿지 않았다. 정약용은 사제를 도성에서 빼돌리도록 정보를 준 장본인이다. 더구나 황사영이 사제를 수행하면서 교리를 전하고 있었는데 황사영은 정약용의 조카사위다. 그가 사제를 수행하고 있기에 당연히 정약용도 사제의 움직임에 대해 알고 있으리라 여겼다. 이존창이 서둘러 정약용을 찾아가는 이유는 정약용의 믿음을 확신했고, 사제의 안전을 보장받기 위해 무엇보다 좌포청의 움직임에 대한 정보가 필요했다. 이를 위해 무엇보다 정약용의 진심을 알고 싶었다.

정약용의 생각은 달랐다. 정약용은 자신을 금정역참으로 보낸 임금의 뜻을 헤아리고 자신이 해야 할 일을 분명히 알고 있었다. 그것은 이존창과의 관계를 정리하고 사학의 무리에서 벗어나는 일이다. 금정찰방으로 부임한 이후 정약용은 내전으로 임금을 찾아갔던 날을 한시도 잊지 않았다.

"전하를 뵙지 않고 물러갈 수 없나이다. 죄인을 용서하옵소서."

내전에 들어온 정약용은 고개를 들고 임금을 바라볼 수가 없었다. 임금은 정약용을 시종 외면했다. 하직의 절을 올리자 임금은 고개를 돌린 채 말했다.

"금정역참은 행궁에서 멀지 않은 곳이다. 일이 마무리되는 대로 곧 돌아오라. 그때까지 그대를 지킬 것이라."

"황공하옵니다."

정약용은 울컥 치솟는 눈물을 겨우 참았다.

"행궁의 일이 걱정이다. 그대가 행궁의 자리에 있어야 하거 늘……."

용서할 수 없는 지경에 이르렀으나 우선 외직으로 갔다가 다시 화성행궁으로 돌아오라는 임금의 말이 참으로 뜨거웠다. 정약용 은 임금의 총애하는 마음을 알고 있었다. 신하라면 임금의 짐이 되 면 진즉 물러나야 했다. 다만 자신이 의심받고 있는 터라 감히 사 직할 수도 없을 뿐이었다. 정약용은 절하고 내전을 물러나 금정역 으로 떠났다.

임금은 정약용에 대해 깊은 고뇌에 잠겼다. 화성행궁을 짓는 적 임자는 오로지 정약용이다. 그를 다시 불러올 묘책이 필요하다. 하 지만 정약용이 스스로 풀어낼 수 없는 일이다. 임금은 여러 달을 절치부심했다.

을묘년 섣달 보름, 충청도를 감사하라 보낸 비변사 낭관 정관휘 가 충청감사 유강柳焵이 정리곡[15]을 잘못 운용했다는 보고를 올렸 다. 정리곡을 잘못 사용한 비리는 비인과 남포 등에서 구체적인 사 실로 드러났다. 임금은 유강을 파직하고 충청감사로 대사간 이정 운을 택했다. 이정운은 채제공을 편들고 제주로 유배되었다가 돌 아와 대사간으로 복직해 있었다. 임금은 이정운을 내전으로 불렀 다. 지방관으로 나가는 대신에게 전별의 자리를 베푸는 것은 임금

---

15 정리곡整理穀 : 정조의 어머니 혜경궁 홍씨의 회갑연에 쓰고 남은 돈. (흉년에 빈민구제에 사용 함).

의 덕이다. 느닷없는 영전의 뜻을 모르는 이정운은 내전으로 들어서자마자 부복했다.

"전하, 황공하옵니다. 소신은 그저 전하의 뜻을 받들어 충청도관찰사로 분골쇄신할 것이옵니다."

"내 그대와 술잔을 나누어야 하나 내 몸이 견딜 수 없어 부득이 그대에게만 술을 내리고 차를 마시는 것이오. 내 몸과 마음이 피폐해진 것을 그대는 알 것이오."

"……."

이정운은 내관이 가져온 술잔에 입을 대었다가 떼고 임금의 눈치를 살폈다.

"대사간, 그대를 충청도로 보내는 것은 환곡 운영을 바로잡으라는 것이 우선이오. 그건 이미 알고 있을 것이고 또한 달리 뜻이 있소이다."

"전하, 하명하시옵소서!"

이정운은 잔을 비우고 머리를 조아렸다.

"충청도는 일찍이 서학에 경도되어 백성들이 혼란하다 하더이다. 바른길로 인도하여 정학의 기풍으로 되돌려야 할 것이오."

"명심하겠나이다. 전하."

"사학의 근원을 뿌리 뽑고 요동치는 당쟁을 바로잡는 일이오. 그 뜻을 그대가 할……."

"……."

이정운은 임금의 머뭇거리는 말을 기다리며 등줄기가 오싹해졌다. 특별한 임무. 그것은 당쟁으로 번지는 서학을 바로잡으라는 임무로 반드시 수행하라는 다짐이었다. 이정운은 꿀꺽 침을 삼켰다. 정약용과 관련된 일이 틀림없다. 하지만 이정운은 아무런 내색도 하지 않았다. 임금도 한참 천천히 차를 마신 후 입을 열었다.

"금정찰방 정약용을 병조로 보낼 구실을 만드시오. 그가 돌아와야 화성이 제대로 될 것이오."

화성. 임금이 꿈꾸는 새 궁이다. 별궁에 갇혀 세상을 떠난 사도세자의 한을 풀어내는 곳이다. 임금은 정약용을 데려올 방책을 구하라 명했다. 이정운은 내전을 나오며 뒤를 돌아보지 않았다. 석양에 물들며 어두워지는 대궐은 벌써 등불을 밝혔고, 궁인들은 밤을 밝히기 위한 자리를 향해 달리고 있다. 이정운은 대궐을 나서며 중얼거렸다. '전하, 할 수만 있다면 이 잔을 거둬주시옵소서.'

신임 충청도관찰사 이정운의 입장이 곤란했다. 사학의 무리를 바로잡으라는 임금의 당부는 정약용이 사학의 무리와 아무런 관계가 없다는 것을 입증하라는 명령이다. 이정운은 정약용이 사학의 무리와 어울리고 있는 것을 모르지 않았고, 정약용이 교우가 아니라는 것을 입증하기 위해서는 다시 채제공의 편에 서서 감시의 눈이 시퍼런 비변사 당상관들과 대치해야 하는 일이다. 제주에서 보낸 유배의 시간이 뚜렷하게 되살아난다. 이정운은 충청감사로 부임하자마자 감영으로 정약용을 불렀다. 무엇보다 정약용으로부터 직접 어떤 계기가 있을지 들어야 했다.

을묘년(乙卯年, 1795년) 섣달그믐

이른 아침, 신임 감사와 면담하기 위해 정약용은 사령과 마부를 앞세워 공주로 향했다. 칠갑산을 휘돌아 흐르는 지천을 따라 걸었다. 눈이 수북한 산길은 말조차 제대로 걷질 못하고 미끄러지기 일쑤였다. 사령은 정약용의 눈치를 살폈다. 계곡이 깊은 칠갑산 산길로 접어들기 전에 금정역으로 돌아가고 싶은 마음이었다. 그런 마음을 모르진 않았으나 눈을 핑계하여 역으로 돌아갈 수도 없었다. 감사는 곧 연초 순행에 나서야 했고, 감영을 비운 감사를 만나려면 충청감사의 순행이 금정역참을 지날 때까지 기다려야 하는데 그럴 수는 없었다. 정약용은 임지를 바꾸게 하며 당부했던 '그대를 지키겠다'는 임금의 말을 뚜렷하게 기억했다. 산길로 접어들자 다시 눈이 내렸다. 사령이 마부를 재촉하여 산길을 우회하여 적곡으로 길을 바로잡았다. 눈에 파묻힌 길을 열어 적곡 주막에 도착했을 때 이미 해가 기울었다. 사령은 이른 새벽 다시 길을 나서기로 했다. 주막 주인이 갑자기 들이닥친 금정찰방을 보고 혼비백산하여 부엌으로 내달았다. 정약용은 주인이 내준 방으로 들어가 누웠다.

공주목 저자는 설날 채비로 한산했다. 가게들은 대부분 문을 닫았고 수일 동안 내린 눈이 쌓여 거리로 나선 이도 드물었다. 간간이 새 옷을 차려입고 바삐 걷는 이들은 세배를 위해 나선 이들이다. 정약용이 감영으로 들어서자 사령들이 선화당宣化堂으로 안내했다. 이정운은 금정찰방 정약용이 관아로 들었다는 말을 듣고 서둘러 선화당으로 나왔다. 이정운이 방 안으로 들어서자 정약용은 자리에서 일어나 절했다. 정약용이 자리에 앉자 이정운은 임금이 내린 새해 첫 명을 먼저 전했다.

"임금께옵서 온 나라에 권농의 명을 내렸소이다. 내 읽어드리리다."

정약용은 머리를 조아리고 임금의 명을 들었다.

곡식이 잘 되고 풍년이 드는 것은 왕에게는 경사이며 농부의 소원이 이루어지는 것이다. 새해 점을 치니 풍년이 들 징조다. 몸소 사직단社稷壇에 나아가 곡식이 잘 되기를 빌어 백성들에게 근본에 힘쓰고 농사를 중히 여기는 뜻을 보이고자 한다. 감사와 수령들도 각자 내 마음을 따라서 농사에 마음과 힘을 다하여 풍년이 들어 많은 곡식을 거두는 기쁨이 있게 하라.

이정운은 새해 덕담을 임금이 내린 권농의 명으로 대신하고 자리에 앉는 정약용의 모습을 살폈다. 추운 눈길을 달려온 정약용은 군불로 뜨겁게 데운 방안 탓인지 온몸에서 흰 증기를 뿜고 있었다. 도포 자락도 젖었고, 넓은 갓의 양태가 슬그머니 수그러들어 가관이었다. 고개를 젓고 혀를 찼다. '정령 저이가 얼마 전까지 임금의 곁에 머물던 총신이었더란 말인가.' 믿어지지 않았다.

"영상 대감의 일가들은 모두 무사하시오니까?"

이정운은 하고 싶은 말을 뒤로 미루고 영상 채제공 일가의 안부부터 물었다.

"금정에 부임하여 한 번 다녀온 적이 있습지요. 평안해 보였지요."

"그러셨군요."

정약용은 먼저 말을 꺼내지 않고 정중하게 자리를 지켰다. 이정운은 정약용의 모습을 다시 살폈다. 마르고 흰 얼굴에 점차 붉은 기운이 돌았고, 눈빛이 편안했으나 결기가 단단해 보였다.

"전하께옵서는 무엇보다 먼저 사학을 바로잡으라 하셨소이다. 내포사도라고 불리는 자가 신출귀몰한다는 소문을 들었소이다."

이정운이 임금의 당부를 전하자 잠시 구부정하게 웅크리는 정약용의 눈에 물기가 서렸다. 이정운은 정약용이 먼 길을 달려와 기운이 쇠한 것은 아닌지 걱정했다. 정약용이 입술을 깨물었다. 갸름한 턱이 움찔댔다. 한동안 말이 없던 정약용이 겨우 입을 뗐다.

"이존창이 은거지에서 나와 금정역으로 올 것이오. 그가 신해년 죽을 자리에서 임금의 은혜를 깨닫고 배교하여 겨우 목숨을 구했지요. 간관들이 다시 윤지충의 사악한 일을 거론하고, 사학의 무리가 임금의 덕을 가리고 있다고 하니, 그 스스로 죄를 묻고 항쇄[16]를 지려 할 것이지요."

이정운은 예기치 않았던 정약용의 말을 듣고 내심 놀랐다.

"그걸 어찌 확신하시오?"

"이존창, 그자는 그런 사람이지요."

이정운은 믿을 수 없었다. 그러나 정약용은 확신한 어투였다.

"훗날 그가 금정역으로 나서면 자세히 보고할 것이니 그가 지은 죄를 낱낱이 규명하여 무릇 어긋남이 없길 바랄 뿐이외다."

정약용의 붉었던 얼굴이 순간 허옇게 핏기를 잃었다. 이존창이 사학의 무리라 자백하고 항쇄를 지겠다는 말은 정중하고 완곡하나 참으로 놀라운 말이다.

이정운은 자리에서 벌떡 일어섰다.

"그 말이 사실이오? 믿어도 되겠소? 난 그저 참지 영감만 의지할 것이오."

임금이 자신에게 부여한 임무 두 가지를 한꺼번에 이루게 되었다. 임명하며 부여한 첫 임무는 부족한 환곡을 채울 경납전京納錢을 요청하는 장계를 보낸 일이다. 이제 또 다른 밀명인 사학 무리를 추포, 교화시키라는 임무에 대한 성과를 확신하자 떨 듯이 기뻤다.

"정월 초하루에 예까지 오시느라 고생하시었소. 오늘은 객사에

---

16 항쇄項鎖 : 죄인의 목과 손을 결박하는 나무 도구.

서 쉬시고, 정담이나 나누는 것이 어떠시오?"

　이정운은 정약용의 공을 치하하고 접대하려 했다. 정약용은 이 존창에 대한 말을 마치자 이정운의 환대를 거절하고 서둘러 선화 당을 나섰다. 정약용을 수행한 사령과 마부는 새해 떡국으로 배를 채웠으나 정약용은 빈속이었다. 감사가 내온 차 한 잔이 전부였다. 하지만 허기를 느끼지 못했다. 그저 금정역으로 돌아가 문을 닫고 자리에 눕고 싶을 뿐이다. 정약용이 말에 오르자 마부가 고삐를 단단히 죄어 잡았다. 사령은 대여섯 걸음 앞에서 걸었다. 안티[17]를 넘어 고마나루로 가자는 상전의 말에 사령은 고개 숙여 복종했다. 적곡을 거쳐 왕진나루에서 거룻배를 타고 석탄나루로 건너 감영 으로 오던 길과는 다른 길이었다. 제민천을 따라 사령이 앞장서 천 천히 걸었지만 재촉하지 않았다. 밤새 내려 쌓인 눈을 쓸어모은 무 더기들이 제법 둔덕을 이뤘고, 가는 바람에도 버드나무 가지에 매 달린 눈가루들이 반짝이며 날았다. 설날 저자 전포들은 문을 닫았 고 공산성으로 이르는 길도 적막했다. 정약용은 이정운이 한 말을 곱씹었다.

　"참지께서는 서두르지 마시오. 중군영의 군관과 병사들을 참지 께서 연통하면 곧 보낼 것이오. 이존창, 그자가 스스로 역으로 온 다고 하니 달아날 위인은 아닐 것이고, 본관이 알기로는 참지께서 도 오래전부터 알고 지냈다 하시니 여러모로 생각하는 바가 있소.

17　안티鞍峙 ; 금강 고마나루에서 공주로 들어오는 고개. 일명 하고개라고도 함.

참 이상한 일이오. 그리 날렵하고, 신출귀몰하는 자가 어찌 스스로 금정역으로 나서겠다는 것인지. 임금의 덕을 세우고자 한다는 말이 진정인지 그 속을 알 수 없소. 그들은 본디 사특하기 이를 데 없는 자들이오. 참지께서 이미 아시니 더 말할 필요가 없으나 이존창을 따르는 무리는 나라의 근본을 훼손하는 자들이오. 전하께서 은밀히 명한 바 있어, 세밀하게 처리할 것이오."

참지. 병조 참의와 같은 정3품이나 정약용은 한 단계 낮은 직급인 종3품 중직대부中直大夫로 병조의 수납과 지출을 모두 관장했다. 금정찰방으로 부임한 이후 오랜만에 들어본 직전 품계였다. 굳이 참지라 부른 것은 종6품으로 강등되어 금정찰방으로 내려온 현실을 드러내지 않으려는 충청감사의 세심한 배려였다. 지나는 백성들이 길을 비키며 물러서자 정약용은 고개를 숙여 답례했다.

정약용은 안티를 넘어 고마나루로 가서 강을 건널 참이다. 제민천 폭이 넓어지고 둔덕 건너 미나리꽝에서 미나리를 채취하는 여인들의 모습을 보았다. 정월 초하루지만 여러 날 눈보라가 몰아쳐서 작업을 멈추었던 사람들이 날씨가 맑아지자 저마다 작은 호미와 낫을 들고 미나리꽝으로 모여들었다. 여인들은 얼음장을 깨고 성큼 들어가 미나리를 뿌리까지 뽑아 물에 씻었다. 뿌리를 잘라내자 연둣빛 대궁 아래 속살이 허옇게 드러났다. 정약용이 말을 멈추고 일하는 사람들의 모습을 한참 동안 바라보았다. 발갛게 얼어붙은 다리와 흰옷은 차라리 한 마리 학의 모습이다. 일찍이 본 적이 없는 광경이다. 사령이 갈 길을 재촉했다. 정약용이 고개를 끄덕이자 마부가 말을 안치로 돌렸다. 미나리꽝을 벗어나자 향옥[18]을 지키는 군사들이 화톳불을 피우고 몰려 있다. 향옥은 길고 둥근 울타리를 둘렀고, 제민천과 경사가 심한 산으로 둘러싸여 있다. 정약용은 고개를 숙였다. 금정찰방으로 부임한 후 이존창으로부터 받은 서찰을 기억했다.

영감, 오랜만에 글을 올리옵니다. 직암[19] 사제로부터 가르침을 얻어 입도한 이래 임금의 덕을 입어 낙향한 지 여러 해가 되었으나 이제 비로소 영감을 뵈올 수 있겠습니다. 몸을 버리고 향리조차 버린 후 사람이라 부를 수 없는 지경에 이르러 닥치는 대로 일하며 지냈소이다. 감시자의 눈을 피해 나무를 베어 숯막에서 밤새 숯을 굽고 이른 새벽 향반들에게 보내 겨우 양식을 얻으면서 세상을 마음껏 다닐 수 있는 날을 고대했지요. 문득 들으니 금정역참으로 영감이 오신다고 하니 그저 영감의 귀한 가르침을 들을 수 있는 기대로 근골에 다시 힘이 생겼지요. 하지만 한편으로는 지난날의 일로 인하여 다시 공연한 죄를 얻을 수도 있겠다 생각하니 사뭇 마음이 무겁고 숨어 지내는 것만이 능사는 아니라 여기게 되었소이다. 억울하고 비통한 마음을 다 말할 수 없으나 감히 용기를 내

---

18 향옥鄕獄 : 감영의 옥.

19 직암稷庵 : 권일신의 호.

어 역참으로 나가려 하오이다. 비록 몸은 떠났으나 속마음이야 다를 것이 없으니 북경 사제와 동행하고자 했고, 먼 걸음에서 늘 뒤를 따르고 음식과 잘 곳을 챙기지요. 날로 치밀해진 좌포청 군관들의 매서운 눈과 발을 피할 수 없어 전전긍긍하던 터, 지난날과 같이 영감의 배려를 의지할 수 있으니 그 힘이 강건해지는 것을 느낀답니다. 어찌할까요? 영감께서 도모하시라 하는 대로 따를 것이나 북경 사제의 안위만큼은 영감께서 지켜주시리라 믿을 것이리다.

북경 사제 주문모. 정약용은 포도대장 조규진의 손에서 주문모를 구해낸 적이 있었다. 비변사의 움직임을 간파한 정약용이 우선 사제를 피하도록 조치해야 했다. 하지만 주문모를 구하고 겪은 사태를 잊을 수도 없거니와 임금과의 약속 또한 버릴 수 없다. 그런데 이제 이존창이 정약용 앞에 모습을 드러내려 한다. 그의 뒤에는 주문모의 그림자가 깊게 드리워져 있다. 이제는 사제의 안위에 대해 어떤 약속을 할 수 없다. 그의 머릿속에는 오로지 이존창만이 있었다.

누가 정했다고 할 것은 없소이다. 이렇게 하는 것은 나중에 정해질 이치를 미리 따르는 것이고, 교리를 지키고자 하는 배교자의 안타까운 반성일 것이오. 영감께서 이곳에 오래 있을 것이라 누가 감히 단언하겠소이까. 두어 달 혹은 반년, 아니 한 해를 넘기지는 않을 것이오. 그 공을 굳이 남에게 넘길 것은 아니라 생각하고 결심했소이다. 영감을 자애하시는 임금의 뜻이 무엇인지 생각하소서. 그저 영감은 영감에게 주어진 일을 하고 나 또한 그리할 것이오. 부연[20] 진사께서 교리가 아니라 서학이라 하고 학문을 논하였을 때, 알기 위한 일과 믿고 따르는 일은 다른 것이니 임금 또한 마음이 편하셨을 것이오이다. 부연께서는 충신의 면모를 다한 것이었고, 영감 또한 이에서 벗어난 것은 아니외다.

다섯 해를 이곳에 머물며 참회하고 교리를 지키고자 하였으되 늘 마음이 허전하여 그 이유를 몰랐으나 사제께서 온전히 그 가르침을 주시더이다. 하지만 아직은 시기가 아니라 기다리라 하시어 몸을 더 깊숙이 두었는데, 그 또한 내 몸을 결박하는 항쇄가 될 뿐이지 자유롭지 않더이다. 이참에 영감께서도 임금의 마음을 풀어드릴 좋은 계기가 될 것이고 나 또한 자유로워질 것이오. 스스로 짊어지는 항쇄는 이미 항쇄가 아닐 것이오이다.

이존창은 자신이 짊어진 항쇄를 스스로 풀고자 했다. 그 일을 정약용 자신에게 부탁하고 있다. 정약용은 얼어붙은 긴 모래톱을 지나 디디울나루에서 배에 올랐다. 사공은 강을 건너려는 세배객들을 싣고 힘차게 노를 저었다. 배에 탄 사람들은 정약용을 보고 깊숙이 고개를 숙여 새해맞이 절을 했다. 정약용은 강을 따라 내려가며 십여 년 전 임금과 함께 새해를 맞이했던 행궁의 기억을

---

20 부연附淵 : 정약현의 호.

떠올렸다.

갑인년(甲寅年, 1794년) 정월. 임금은 현륭원[21]으로 나가 작헌례
를 올렸다. 임금은 향을 피우며 간장이 끊어질 듯 통곡했다. 동행
한 영중추부사 채제공이 앞으로 나서 임금을 부축하여 행궁으로
돌아왔다. 임금은 쉬어야 한다는 어의의 간청을 물리치고 훈련대
장 조심태趙心泰를 거느리고 행궁의 진산인 화산에 올라 곧은 나무
들을 일일이 살폈다. 마침내 임금은 오랫동안 마음에 두었던 말을
꺼냈다.

"수원성에 치성雉城을 쌓고 포루砲樓와 각루角樓를 만들게."

공성전이 가능한 성을 쌓으라 명하는 임금의 말에 조심태는 오
금이 저려 말을 돌리려 했다.

"전하, 수원성은 사방이 드러난 평지라서 싸울만한 위치가 아니
옵니다. 주위 산성에 진영을 더하는 것이 옳을 듯하옵니다."

"싸움만이 능사가 아니다. 아름다운 성을 지으라는 것임이야."

임금의 뜻은 단호했다. 그것은 임금의 위엄을 내세워 아버지 사
도세자의 비운을 달래려는 의도였다. 사도세자의 일을 꺼내는 것
은 함구하라는 선대왕의 명을 어기는 일이다. 비변사 당상관들이
나서서 성내 백성을 동원할 수 없다며 반발했다. 축성은 제대로 진
행되지 않았다. 영중추부사 채제공은 수원성 역군으로 백성을 동

---

21 현륭원顯隆園 : 정조의 아버지 사도세자의 묘가 있는 곳.

원하지 않고 승군을 동원하면 가능한 일이라고 나섰다. 승군을 동원하자는 말을 거스르지 못하고 비변사 당상관들이 물러서자 마지못해 공사가 시작되었다. 하지만 일이 더디었다. 초여름에는 가뭄이 들었다가 한여름에는 수해로 농사를 망쳤다. 백성들은 먹을 것이 궁했다. 축성 경비를 분담시키는 일이 어려워졌다. 수원성 축성공사를 반대하던 비변사 당상관들은 재난의 시기에 축성 경비를 갹출할 수 없고, 당장 동원된 승군들이 먹을 양곡도 부족하니 돌려보내라 주청했다. 채제공은 공사 중지는 있을 수 없는 일이라며 이미 팔도에서 몰려온 일꾼들을 돌려보낸 후 다시 불러들이는 일은 더 어려움이 있을 것이라 주장했다. 하지만 비변사 당상관들은 물러서지 않았다. 임금은 축성공사를 멈출 수밖에 없었다.

공사를 재개한 것은 정약용이었다.

"전하, 거중기가 있으면 가능할 것이옵니다. 거중기를 사용하면 공사 기간을 단축할 것이옵니다."

비변사 당상관들이 직접 정약용을 불러 공사에 관해 물었다. 정약용은 황소를 부려서 하던 일을 자신이 구안한 거중기 등 기계를 쓰면 10년 약정한 공사를 반으로 줄일 수 있다고 단언했다. 비변사 당상관들은 믿지 않았다. 결국 임금이 나서서 축성을 계속하라 명했다. 좌의정 김이소金履素와 우의정 이병모李秉模가 어쩔 수 없이 물러났다. 그해 12월, 영중추부사 채제공을 사도세자 영정을 모실 경모궁 상호도감上號都監 도제조로 삼았다.

무리한 여정이었다. 엿새는 족히 걸릴 길을 사흘 만에 다녀왔다. 수행했던 사령과 마부들도 펄펄 끓는 몸을 이길 수 없어 일찌감치 이불을 쓰고 혼미한 잠에 빠졌다. 하지만 정약용은 찬물로 얼굴을 씻고 서가에 두었던 필사본 『기기도설』을 펼쳤다. 심신이 혼미하고 번잡한 생각으로 마음이 어지러울 때마다 펼쳐서 기본 원리를 적용하여 그린 응용기구와 장치들을 세밀하게 파헤치면 정신이 온전해지곤 했다. 정약용은 그림들이 보여주는 원리를 알기 위해 몇 번이고 옮겨 적고 그렸다. 『기기도설』을 제대로 이해하기 위해 중국을 드나들면서 서양인들과 교류하던 이승훈을 찾아가 그 이치를 터득했고 응용하여 마침내 화성행궁 공사에 쓸 거중기 설계도를 완성했다.

정약용은 호롱불이 점점 어두워지자 기름을 더해 불을 밝히고 자세를 바로잡았다. 사령이 문밖에서 기척을 하자 정약용이 일어나 방문을 열었다. 문밖에서 기다리던 역참 사령이 편지를 전했다.

"영감께옵서 공주로 가시던 날 한 어린 여자아이, 작은새라고 하는 아이가 가져온 것이옵니다. 홍산현에서 이 편지를 전하려 이존창이 반나절을 역참 사령을 기다렸다고 하더이다. 역참 사령이 도착하지 않으니 딸내미 편에 보내온 것이옵니다."

"그런가? 그 아이가 누구? 작은새라고 했는가?"

"작은새, 작은새라 하는 말을 들었사옵니다. 감영으로 떠나신 지가 얼마 되지 않아 감영으로 보낼까 하였사오나 급한 전갈은 아니라 하여 그냥 두었습니다."

정약용은 고개를 끄덕였다. 작은새. 이존창 루도비코의 여식으로 정약용도 소문으로 들어 아는 아이다. 정약용은 편지를 받아 방으로 들어와 자리에 앉았다. 낯익은 서체다. 이존창은 평소 말을 아끼던 사람이다. 그런 그가 작심한 듯 쓴 글이 가슴을 예리하게 파고들었다.

영감, 두려울 것이 무엇이오니까? 이미 갈 길은 정해져 있어 피할 수 없으나 어찌하리까 할 일이 남았으니 그로 망설이게 됩니다. 북경 사제는 다른 곳에 머물고 있으니 영감께서도 마음 두실 필요는 없을 것이외다. 저는 영감이 금정으로 돌아올 즈음 만수산 아래로 돌아가 정리할 것은 정리할 것이나 눈에 밟히는 식솔들이야 무슨 대책이 있으리오. 그저 살던 곳, 신창 여사울로 돌아가라 할 것이오이다. 혹시라도 식솔들이 여사울에 이르면 지금은 비록 교리를 잊고 숨어 지내는 옛 교우들이라도 모른 척하지는 않을 것이지요. 눈앞에 여사울을 가르는 냇가가 삼삼하오이다. 수구초심이라 누구든 돌아갈 곳을 마음에 두고 있으나 영감, 제겐 돌아갈 곳이 없소이다. 비록 유배라 하지만 전 평택 현감 베드로께서 예산에 내려와 계시니 영감이 돌아오기 전 찾아뵙는 것이 도리일 것이고, 기회가 된다면 베드로께서 지은 『유혹문贖惑文』을 읽으려 하나 어찌 그 글이 진심일 것이오? 뵈올 수 있다면 그 참뜻을 묻고 따르고자 할 것이오이다.

　전 평택 현감 이승훈 베드로. 사사롭게는 정약용의 매부다. 북경으로 가서 세례를 받고 돌아왔고, 한때는 주교가 되었다. 참판이었던 부친 이동욱의 간절한 뜻을 저버릴 수 없어 배교했다. 이동욱은 남인이어서 벽파의 미움을 받는 공격 대상이었고, 정약용이 금정으로 내려올 때 이승훈도 같은 죄를 얻어 예산으로 유배되어 있다. 이승훈은 『유혹문』을 지었다. 사학의 미혹한 교리에서 벗어나려는 사람들을 이끄는 척사론斥邪論이다. 정약용은 이승훈의 『유혹문』을 읽고 한동안 혼란에 빠졌다. 그 문장들이 너무도 간절하여 그 속에 감추어진 뜻을 읽으면서 몇 번이나 눈물을 흘렸다. 〈벽이문闢異文〉과 〈벽이시闢異詩〉들은 겉으로는 사학에서 벗어나고자 하는 진심을 말하고 있으나 실상 그 글에 담은 뜻은 교리를 지키지 못하는 유약함과 궁구하지 못하는 게으름을 스스로 질타하는 글이었다. 정약용은 이존창과 손을 맞잡고 묵상에 잠겼던 매부의 모습을 떠올렸다. 순간 자신도 그들처럼 무릎을 꿇고 두 손을 모았다. 시간과 공간의 구별은 허망한 핑계였다. 오로지 맞잡은 손은 하나로 뜻을 모으는 경건한 예배일 뿐이다.

4. 재회

병진년(丙辰年, 1796년) 정월 초닷새

　이존창은 금정역참으로 가기 전 먼저 자신이 해야 할 일을 챙겼다. 지티를 넘어 토정골로 돌아가 모아둔 참나무를 챙겨 사흘 밤낮 숯을 구워 홍산 저자에 내다 팔았다. 돌아오는 길 붉은 노을은 흰 눈이 수북한 산자락에 걸렸다. 말린 고사리와 산나물을 데치고 들기름을 둘러 볶은 나물과 시래기를 된장에 풀어 새우젓으로 간을 한 장국을 끓여 식솔들이 둘러앉아 고루 나눠 먹었다.

　"그간 토정골에 정이 많이 들었을 것이오. 우리가 한곳에서 머무르면서 오래 편안하게 살 수 있는 날이 아직은 멀다오. 그동안 모

은 돈이요. 어디 가든 급한 대로 양식을 할 수 있을 것이오. 갈 곳
이 마땅하지 않으면 여사울로 가시오."

"여길 떠나야 할 이유라도……?"

"아마 중군영 군사들이 올 거요."

토정골 식솔들은 모두 입을 다물었다. 여인들이 주섬주섬 설거
지 거릴 챙기며 일어서자 사내들이 이존창의 곁으로 다가앉았다.

"중군영 군사들이라니요? 사도님께서 다시 잡혀가시는 겁니
까?"

"그럴 걸세. 아니지. 내가 금정역참으로 가서 새로 오신 영감 앞
에서 항쇄를 지려 하오."

"그분이 고변이라도 한 것이오니까?"

"그분이 고변하실 분은 아니지요. 사제를 지키려면 그 수밖에 없
으니……."

벌써 이존창을 따라 두 차례나 사는 곳을 옮긴 식솔들이다. 그
속사정을 미루어 짐작했다.

"여사울로 가시오. 살 곳을 내줄 것이오. 이 또한 찰방 영감의 뜻
이기도 하고……."

사내들은 이존창이 여사울로 함께 가지 못하는 까닭과 돌아올
것인지도 묻질 않았다. 금정찰방 영감의 뜻을 따라야 한다는 사도
의 말이 무엇을 의미하는지 알고 있었다.

"저는 사도 아버지와 함께 갈 거여요."

루치아가 고개를 숙이고 중얼거렸다.

"그렇게 하자꾸나. 네가 할 일이 있으니……."

다음날 이른 새벽 식솔들은 든든히 배를 채우고 준비가 되는 대로 토정골을 떠났다. 서로 어디로 갈 것인지 말하지 않았으나 이미 여사울로 가려는 사람들이 한 무리를 지었고, 금강을 건너 전라도 금구로 갈 사람들이 한 무리를 지었다. 이존창은 식솔들이 토정골을 떠나자 서둘러 루치아를 데리고 홍산 저자를 지나 남쪽으로 길을 틀어 웅포나루에서 금강을 건너 고산으로 향했다. 고산 널바위 마을에는 이존창을 기다리던 교인들이 있다. 이존창은 북경 사제를 모셔와 그들에게 세례를 베풀기로 약속했다. 하지만 그 약속은 이제 지킬 수 없다. 이존창은 함열과 금마를 거쳐 고산 널바위로 류항검을 찾아갔다. 이틀 낮과 밤을 꼬박 빠른 걸음으로 걸었다.

이존창은 마을로 들어서기 전, 루치아에게 먼저 류항검을 찾아가 어둠이 내리면 사도께서 마을로 들어올 것이라 전하라 했다. 루치아는 혼자 마을로 들어갔다. 사람들은 낯선 어린아이가 류항검의 집을 묻자 의심하지 않고 알려주었다. 루치아가 류항검의 집 마당으로 들어섰다. 젊은 사내가 어린 루치아를 보고 물었다.

"누구를 찾아왔지라?"

"저는 작은새 루치아입니다. 류 아우구스티누스를 뵙고 전할 말이 있지요."

"잠깐 기다리거라. 내가 아버님께 말씀드릴게."

류항검 아우구스티누스. 이승훈이 세운 교회에서 이존창과 류항검은 권일신에게 세례를 받고 이존창은 여사울로, 류항검은 향리 초남마을로 돌아와 교리를 전파한 사도였다. 방문이 열리고 중년의 사내가 손짓을 했다.

"작은새라고 했느냐? 나를 찾는 모양인데 이리 들어오너라. 사나운 날씨에 여그까지 어이 왔누."

루치아는 방으로 들어가 류항검에게 절했다.

"작은새 루치아는 이존창 루도비코의 말씀을 전합니다. 사제님과 관련하여 전하실 말이 있사온데 사도님께서 어둠이 내린 후 마을로 들어오실 것입니다."

"사도님은 어디 계시는가?"

"멀지 않은 곳까지 오셔서 기다리고 있습니다."

류항검은 루치아를 마을에서 한참 떨어진 대숲 속 독곳으로 데리고 갔다.

"여기가 널바위 독곳이란다. 혼자서 찾을 수 있겠느냐?"

루치아는 돌아오는 갈림길마다 작은 돌로 표식을 해두었다.

어둠이 내렸다. 류항검은 이존창이 갑자기 나타난 것을 의아해하면서도 급한 일이 벌어지고 있음을 직감했다. 독곳으로 모이라는 연통을 받고 흩어진 마을 사람들이 모였다. 루치아는 대숲을 돌아 이존창을 독곳으로 안내했다. 갑자기 나타난 이존창을 보고 놀란 류항검과 마을 사람들이 달려와 이존창의 손을 잡았다. 길게 이어진 토굴 안으로 사람들이 모였다.

"형제들, 충청감영의 군사들이 토정골로 올 것이오."

감영의 군사들이 나섰다면 널바위에도 머잖아 전라감영의 군사들이 들이닥칠 것이다. 널바위 교우 중 몇은 걱정하고 몇은 한숨을 쉬었다. 그들의 눈빛은 이미 깊은 슬픔에 잠겼다.

"그러면 우리가 기다리던 북경 사제는 올 수 없는 것이오?"

류항검의 아들 중철이 물었다. 이존창이 물을 마시고 다시 말을 이었다.

"아무래도 좌포청의 군관들과 충청 중군영 군사들이 사제의 뒤를 쫓고 있으니 부득이 지금은 올 수 없을 것이오."

"아, 그리 상황이 급박하게 되었소? 그럼 언제쯤 올 수 있을까요?"

류항검은 아무 말도 하지 않고 오로지 묵상했다.

"당분간은 오실 수 없으나 교우들이 계신 곳으로 찾아가실 것이지요. 다만 제가 이리 급하게 온 것은 저란 사람은 이미 배교한 것으로 알려졌으나 좌포청은 의심을 거두지 않고 새로운 일을 꾸미고 있다는 소식을 전하려는 것이오. 분명 금정찰방 영감과 관련된 일이라 할 것이오. 어쩔 수 없이 영감과 우리가 무관함을 입증하기 위해서라도 제가 먼저 금정역참에 나가 죄를 고하고, 영감께서 친히 감영으로 행차하여 임금의 뜻을 묻게 될 것이지요. 모든 일이 임금의 뜻을 따르는 일이니 혹시라도 금정찰방 영감에 대한 억울하고 서운한 생각일랑 버려야 할 것이고요. 영감의 진심을 우리는 믿어야 할 것이지요. 이번 일은 단지 영감께서 도성으로 올라가실 방편이라 여기라는 것이오. 그가 도성에 있어야 사제를 안전하게 모실 수 있소이다. 그리 생각하면 편할 것이오. 그렇다고 고신을 피할 수는 없소이다."

이존창은 이를 악물었다. 정해진 수순임을 모르지 않으나 교우들의 굳은 얼굴이 보니 마음이 불편했다.

"고신장에서 굳이 널바위를 말하지는 않을 것이라고 지금은 장담할 것이나, 쏟아지는 매질로 뼈와 몸이 부서지고 살이 으깨지면 어찌 그 매를 견딜 수 있겠소이까. 나는 참으로 약한 사람이오이다. 그러니 온전히 널바위를 지켜낼 것이라 장담할 수 없습니다. 부디 이곳을 떠나 남쪽 바다로 내려가면 여기처럼 화전을 일구지는 못할 것이나 갯벌에서 조개를 캐고, 소금을 받아 팔면 목숨이야 연명하지 않을까 하오이다. 내게서 교리를 배운 황심 교우가 이르길 강진현 이속 황인담黃仁聃에게 의지하면 살 궁리가 있을 것이라 하였소이다. 신분 차이가 있으나 이속 황인담과는 오래전부터 소통하였으니 결코 모른 척하지는 않을 것이라 했지요. 혹시 황인담이 황심이 누군가 묻거든 예산 여사울에 거하던 황인철이라면 더는 묻질 않을 것이외다. 인철과 인담은 피붙이일 뿐이 아니라 바다에서 나는 물산을 오래 거래했고, 천주학의 가르침을 함께 따른다고 하였소이다. 류 사도께서 잘 인도하시길 기도합니다."

　널바위 사람들은 오랫동안 류항검의 전주 인근 땅을 소작하며 함께 농사짓던 마을 사람들이다. 류항검이 천주학을 받아들여 쫓기게 되자 그를 따라 장고봉 아래로 숨어들어 널바위 마을을 이루었다. 화전에서 얻는 소출과 두고 온 땅에서 얻는 소작으로 겨우살이 양식을 얻고 질흙으로 독을 만들어 봄, 여름을 겨우 지내기 시작한 지 서너 해가 지났다. 그간의 경험으로 미루어 군사들의 눈을 피해 안전한 곳을 찾아간다 해도 목숨을 이을 수 있을지도 장담할 수 없다. 하지만 지금은 떠나야 할 때였다. 그들은 이존창의 손을 잡고 무릎을 꿇고 함께 기도를 올렸다. 류항검은 이존창의 눈에서 뿜는 시퍼런 불꽃을 보았다. 이존창이 좌포청의 고신을 견딜 수 있을 것이라 여기면서도 부득이 류항검은 널바위 사람들과 짐을 꾸려 먼 길을 나서기로 했다.
　이존창은 단 하루라도 널바위 사람들이 주문모 사제를 만나 세례받을 수 있는 길을 터주고 싶었지만, 이미 연산 이보현의 은거지에서 사제는 황심의 안내를 받아 전라도 남행길에 나섰고 황심이 사제의 길잡이가 되었다. 황심은 걸음이 빠르고 사세 판단이 정확했다. 역관의 발품꾼 노릇을 하며 대국의 말을 익힌 황심은 조선으로 들어온 주문모 사제를 수행하며 그의 명에 따라 수시로 북경 사제관을 오가며 필요한 전갈을 전하고 있었다.

이존창은 널바위 사람들의 약속을 듣고 토정골로 돌아왔다. 마음이 급했다. 토정골로 돌아와 살던 사람들이 모두 떠난 것을 확인한 이존창은 서둘러 숯막으로 가서 하루를 머물렀다. 숯막에서 금정역참까지는 반나절 거리였다. 이존창은 남아 있던 숯을 잘 다듬고 가지런히 지게에 담고 길을 나섰다. 루치아는 이른 아침 마련한 주먹밥을 챙겨 작은 보따리에 썼다.

"금정역참으로 갈 것이다."

이존창이 앞장서서 성큼성큼 걸었다. 루치아는 종종걸음으로 달리느라 얼굴이 빨개졌다. 수리바위를 지나 무량사로 향하는 도화담 냇가를 걸을 때 이미 해가 올랐다. 이존창은 뒤를 돌아보지 않았다. 이제 금정역참에 들어가면 홍산으로 돌아올 수 있을지 알 수 없었다. 이존창이 역참으로 올 것이라는 소식을 들은 정약용은 이른 아침부터 그를 기다렸다. 정약용은 충청감사 이종운에게 보낸 편지를 떠올렸다.

이존창은 배교하고 목숨을 구해 달아난 백성일 뿐이나 지금은 바람과 비를 부르고 둔갑술과 은신술을 쓸 줄 안다며 백성들을 현혹하고 있는 자이오. 아무래도 그 자가 천주학을 하고 있다는 것을 믿을 수 없습니다.

정약용은 이존창이 출두하여 이제는 서학을 버리고 술법이나 익히는 하찮은 술객이 되었다고 말하기를 간절히 바랐다. 이존창은 여러 차례 숨어 지내던 홍산을 떠나 고향 여사울로 돌아가려 했으나 북경 사제와 관련된 일 때문에 홍산에 머물고 있었다. 사제와 관련한 일을 벗어나면 이존창을 죄줄 명분이 없었다. 이존창은 이미 배교하여 자유를 얻어 여사울로 돌아가지 않고 그 자취를 감췄던 터이다. 다른 교우들과 어울려 교리학습에 참여했다는 어떤 증거도 없었다. 그가 좌포청의 군관들 앞으로 나가 전과 다를 것이 없다는 말을 주장하면 다시 풀려나 백성의 자리로 돌아올 것이 분명했다.

하지만 이존창은 달랐다. 이존창은 더는 구차해지고 싶지 않았다. 천안 향옥에서 처신했던 일들을 깊이 후회하고 죄를 사함 받기 위해 마지막 다짐을 말하리라 결심했다. 주님의 뜻을 따르라는 사제의 말을 전해 받은 것은 그 결심을 한 후였다. 이제 거리낄 것이 없었다. 또한 그가 결심을 말하면 금정찰방으로 전보된 정약용이 자신을 고변한 공으로 도성으로 돌아갈 수 있게 된다는 사실만으로도 다행스런 일이라 여겼다. 다만 다시 고신을 당하는 고통과 배교를 거부해야 하는 아픔이 더할 것이나 그 일이 자신과 정약용을 옭아맨 항쇄를 벗길 수 있다면 더 미룰 일이 아니었다. 이존창은 정약용에게 자신을 고변하는 일을 맡겨야 했다.

이존창이 제 발로 걸어 들어와 금정역참 마당에 꿇어앉아 자신을 고변하라 청했다. 정약용이 놀라 마당으로 내려와 그를 객사로 들게 했다. 정약용은 자신보다 열살이나 더 많은 이존창의 모습을 살폈다. 여전히 단정하고 반듯했고 눈이 맑았다. 이존창은 변한 것이 없었다. 신해년(辛亥年, 1791년) 이존창은 좌포청에서 심문을 받으며 정약용 형제들과 천주학이 아니라 서학을 공부한 것이라 일관되게 주장했다. 그로 하여 자신의 목숨뿐만이 아니라 약현, 약전, 약종, 약용 형제들의 목숨을 구했으나 이존창의 주장만으로 서인 벽파의 눈을 언제까지 피할 수 있을지는 장담할 수 없다. 또한 정약용의 큰형 약현처럼 낙향하여 두릉에 거하는 것만으로 자유로울 수 있을지도 알 수 없다. 정약용이 해야 할 일은 분명했다. 자신의 손으로 이존창을 고변해야 했다. 그 또한 이존창이 원하는 일이다.

"영감, 참으로 난감하오이다. 비록 영감께서 천주학을 부정했으나 저들은 그것으로 족할 수 없을 것이옵니다."

정약용은 우두커니 이존창의 말을 듣고 있었다. 서학을 부정했다는 것을 탓하고자 온 이존창이 아니라는 것을 누구보다 잘 알고 있었기에 이어질 말이 궁금했다.

"저는 여러 차례 배교하여 목숨을 구걸했나이다. 배교의 고통이 적지 않았으나 사제께서는 돌아보지 말라 하였습니다."

정약용은 순간 당황했다. 사제를 입에 올리는 일은 사태를 키우고 불을 지르는 일이었다. 사제를 지키고자 최인길, 지황, 윤우일 교우들이 죽어 나간 일이 얼마 되지 않았기 때문이다.

"말을 삼가고 서두르지 마시오. 사제 얘기는 모르는 이야기고, 입 밖으로 드러낼 일도 아니지요."

이존창은 정약용의 진심을 알아차렸다. 사제가 표적이 아니었다. 이존창으로 족할 것이라는 정약용의 뜻을 간파하고 고개를 끄덕였다.

"이 아이는 영감께 맡기겠소이다. 의지할 곳이 마땅하지 않아 동행했는데……."

돌아갈 수 없는 길이다. 이곳에서 더는 밖으로 나가 사람들에게 자신의 뜻을 전할 수 없었다. 이존창은 루치아를 정약용에게 맡기기로 작정했다. 슬기로운 아이니 알아서 처신하며 살 수 있을 것이라 여겼다. 정약용은 무릎을 조아리고 있는 아이를 보았다.

"네가 작은새 루치아이더냐?"

이존창이 서둘러 아이의 말을 막았다.

"그냥 이씨 성을 가진 여식이지요."

정약용은 아이의 이름을 가리는 이존창의 뜻을 알고 더 묻지 않았다.

"어재동에 머물게 할 것이오. 영상 대감의 본가이니 누구도 넘보지 못할 것이오. 필요한 때 누군가 그곳으로 가면 이 아이를 데려갈 수 있을 것이오. 그대도 죄인이라 하였으니, 이곳 객사에 머물 수는 없으오. 돌아가서 기다리고 있으시오. 공주 중군영의 군사들이 올 것이오. 그들이 충청감영으로 데려갈 것이외다."

이존창은 잠시 눈을 감고 있다가 고개를 끄덕이고 일어섰다. 정약용의 말투에 섞인 정이 예와 달랐다. 늘 필요한 말만 가지런히 하는 습성을 알고 있으나 이미 정해진 절차대로 말하는 것이라 느껴지니 소름이 돋았다.

"아이는 오늘 어재동으로 보낼 것이오."

루치아는 그날 사령의 안내를 받아 어재동으로 옮겼고, 이존창은 홀로 토정골로 돌아갔다. 정약용은 이존창이 가져온 숯값을 후하게 셈하여 루치아에게 건넸다. 루치아는 눈물을 참으며 돈을 받았다. 그러면서 루치아는 찰방 영감이 아비 이존창의 목숨을 구해 줄 것이라 굳게 믿었다. 이존창은 금정역을 나오며 정약용에게 절을 올리고 헤어졌다. 정약용은 이존창이 살길을 스스로 찾을 것으로 생각했다.

하룻밤 동안 이존창은 혀를 끊는 한이 있더라도 북경 사제, 이보현, 황심, 류항검의 이름을 지워야 한다고 수없이 다짐했다. 새벽이 더디 밝았다. 하루가 더 지났으나 중군영의 군사들은 오지 않았다. 사흘이 지났다. 이른 새벽 이존창은 까막까치들이 요란하게 우짖는 소리에 잠이 깨어 방문을 열었다. 밤새 내린 눈이 수북했다. 이존창은 토정골로 들어오는 산길에 쌓인 눈을 치웠다. 이존창은 집으로 이어지는 언덕 위에서 산을 오르는 한 무리의 사내들을 봤다. 푸른 도포와 목 뒤까지 늘어진 전립을 쓴 사내들은 틀림없이 중군영의 군사들이다. 이존창은 마련해두었던 바랑을 짊어지고 사립에서 그들을 맞았다.

이존창은 충청감영의 옥에 갇혔다. 향옥은 제민천을 따라 걷다가 금강 물길이 닿는 공세창貢稅倉으로 이어지는 길목에 높게 둥그런 담을 치고 그 안에 옥사를 두고 있다. 이존창은 오 년 전 이곳에 갇힌 적이 있어 낯선 곳이 아니었다. 이튿날 중군영 영장은 이존창을 심문하여 보고서를 썼고, 충청감사 이정운은 중군에서 올라온 보고서를 근거로 장계를 써서 비변사로 올렸다.

별일이라 여겼습니다. 집으로 들어서는 산길의 눈을 모두 치우고 사립에서 머리를 조아리고 군사들을 기다리고 있었는데 몸가짐이 반듯하였습니다. 어찌 달아나지 않았느냐 물었더니 달아날 일이 아니라 하였고, 언젠가는 닥칠 일이라고도 했습니다. 마치 잠시 집을 비웠다가 다시 돌아올 사람처럼 깔고 앉았던 짚자리도 접어 마루 한쪽에 두었고, 사립도 스스로 닫고 군사들을 따라나섰습니다. 길을 나서기 전에 몇 가지 묻는 말에도 곧바로 답을 했고, 스스로 금정찰방에 나가 고했던 것이 거짓이 아니라고 당당하게 답하니 저희가 물을 바는 아니었지만, 죄인이 임금과 아비를 모르는 무지하고 사악한 사학의 무리라고 여기기 어려워 혹시 그를 잡아들인 일이 잘못된 것은 아닌지 의심했습니다. 또한 금정역을 지나지 않고 중군영으로 곧장 올 수 있는 길을 안내하여 굳이 오라를 질 까닭이 없었으나 디디울 나루를 건너 공주목에 이르자 오라를 지겠다고 하였습니다. 먼저 중군영에 들렀고, 중군영 장교의 지시에 따랐으며 묻는 말에 거짓 없이 답하였습니다. 금정찰방의 고변이 있었다고 하자 죄인은 잠시 흐린 눈빛으로 참담한 표정을 지었으나, 그 고변에 대해 억울해하거나 부정하지 않아 기이하게 여겼습니다.

루치아는 닷새가 지난 후 어재동 곳간지기에게 얻은 옷들과 쌀한 말을 머리에 이고 길을 나섰다. 충청감영으로 끌려간 사도는 공주 향옥에 갇혔으리라 생각했다. 당장 문초를 시작할 수는 없을 것이고, 그 끝이 어떻게 진행될지도 알 수 없었다. 문초를 받는 동안 사도는 공주 향옥에 갇혀 있어야 했다. 향옥에 갇혀 있는 동안 먹을 것과 입을 것을 챙겨야 했다.

"피바람이 불 거여. 내포사도라 불리는 자가 잡혀 왔는디 기세가 등등허다고 허드만."
"죄수가 뭔 기세가 등등허댜?"
"그게 그렇다구 허대. 그 사도를 죽이면 아마 천주학쟁이들이 모두 들고 일어나 난리라도 일으킬 거라구 허대."

"뭐여? 난리? 뭘 잘했다구 난리여? 즈이 애비에미 제사두 지내지 않는 천하의 불쌍놈이라구 허든디. 참 낯짝두 두껍네이."

"그건 아니구, 난리를 일으킬 사람들은 아녀. 근디 몰려와서 풀어달라구는 허겄지. 죄이네 사도라고 허니께."

"사도는 또 뭐여?"

"츰 들어? 사도는 거 뭐시냐? 스승이라는 말이여. 교리를 가르치는 스승."

"그럼 그 자가 죄 애비에미 제사지내지 말라구 가르쳤다는 겨?"

"교리가 그렇다구 허대."

"망헐 짓이네. 죽게 생겼구먼."

루치아는 향옥 인근 죄수들의 가족들이 머물며 옥바라지를 하는 주막집에 머물렀다. 향옥의 죄수들은 거개 가족들이 달려와 먹을 것을 챙겼다. 둥글게 쌓은 높은 담으로는 출입이 어려우나 그 안에서는 움직이는 것을 통제하지는 않았다. 루치아가 장국밥 한 그릇을 사서 향옥 안으로 들어섰을 때 이존창은 홀로 작은 방에 갇혀 있었다. 향옥에서는 갇힌 죄수들의 수발을 들어야 하는 가족들의 출입을 굳이 막지 않았다. 이존창은 중군영에서 군관이 나오거나 수시로 불러가 조사를 하는 터라 별도 관리를 하고 있었다.

"아버지, 곡기를 조금이라도 하셔요."

"괜한 걸음을 하는구나. 먹을 것은 중군영에서 주더구나. 너나

먹어라."

루치아는 밥을 물리는 사도를 보며 눈물이 돌았다. 이존창은 군
영에서 주는 시래깃국조차 하루 한 끼만 먹는다고 옥리_{獄吏}에게 들
었기 때문이다.

"여기 머물지 말고 어재동으로 돌아가거라. 나는 도성으로 옮길
것이다. 아마 수일 내로 황심 교우가 널 데리러 오지 않을까 한다.
강진으로 가서 아전 황인담에게 의지하면 될 것이다. 루치아를 버
리고 어재동댁으로 살면 목숨을 지킬 것이야. 살아서 네가 본 것과
들은 것을 교우들에게 전해야 할지 말지는 네가 결정해야 한다."

루치아는 어재동으로 돌아가지 않고 주막집에서 거하며 이존창
의 밥을 챙겼다.

비변사에서 대전으로 올렸던 충청감사 이정운의 장계_{狀啓}가 승정
원을 통해 되돌아왔다. 비변사는 난감했다. 예문관 제학 심환지가
자리를 비워 장계에 대해 가부를 정할 수 없었다. 때마침 좌포청
의 무자비한 고신을 문제 삼았던 권유가 대사헌으로 돌아와 비변
사로 인사차 들렀다. 좌상 유언호는 권유의 인사를 받고 나자 이존
창을 결박한 장계가 비변사로 되돌아온 사연을 말하고 권유에게
그 처리방안을 물었다. 어차피 대사헌이 처리할 일이었다. 권유는
장계를 들고 있는 승지에게 임금의 뜻을 물었다. 승지는 고개를 저
으며 그 뜻을 알 수 없으나 불편한 기색이었다고 덧붙였다. 좌상은

권유에게 의견을 써서 대전으로 다시 올리라 청했다. 권유가 장계에 대해 의견을 붙였다.

이존창의 죄는 지난번 모두 고백하고 백성으로 자중하고 있다 들었사옵니다. 충청감사는 이존창이 아직도 사학의 무리를 잘못 인도하고 있으니 다시 죄를 묻고자 하였사옵니다. 신이 볼 때 그 죄라 하옵는 것은 사학의 무리로 유배 중인 이승훈을 만난 것을 제외하고는 달리 없으니 그 죄를 규명하기 어려울 것이옵니다. 이승훈은 이미 배교하고 <벽이문>과 <벽이시>를 썼고, 『유혹문』을 써서 사학의 무리에게 바른 학문을 권하고 있으니 이는 임금의 성은에 따르는 것이라 할 것이옵니다. 이존창이 그를 찾아갔다면 이승훈은 이존창에게도 사학을 따르지 말 것을 권유했을 것이니, 그 또한 죄로 물을 수 없는 것이옵니다. 다만 이존창이 금정역참으로 스스로 출두하여 찰방 정약용에게 자신의 죄를 자복하였사오니 이는 정약용에게 감화된 바가 있었을 것이옵니다. 더구나 감영의 군관과 군사들이 이존창의 집으로 달려가 추포할 때, 그가 달아나지 않았고, 그저 순순히 달려 나와 결박에 응한 것으로 되어 있으니 이는 정약용의 조언에 따른 것이라 할 수 있을 것이옵니다. 이런 정황으로 미루어 이 장계는 그 의미하는 바가 애매하여 죄인을 좌포청으로 불러올 까닭이 있을까 하옵니다. 부디 충청감사가 올린 장계의 부족한 부분을 낱낱이 채워 다시 올리라 할 것이나 충청감사가 아니라 최초 이존창의 죄를 고변한 금정찰방 정약용이 장계를 올리는 것이 마땅할 것이옵니다.

불편했던 얼굴을 펴고 임금은 대사헌 권유의 말이 옳다는 비답을 내렸다. 비변사는 충청감사가 올린 장계에 대사헌 권유의 의견을 달아 충청감영으로 돌려보내고 그 진위를 살펴 전말이 어찌된 일인지 공이 누구에게 있는 것인지 소상히 밝히라 명했다. 덧붙여 이 장계의 내용으로 미루어 금정찰방 정약용이 천주학쟁이들과 무관하고 그들을 경계하고 있음을 알 수 있고, 충청감사의 판단이 엄정하여 귀감이 된다고 임금에게 고했다. 임금은 비변사에서 올린 내용들을 승인했다.

임금의 전교를 받은 충청감사 이정운은 당황했다. 당장이라도 이존창을 좌포청으로 보내 그 죄의 실상을 낱낱이 밝히고 내포 사학의 무리를 바로잡아야 했다. 하지만 비변사는 장계를 작성할 대상이 충청감사가 아니라 금정찰방이라고 적시하여 이존창에 대한 조사를 지연했다. 게다가 이존창의 죄를 논할 목민관은 마땅히 충청감사임에도 불구하고 이존창을 추포한 공을 오로지 정약용에게 돌리도록 배려했다. 임금의 뜻이었다. 어쩔 수 없이 장계가 마무리될 때까지 이존창은 공주 향옥에서 머물러야 했다. 충청감사는 정약용을 다시 감영으로 불렀다. 정약용은 서두르지 않았다. 아침을 먹고 감영으로 향하며 정약용은 충청감사가 부르는 까닭을 짐작할 수 있었다. 이존창과 관련된 일이라면 자신도 무관하지 않을 것이고, 금정찰방 직을 버리고 두릉으로 돌아가야 할 때라고 생각했다.

정약용이 들은 충청감사 이정운의 말은 상례에서 벗어났다.

"찰방께서 장계를 쓰라는 비변사의 당부가 있었소. 이존창의 죄를 입증해야 할 것이오. 물론 이존창이 스스로 금정역참으로 온 것이 분명하고, 또한 살던 곳으로 돌아갔다가 달아나지 않고 중군영의 군사들의 오라를 피하지 않은 것도 사실이오. 비변사는 어찌 죄인이 스스로 나와 항쇄를 지었는지 알고 싶어 하오. 향옥에 두고 이존창을 문초하였으나 한사코 답변하길 거절했소. 대사헌 권유가 고신하여 몸을 상하게 하는 것을 삼가라 하였으나 피치 못해 고신할 지경에 이르렀소. 찰방께서 대면하고 그 진위를 밝혀 이존창의 진심을 장계에 기록하고 시비를 가리는 것이 옳을 것이오."

이정운은 간절했다. 하지만 임금이 정약용에게 공을 돌리고자 한다는 말은 하지 않았다. 임금이 비변사로 장계를 돌려보낸 빌미는 금정찰방의 고변이 있었다고 진술했기 때문이었다. 이존창이 금정역참으로 스스로 나온 것이 사실이고 죄를 자백했다면 그 공은 분명 금정찰방 정약용에게 있었다. 그러나 장계를 올릴 책무는 충청감사인 이정운에게 있고 장계에 금정찰방의 공을 써넣으면 그만인 일이었다. 어차피 좌포청에서 다시 심문하여 그 경위를 밝히고 처리하면 될 것이니 굳이 장계를 올릴 관장을 금정찰방으로 명시한 것은 다른 뜻이 있으리라 짐작했다.

정약용은 이정운의 말에 고개를 끄덕이며 비변사의 회신이라는 말을 되뇌었다. 비변사의 회신은 임금의 뜻이다. 정약용은 임금의 말이 새삼 떠올랐다. '용서할 수 없는 지경에 이르렀으나 다시 부를 것이라.' 정약용의 얼굴이 편안해졌다. 하지만 장계를 쓰진 않으리라 결심했다. 이존창을 결박한 공으로 임금의 곁으로 돌아간다는 말을 듣고 싶지 않았다. 정약용은 바른 자세로 충청감사의 말에 답했다.

"대감, 장계를 올리는 일은 감사의 몫이지요. 휘하 찰방 따위가 나서서 강상의 도를 어지럽히는 국적을 문초할 수는 없는 일이옵니다. 판관에게 그 일을 맡기시지요. 어련히 알아서 할 일입니다. 당부하신 대로 향옥에 들러 죄인에게 예산에 유배된 죄인, 전 현감 이승훈의 『유혹문』이나 전할 것이옵니다. 이존창이 이승훈과 각별하니 『유혹문』을 대하는 태도가 진실할 것입니다. 다시 올릴 장계에 그런 회유가 있었다고나 옮겨주시지요. 다시 뵙기 어려울 것이니 새삼 이 절을 올리고 하직할까 하옵니다. 훗날 뵙겠나이다."

"그게 무슨 말이시오?"

"진즉부터 고향으로 돌아가고 싶었지요."

정약용은 흔들리지 않았다. 제법 거칠고 찬바람이 문틈으로 새어들었으나 바위처럼 정중했다. 이정운은 일찍이 들었던 대로 정약용의 말에서 사리를 분별하는 명석하고 온전한 태도를 볼 수 있었다. 돌이킬 수 없는 자였다.

정약용이 절을 하고 선화당을 나갔다. 이정운은 뒷짐을 지고 포정사 대문 아래로 지나는 정약용의 모습을 보았다. 포정사 문을 지키던 군사들이 정약용에게 군례를 하자 걷기를 멈추었다가 다시 걸으며 몸이 휘청 기울어지더니 풀썩 주저앉는다. 군사들이 달려가 부축하자 겨우 일어서는 정약용은 당당했던 아까의 모습과는 달리 보통의 한 사내였다. 배교한 사람, 임금이 그를 두둔했으나 정약용도 이존창과 다름없는 배교자일 뿐이었다. 한때는 함께 사학에 몸을 두었으나 배교하고 다른 길로 간 사람들이 이제는 서로 다른 길로 가는 길목에서 다시 만났을 뿐이었다. 이정운은 이존창을 고변한 정약용의 의도가 무엇인지 곰곰이 생각했다. 정약용은 오로지 임금의 뜻이 전해오길 기다리고 있었다는 것을 알았다.

병진년(丙辰年, 1796년) 정월 스무여드레

임금의 뜻은 분명했다. 임금도 이정운에게 진중한 속마음을 전했다. 임금은 충청도관찰사 이정운에게 전교를 보냈다. 이정운이 요청한 경납전에 대한 답서였다.

호서湖西의 농사가 이미 마음 놓을 수 없고, 또 그곳 곡부穀簿가 더욱 모양을 이루지 못하니, 백성 진휼은 고사하고 백성들에게 환곡을 나누어

주는 것도 형편이 참으로 어렵다. … 백성들이 먹고사는 것이 작년보다 배나 어려울 것이니, 경납전 육만 냥을 곡식으로 만들어 환곡에 보태게 하라.

경납전 육만 냥은 기대한 것보다 훨씬 많은 지원이다. 부족한 환곡을 채우고도 남을 것이고, 백성들은 현관이라고 찬사를 드높일 것이다. 더구나 조정에 끈을 달고 있으면서도 늘 기아에 시달리는 향반들에게도 큰 힘이 될 것이다.

임금의 뜻. 한때 이정운도 바다 건너 남쪽 끝 제주목 대정현 유배지에서 달려올 임금의 뜻을 기다리고 있었다. 하루가 열흘이었고, 열흘이 한 해보다 길었다. 어느 날 임금이 보낸 교지에 전 대사간 이정운의 이름이 있었다. 제주목사와 대정현감이 말을 달려와 마련해온 음식으로 주석을 열었다. 기름진 음식과 향기로운 술도 마다하고 싶었지만, 유배지를 떠나는 이에 대한 깊은 정을 거절하지 못했다. 다음날 이른 새벽 일어나 말을 달려 포구로 나가 배를 수소문하여 바다를 건넜고, 뭍에 내려서도 대궐로 향하는 발걸음이 무겁지 않았다. 지나는 고을의 수령들이 내준 말로 멈추지 않고 달렸고 자식들이 마련한 관복을 입고 대궐로 가는 걸음이 사뭇 즐거웠다. 오로지 자신을 원하는 임금의 뜻만을 생각했다. 하지만 임금의 뜻은 다른 데 있었다. 대궐에 머문 지 몇 달이 지나기 전에 임금은 자신을 충청도 관찰사로 가라 명했다.

　그대가 가서 참지를 구하라.

　임금이 내린 밀명, 그것은 정약용을 임금의 곁으로 올려보내는 일이었다. 이제 겨우 한 달이 지나고 있었다. 죄인 이존창이 굳이 금정역참으로 출두하여 죄를 얻은 것은 그저 정해진 절차다. 이존창을 추포한 장계를 올려보내자 임금은 경납전 육만 냥을 선뜻 내려보냈다. 문득 이정운은 자신의 역할이 이제 끝난 것인지 의문이 들었다. 순간 이정운은 가슴 깊숙한 곳에서 치밀어 오르는 헛웃음을 참을 수 없었다. 하지만 가슴을 죄어 웃음을 참았다.

　향옥. 질긴 인연이다. 임금은 공평을 실현하는 흠휼欽恤의 절차를 만들라고 명했다. 정약용은 설서[22]에게 얻은 판례들을 들고 밤을 밝혔다. 모범적인 판례를 뽑아 해설하고 용례를 만들었다. 억울함이 없어야 하고, 무고를 밝혀야 했다. 또한 고의와 과실, 정범과 종범, 죽임을 당한 자와 스스로 죽은 자의 구별에 대하여도 소상하게 조사해야 했다. 전옥서典獄署를 수시로 드나들었고, 부제조가 되어 옥에 갇힌 자들의 이야길 들었다. 향옥 또한 이례적이지 않았다. 형조에서 다루어 전옥서에 갇힌 죄인과 향옥에 갇힌 죄수가 같

22　설서設書 : 대사를 기록하는 정7품 관리.

은 죄에도 다르게 적용되거나 수령 임의로 처리하는 경우가 허다했다. 바로잡아야 할 일이 너무 많아 마음이 급했다. 죄가 있다고 하나 한때는 누구의 아비였고, 자식이었다. 자식을 대하는 아비가 바르지 않은 자가 없고, 아비를 모시는 자식이 극진하지 않은 자가 어디 있겠는가. 오로지 그들의 처지를 일일이 살피고 돌아봐야 비로소 판관이 소임을 다했다고 할 것이었다. 정약용이 전옥서와 향옥에서 만난 이들의 모습은 하나같이 부족한 자신의 운명을 탓할 뿐 임금을 향한 분노와 억지는 찾아보기 드물었다. 죄를 밝힐 행위가 비롯된 근거를 명확히 밝히는 일이 우선이어야 했다. 형틀에 매달고, 장으로 고통을 주고, 불로 달군 쇠꼬챙이로 살집을 지져서 얻는 자백이 죄의 근거가 된다면 성한 누구라도 견딜 수 없어 죄인이 될 판이었다. 그 또한 죄라는 생각이 늘 앞섰다.

충청감영 공주 향옥으로 들어서자 서리가 달려 나왔다. 서리는 정약용을 이존창이 있는 옥사로 데려갔다. 결박을 풀어주자 이존창은 자리에서 일어나 정약용에게 절했다. 정약용도 이존창에게 답례를 하자 옥사를 지키던 옥리들이 놀라 슬금슬금 뒤로 물러서고 자리를 피했다. 이존창이 다시 결박을 지우라고 하고 빙긋 웃었다.

"영감을 다시 뵙니다. 이곳에서 너무 오래 머무는 것이 아닌가 합니다. 맡기신 일들은 필히 이루어질 것이고, 또한 돌아가야 마땅한 자리일 것이지요. 공연한 허사로 좌포청의 일이 미뤄져서는 아니 될 것이지요. 오로지 어서 발과 손을 씻고 머리를 풀었다가 다시 빗고자 할 뿐입니다. 밤은 길고 새벽이 더디다고 어찌 새날이 올 것을 기다리는 마음이 간절하지 않겠는지요."

이존창이 비록 겉으로 미소를 짓고 있지만, 정약용은 그가 울고 있는 것이라 여겼다. 이별은 늘 있는 일이고 다시 만날 까닭이 없지 않으니 만나서 정을 나눌 것이 분명하나 지금은 그럴 처지가 아닐 뿐이었다. 그 눈물은 오로지 간절함이었다.

정약용은 향옥을 뒤로 하고 금강에 이르는 고개를 넘었다. 디디울나루에 이르러 그는 한기와 시장기를 느꼈으나 장사치들의 틈에 끼어 서둘러 강을 건넜다. 금정으로 돌아가는 길이 너무도 멀었다. 더는 걷지 못할 길이라 여겨 적곡으로 이어지는 고갯길을 오르며 자꾸 뒤를 돌아봤다. 누군가 그를 따라와 옷자락을 잡고 긴 이야기 할 것 같아 오랫동안 바위에 걸터앉아 있곤 했다. 햇살이 헤친 눈 더미 속에서 지천으로 이어지는 골물이 제법 소리를 내고 흘렀다. 어디선가 불쑥 눈색이꽃이라도 나타나지 않을까 하는 조바심으로 두근거려 앉은 자리를 두리번거렸다. 햇살이 그득하지만, 골짜기를 타고 오르는 바람은 여전히 차고 사나웠다. 정약용은 자리에서 일어났다. 가야 할 길이 아직 많이 남았다.

병진년(丙辰年, 1796년) 이월 초이레

이른 새벽부터 임금은 의관을 정제하고 대전으로 나갔다. 전례 없는 일이라 대전 내관들이 혼비백산하여 임금의 눈치를 살폈다.

"비변사에서 올라온 장계가 있더냐?"

"어제까지는 없었사옵니다. 지금 당장이라도 달려가겠사옵니다."

내관이 비변사로 달렸다. 임금의 속을 알고 있는 이가 없었다. 정약용의 장계가 비변사를 통해 이르길 기다리고 있었지만, 굳이 장계가 없어도 정약용을 다시 불러들일 참이었다. 정약용을 더 금정 찰방에 둘 필요가 없었다. 이존창을 잡아들인 건으로 정약용의 형제들이 겪는 서학의 무리라는 말을 더 문제 삼지 않는다면 그만이었다. 하지만 임금은 마음이 편하지는 않았다.

"병조판서를 들라 이르라."

내관이 이번에는 입직 승지에게로 달렸다. 아직 어둠이 가시지 않은 시간이어서 판서가 입궐한 시간은 아니었다.

"승지 영감, 병조판서에게 들라는 어명이 있으셨나이다."

"병판을? 이 시간에?"

전후 사정을 따질 일이 아니었다. 입직 승지 이조원李肇源이 대전의 명을 받고 병조로 갔다. 신임 병조판서 이득신李得臣은 입궐하기 전이었다. 병조의 입직에게 이조원이 병조판서가 입궐하는 즉시 대전으로 들라는 명을 전했다. 임금은 이득신을 기다리며 꿀을 가미

한 쑥차를 마셨다. 쑥향이 대전에 퍼져 은근했고 몸이 따뜻해지자 기분이 좋아졌다. 임금 정조는 해마다 몸에 신열이 돌고 부스럼이 심해지면서 가슴이 수시로 울렁대는 증세에 시달렸다. 의관들이 나서서 원기를 보완하는 인삼과 백출, 복령에 감초를 더한 사군자탕四君子湯을 주로 처방했다. 하지만 증세가 호전되지 않자 기혈의 부조화를 다스리고자 숙지황, 백작약, 천궁, 당귀를 더한 팔물탕八物湯을 처방했다. 임금은 의관들이 올리는 탕약을 신뢰하지 않았다. 그저 스스로 약재를 골라 단방으로 차로 우려 마시는 것을 좋아했다. 쑥차도 그 중 하나였다.

임금은 후원 춘당대春塘臺에서 조강을 열고 병진년에 해야 할 시책들을 공론으로 삼고자 했다. 임금은 화성행궁 공사 이후 미뤄두었던 부속 건물들을 마저 완공하고 싶었다. 이미 전날 호조판서 이시수李時秀로부터 궁납세에 대한 보고를 받고 공사에 들어갈 경비를 가늠했다.

병조판서 이득신이 대전으로 든 것은 진시[23]다. 이득신은 행궁 공사를 마무리하고 모후 혜경궁 홍씨를 경의왕후敬懿王后로 추존하는 일을 이뤄 공을 세운 자였다. 이득신은 임금 앞에 머리를 조아리고 특별히 따로 부른 까닭을 듣고자 했다. 임금은 사도세자 처형에 반대했던 윤숙尹塾의 승급에 대해 물었다. 가뜩 긴장했던 이득신

---

23 진시辰時 : 오전 8시경.

은 미리 준비했던 새로 승급할 벼슬아치들의 명부를 임금께 올렸다. 비망록으로 작성되기 전의 문건이었지만 임금이 거론한 윤숙의 이름이 문건의 앞 호군護軍 첫 자리에 있었기 때문이다. 내심 자신의 선견지명에 흡족해했다. 하지만 임금의 표정은 달랐다. 임금은 꾹 다물었던 입을 씰룩거리고 눈썹이 꿈틀거렸다. 순간 자신이 눈치 없는 인간이라는 것을 깨달았다. 병조판서로 비변사 당상관인 그가 임금의 뜻을 미처 헤아리지 못하고 대전으로 먼저 달려온 것을 후회했다.

병조판서가 내민 문건에 쓰인 이름 중에 전 병조 참지 정약용의 이름이 없었다. 임금은 이득신이 올린 문건을 슬그머니 밀었다. 문건이 툭, 조아린 이득신의 머리 앞으로 떨어졌다. 이득신이 놀란 표정으로 머리를 더 깊숙이 조아렸다. 임금은 쑥차를 마저 마셨다. 내관이 들어와 이득신의 앞에 쑥차를 놓았다. 쑥차 잔을 든 이득신의 손이 가볍게 떨렸다. 침묵이 길어졌다.

"쑥차가 몸을 따뜻하게 한다고 하오."

"황공하옵나이다. 달리 이르실 말씀이 있으신지 묻사옵니다."

"행궁에 다녀오려 하오. 미뤄둔 공사를 마무리하기 위해 돌아볼 참이오. 공조와 더불어 일정을 의논하시오. 공사를 맡았던 정 참지와 함께 갔으면 하오. 춘장대로 나설 시간이니 어서 드시오."

정 참지. 임금이 분명하게 그의 이름을 거론했다. 임금이 자신을 부른 까닭을 알았다. 정 참지. 그는 금정찰방 정약용이다. 이득신은 정약용을 잊고 있었던 자신의 무관심을 자책했다. 이득신이 앉았던 자리에서 일어나 서둘러 나가는 임금의 뒤를 따랐다. 저린 오금이 펴지지 않아 이득신의 몸이 휘청거리자 내관이 달려와 부축했다. 임금은 빠른 걸음으로 대전을 나가 군사들이 준비한 연輦에 올라 후원 춘장대로 향했다. 이미 조강에 참가할 벼슬아치들이 후원으로 모였을 터 후원으로 가는 길은 무장한 병사들이 죽 늘어서 경계가 삼엄했다. 이득신은 임금이 올라앉은 연의 뒤를 따르느라 달리다시피 했으나 숨이 차올라 제대로 달릴 수 없었다. 게다가 쌓인 눈이 녹지 않은 길이 미끄러워 몸의 중심을 잡기 어려웠다.

병진년(丙辰年, 1796년) 이월 열하루

임금이 정약용을 병조의 정사품 부호군副護軍으로 삼았다. 정약용은 금정찰방으로 임지를 옮긴 지 여섯 달이 지나 궁으로 돌아왔다.

임금은 채제공이 주장하는 사학에 전도된 무리도 양인이 될 수 있도록 관용을 베풀자는 견해를 받아들였다. 그 여파는 충청감영에도 곧 적용되었다. 충청감영 판관의 심문에 이존창은 사학에서 벗어난 지 다섯 해가 되었다고 말하고 문서에 서명하여 풀려날 수 있었다. 충청감사 이정운은 이존창에 대한 장계를 비변사로 다시 올렸다.

  죄인은 스스로 죄를 밝혔고, 경도된 사학에서 벗어나 양인으로 살고 있는지 다섯 해가 지났다고 했습니다. 다만 예전 함께 미처 깨닫지 못한 바가 있어 사학에 경도되어 그 뜻에 따르고자 했고, 사람들을 무도한 자리로 이끌었으나 삼가 성은을 입어 목숨을 구하고 숯을 굽고 짚신을 엮어 생계를 잇고 있다고 하니 그 모습이 심히 진실했습니다. 게다가 스스로 금정찰방에게 찾아가 지난날의 잘못을 밝히고 용서를 구하였고, 부호군 정약용으로부터 받은 이승훈의 『유혹문』을 수시로 읽고 참회하고 있다고 합니다. 평소 부호군을 따르던 터라 누구보다 부호군의 가르침에 고마워하는 마음이 적지 않아 보였습니다. 사람이 살아가는 동안 실수를 하고 죄를 짓는 일이 어찌 그만하지 못할 것이옵니까? 다만 죄인이 용서받고자 한다면 개과천선의 기회를 주는 것이 인지상정이라 할 것이옵니다. 충청감사가 판단컨대 이존창에게 새 삶을 마련해준다면 더욱 충심으로 성은에 답할 것이라 여겨 천안군의 옥사를 맡아 복무케 하는 것 또한 한 방편이 될 것이라 여기옵니다.

  충청감사 이정운은 이존창을 석방하되 천안을 벗어나지 않도록 조치하고 날마다 천안군수에게 자신의 일상을 보고하도록 명했다. 이존창은 충청감영 향옥에서 천안군으로 옮겨졌다. 천안군수는 이존창에게 형리刑吏의 일을 맡겼다. 배교한 대가로 이존창은 천안 향옥에서 죄인들을 감독하는 장교가 되었다. 천안군 아전들은 이존창의 학식을 알고 어린 자식들의 글공부를 맡겼다. 이존창은 성심으로 아이들을 가르쳤다. 그 덕에 그는 매일 옥사로 가지 않아도 되었고, 매일 군수에게 보고하는 일도 멈추고 고향 여사울을 다녀오는 허락도 얻을 수 있었다. 여사울을 다니러 갈 때 어재동에 머물던 루치아를 데려갔다. 여사울 사람들은 루치아에 대해 일체 어떤 말도 하지 않았다. 이존창은 무오년(戊吾年, 1798년)까지 무사했다.

임금은 정약용이 궁으로 복귀한 같은 해 동짓달 정3품 병조 참지로 낙점했고, 같은 해 섣달, 우부승지 관직을 내려 형조와 관련된 일을 맡겼다. 이듬해 유월 동부승지로 옮겨 궁궐의 증축과 보수에 관련한 일들을 관장케 했다. 임금은 정약용에게 화성행궁의 남은 공역을 마무리 짓게 했고, 후원의 별장들을 짓거나 보수하여 젊은 관리들이 항상 임금의 곁에서 학문하고 보좌토록 했다.

5. 밀명

경신년(庚申年, 1800년) 유월 스무여드레

　수년 동안 허약해진 체력이 급하게 소진되어 혼절하기를 여러 차례 위중해진 임금이 영춘헌으로 자리를 옮겼다. 입직하던 좌부승지 김조헌이 의관 홍욱호, 강최현을 불러 진맥을 명했다. 김조헌은 종일 의관들이 드나들며 진맥과 탕약을 올리기를 반복하는 것을 지켜봤으나 소용이 없었다. 비변사 당상관들이 달려와 대전에 머물며 임금의 위증이 호전되기를 빌었으나 유시[24]에 마침내 숨을 거뒀다.

24　유시酉時 : 오후 6시경.

사람들이 이르길 이날 삼각산이 울었다고도 하고, 양주와 장단 고을에서는 잘 자라던 벼가 갑자기 하얗게 죽었으니 이는 필경 큰 변고가 일어날 조짐이라고도 했다. 좌상 심환지가 군사들로 하여금 궁성을 굳게 지키게 하고 왕대비를 거처에 머물게 한 후 신하들을 불러들이고 도열하게 했다. 절차에 따라 내관이 곤룡포를 받들고 동쪽 처마 밑에서 사다리를 타고 올라가 북쪽을 향해 세 차례 고복[25]하고 곡하여 애도를 표하였다. 이날 세자가 보위를 이었다. 닷새가 지나 새 임금 순조는 선왕 정조의 덕을 돌아보고 슬퍼했다.

오직 하늘이 우리나라에 재앙을 내려 갑자기 거한 상사喪事를 당하게 되었다. 이제 나이 어린 몸으로서 새로 천명天命을 받아 마지못해 수락하였으나 미칠 수밖에 없어 울부짖는 슬픔을 어찌 감당할 수 있겠는가.

수렴청정에 나선 대왕대비 정순왕후는 영상으로 심환지, 좌상으로 이시수, 우상으로 서용보를 임명했다. 우상 서용보는 암행어사였던 정약용의 탄핵으로 파직되었던 자로 늘 정약용에게 복수를 다짐하고 있었다. 열흘이 지나자 영상 심환지는 이성보를 대사헌으로 임명하고, 포도대장으로 오의상을 선임했다. 이성보는 자신의 이름도 이직보라 바꾸면서 임금의 이름과 같은 고을 '이성'을

---

25 **고복**皐復 : 사람이 죽은 후 혼을 부르는 의식.

'노성'으로 이름을 달리 불러야 한다는 주장을 펴며 사직을 청하며 선왕 정조와 대립하던 인물이다. 더구나 형조판서로 이의필을 임명하여 서학을 사학으로 몰아가던 서학 탄압의 기세를 과시했다. 형조판서 이의필은 새 임금을 모신 자리에서 사학에 대해 뜻을 밝혔다.

전하께옵서는 해와 달과 같은 지혜로 도깨비 같은 사학의 무리를 거듭 엄금하셨고, 역률逆律로 다스리겠다고 하셨으며, 신하들도 지금 성심을 다해 그 뜻을 받들고 있나이다. 그런데도 몇몇 진실로 사특한 자들이 돼지나 물고기보다 더 사리에 어둡고 완악하여 끝내 감화되지 않고 있으니, 결단코 용서하기가 어렵습니다. 청컨대 대신들에게 하문하여 처리하소서.

임금은 비변사에 지난날의 처리를 살펴보고 바로잡을 것이 있으면 바로잡으라 명했다. 비변사의 당상관들은 우상 서용보와 형조판서 이의필에게 그 처리를 맡겼다. 이의필이 포도대장 오의상을 비변사로 불렀다. 이의필은 전직 포도대장 조규진이 탄핵을 받고 파직된 사실을 거론했다.

"대장께서 전직의 일을 모르진 않을 것이오. 비록 조규진이 일을 그릇되게 처리하여 파직되었다고 해도 그 실상을 살펴보면 포도청에서 죽임을 당한 자들은 사학에 골몰했고 강상의 도를 어지럽히는 자들이었소. 지금도 다를 바가 없소이다. 이른바 천주학쟁이들이 도성 안에서 날뛰고 부녀자들은 취하여 패륜의 일을 저지르고 있소. 전 영상 채제공의 비호와 선왕의 명으로 지나쳤으나 이를 바로잡아야 할 것이외다. 물론 드러내서 나낼 일은 아닐 것이오. 저들의 눈과 귀가 곳곳에 숨어 있으니 은밀히 내사하여 반드시 악의 근원을 뿌리 뽑아야 할 것이오. 이는 대왕대비의 명인 것을 명심하시오."

오의상은 전라도병마절도사를 역임한 무장으로 오로지 임금의 명을 충실히 따르는 자다. 오의상은 비록 선왕 상례 행렬을 호위하는 여사대장을 겸임하는 포도대장이나 자신이 한갓 정승들의 명령이나 받는 자가 아니라는 것은 보여주고 싶었다. 더구나 전임 포도대장 조규진이 문책당했던 일들을 이미 알고 있어 그냥 넘어가지 않으리라 다짐했다.

오의상은 이의필이 이름을 건네준 좌포청 종사관을 불렀다.

"종사관 이의수李宜秀, 김영金鍈, 포도대장을 뵈옵니다."

이의수와 김영이 오의상에게 달려와 절했다.

"내 비록 포도대장이라 하나 여사대장의 직분을 겸하니 당분간 포도청의 일에 전념할 수 없겠소. 부득이 전임 포도대장과 관련한 일로 그대들에게 은밀히 당부할 것이 있어 불렀소."

종사관들은 오의상의 말에 마음이 편치 않았다. 그들은 전임 포도대장의 파직에 대해 불만을 지니고 있었기 때문이다. 이의수가 머리를 조아렸다.

"하명하소서."

"그들을 은밀히 내사하여 잡아들이시오."

종사관들은 임금이 바뀌어 비변사의 힘이 영상 심환지에 쏠려 있음을 확신했다. 이의수가 다시 물었다.

"그들이라 하심은?"

"어허, 왜들 이러시오. 좌포청에서 조규진 대장과 관련한 인물이 누군지 모른다고 이러시오?"

종사관들은 아무 대꾸를 하지 않았다. 비변사의 힘은 그 주인이 수시로 바뀌고 힘의 균형이 어그러지면 그 횡액은 고스란히 아래 사람들의 몫이란 걸 잘 알고 있는 이들이다. 오의상이 그 힘의 끝에 대왕대비가 있음을 거론했다. 결국 심환지의 뜻인 것을 직감했다. 심환지는 포도청의 일 처리가 잘못된 것이 아니니 조규진에게 책임을 따질 수가 없다고 주장한 이다.

"사학과 관련된 이들은 모두 극형으로 다스릴 자들이오. 잠시 고신이 심하였다고 살 사람을 죽인 것도 아니고 죽어야 할 죄인을 죽인 것이오. 달리 처신할 수는 없는 일이란 걸 누구보다 잘 알고 있소. 그들이 누군지 아시겠소?"

"대장, 그들은 이미 죽었소이다. 지황, 윤우일, 최인길 모두 하루 사이를 두고 목숨을 잃었소이다. 남은 자는 없는 것으로 알고 있지요."

김영이 슬그머니 발을 뺐다. 오의상의 눈길이 날카롭게 찢어지며 매서워졌다. 오의상은 전라도에서 왜구들과 맞서 목숨을 걸고 싸운 이다. 김영은 등줄기가 소름이 돋고 식은땀이 솟았다.

"종사관이라면 모름지기 나라의 안위를 위해 목숨을 걸어야 할 종육품 무관이오. 나라의 위태로움을 그리 넘겨서는 아니 될 것이오."

"대장께서 하명하시는 것이?"

이의수는 노회했다. 결코 확신이 없는 일에 나서지 않는 노련함이 그의 무기였다.

"어허, 우상께서 종사관들을 거명하셨거늘, 어찌 이리 발을 빼려 하시오?"

종사관들은 다시 입을 닫았다. 오의상은 우상이 건넨 천은을 꺼냈다.

"우상께서 직접 주신 돈이오. 종사관들이 나서면 오래 걸리지 않을 것이오. 뒷갈망은 사헌부에서 할 것이오. 명도회明道會라 하더이다. 그 이름을 모른다고 하진 않을 것이오."

명도회. 명도회는 배교한 한영익의 입에서 처음 나온 모임이다. 하지만 그 실체는 알 수 없다. 실제 한영익도 좌포청 진술 조사에서 자신은 명도회 회원이 아니라고 말했다. 좌포청 종사관들도 지황, 윤우일, 최인길의 문초에서 명도회의 실체를 알아내기 위해 무리한 고신을 가했다. 하지만 그들이 고신을 견디지 못하고 서학을 받아들였고, 천주를 믿게 되었다고는 진술했으나 명도회란 말은 생전 듣지 못한 말이라고 끝까지 함구했다. 그 이후 명도회는 더 조사할 수 없었다.

"명도회는 실체가 드러난 바가 없소이다. 자칫 무리한 고변을 일으켜 무고한 사람들을 죽음으로 몰아갈 위험한 일이지요."

"그런가? 그게 포도청 군관들의 생각이오?"

"군관이라 함은 누구를 말씀하시는지요?"

"내게도 귀가 있소. 명도회는 실재할 것이오. 우상께서는 정 씨 형제들을 지목했소. 샅샅이 챙겨 조사하시오. 그들은 모두 서학으로 경도된 이들이라 틀림없이 미처 챙기지 못한 물증을 남기게 마련이오. 종사관들의 눈과 귀를 마냥 속일 수는 없을 것이오. 그대들은 이 일에서 벗어날 수 없소. 좌포청에서 빠른 발과 예민한 눈, 귀를 지닌 군관들을 부리시오. 선왕의 대상이 마무리되기 전에 성과가 있어야 할 것이오. 또한 좌상과는 무관한 일이니 좌상의 사람들과는 접촉을 삼가시오."

포도대장이 말하는 명도회에 대한 조사는 우상 서용보의 그림이고 영상 심환지와 대왕대비의 승인이 있었음이 분명했다. 밀명이 떨어졌다. 이의수와 김영 종사관이 비변사를 물러나 좌포청으로 돌아갔다. 이날의 밀명은 이미 선왕 정조의 행장에 포함되어 발표되었다.

138

겨울에 전라감사가 윤지충, 권상연 등이 자기 아비가 죽었는데 제사도 모시지 않고 사판祠版을 불태워버렸다고 아뢰었다. 그 당시 사악한 자들이 야소耶蘇 교리에 젖어 연경 책방에서 책을 구입하여 저들끼리 서로 가르치고 익히고 하였다. … 임금도 어버이도 다 버리고 윤리를 송두리째 무시하고 어리석은 백성들을 유혹하고 저들끼리 당여黨與를 결성하는 등 경기 지역과 호서, 호남 사이에서 번성했다. 그중의 이가환, 정약용, 이승훈, 권일신 등이 더욱 두드러진 자들이었으며 최필공과 이존창도 밑바닥층에서는 가장 깊숙이 빠진 자들이었다. 해당 관청에서 그들을 잡아두고 아뢰자, 왕이 이르기를 '형을 가하여 가지런하게 만드는 것은 덕으로 인도함만 못한 것이다. 내 장차 그 서적은 불태워버리고 그들은 다시 사람으로 만들겠다.' 하고는, 모두 관에 자수하여 책은 모아 불태우고 관직에 있던 가환, 약용, 승훈 등은 견책하여 저들 스스로 새로운 길을 찾게 했으며, 일신과 필공은 형조로 송치하고 존창은 향옥에 가두는 등 형을 가하기도 하고 타이르고 감화시키려 했다.

— 정조대왕의 행장 중 일부

행장에 기록된 이가환, 정약용, 이승훈, 권일신, 최필공, 이존창 등은 좌포청 종사관들의 감시 대상이 되었다. 종사관 이의수는 이존창이 거하는 천안으로, 김영은 병조 참지 정약용의 거처 인근에서 잠복하여 감시하기 시작했다. 그들은 발 빠른 군관들과 검술이 탁월한 사령을 거느렸다. 또한 종사관 이의수와 김영은 비밀 임무를 감추기 위해 신체의 허약함을 이유로 종사관 직을 수행하기 어렵다며 사직을 청해 승인을 받고 새 직책을 부여받았다.

경신년(庚申年 1800년) 시월 초이틀

천안 향옥 장교로 복무하던 이존창이 휴가를 청원했다. 천안군수 이로재李魯在는 갑작스런 향옥 개축을 이유로 휴가를 승인하지 않았다. 그날 이존창이 근무하는 곳으로 좌포청 군관을 사직한 우도근이 찾아왔다. 우도근은 이존창과 사사로운 감정이 있었다.

"사도께서 천안 향옥의 장교가 되었다는 말을 들었소이다."

"사도라니요? 천부당합니다. 우 군관께서 어인 일이시오?"

"우 군관이라니요? 지금은 군관이 아니오이다. 세상이 바뀌더니 나가라 하더이다. 부득이 군관에서 벗어나 고향으로 가는 길에 사도 어른이나 뵙고 가려고 들렸소이다. 그간 서로 다른 입장이라 어쩔 수 없이 함부로 대했던 것을 이해하시지요. 참으로 미안합니다. 요즘은 어찌 지내시오?"

"어허, 사도라 하지 마시라니까요. 그저 별일 없이 지내고 있지요. 성은을 입어 죄를 벗어났으니 군수께서 명하신 일을 잘 수행하려 하지요."

이존창은 우 군관의 말에 진심이 섞이지 않은 것을 알았다.

"그러시겠지요. 나도 군관직을 내려놓으니 무엇이 옳은지도 모르겠고, 이 세상 그냥 다른 세상이 되었으면 좋겠다는 생각도 듭디다. 그런다고 달라지겠습니까만."

우 군관은 그날 이후 저녁 늦게까지 천안 향옥으로 이르는 길목 주막에 자리를 차지하고 술을 마시곤 했다. 가끔 이존창을 만나면 이존창에게 새 세상에 대한 가르침을 구했다. 예사롭지 않은 일이었다. 이존창이 도성에서 잡혔을 때 몸이 비대하고 손목 힘이 센 우 군관에게 주먹질을 당하여 피투성이가 된 적이 있었다. 그런 그가 갑자기 나타나 자신의 삶에 도움이 될 가르침을 구한다면서 주변에 머무는 것은 어떤 일이 진행되고 있음을 드러낸 셈이다. 또한 우 군관이 노리는 사람은 이존창 자신이 아니라 다른 사람이라는 것을 직감했다. 이존창이 휴가를 청원한 것도 예산 대흥에 머무는 북경 사제가 여사울 교우들에게 세례를 베풀려 했던 것을 떠올리며 이존창은 혹시 우 군관이 북경 신부를 노리고 있는 것이 아닌지 의심하여 대비하려는 것이다.

이존창은 우 군관을 몇 차례 만난 뒤 이른 새벽, 루치아를 대흥으로 보내 황심에게 사제를 여사울로 데려오지 말라는 말을 전하도록 했다. 사제는 여름 동안 전라도를 돌면서 교우들에게 세례를 베풀었다. 교우들이 사제로부터 세례를 받고 기쁨에 넘치는 삶을 살고 있다는 소식도 들었다. 사제는 다시 도성으로 가기를 바랐다. 도성으로 가는 길에 대흥과 여사울에 들러 세례를 베풀고자 했다.

대흥에는 이존창에게 교리를 배운 김광옥과 그의 사촌 김대춘이 사제로부터 세례를 받으려 기다리고 있었다. 루치아가 길을 나선 지 보름이 지났지만 아무 소식이 없고 돌아오지도 않아 걱정하던 터에 우 군관이 다시 찾아왔다. 우 군관은 이존창의 손을 잡으며 눈물을 글썽였다.

"이 사도 참으로 난감하더이다. 원시보 노인을 아시오? 작년 삼월에 죽었다고 하더이다. 그 식솔들을 만났더니 그들이 이 사도의 얘기를 하며 원망하고 있어 내 잘 타이르고 왔소이다."

이존창은 아무 말도 하지 않았다. 우 군관의 말로 미루어 그가 청주와 인근 교우들의 동태를 파악하고 있다는 것을 알 수 있었다.

"아, 그런 일이 있었소이까?"

"모르셨소이까?"

"그때 저는 이 공주 향옥에 갇혀 있을 때니 알 수가 없지요."

"아, 그랬나요? 나는 그때쯤 이미 이 사도께서 천안군수에게 신임을 얻어 향옥의 장교가 된 것으로 알고 있었소이다."

이존창은 뜨끔했다. 우 군관의 말이 옳았다. 더구나 원시보 노인이 잡혔다는 소식을 듣고, 루치아를 보내 박취득과 정산필이 서로 고발하고 다른 이들을 보호하는 조치를 취했던 기억이 생생했다. 루치아가 전달한 대로 박취득과 정산필, 원시보는 서로 고발하고 나머지 교우들을 보호했다.

"그 식솔들은 어찌 지내고 있지요?"

이존창도 눈물을 글썽이며 우 군관에게 물었다.

"독을 짓고 산다고 합디다."

우 군관은 빈 술잔을 채우며 심드렁하게 말했다.

"당분간 나도 살 궁리를 해야겠소이다. 아산이나 공주로 가서 먹고살 수 있는 일을 알아보려 하지요. 이 사도께서도 그럼 잘 지내시구료."

"자꾸 이 사도라 하시니 난망하오이다. 지금은 천안 향옥의 장교 노릇을 하는 이존창일 뿐입니다."

"아, 그러시지요. 자꾸 입에 발린 말이라서. 다음에 또 봅시다."

우 군관이 돌아가자 이존창은 천안군수에게 다시 휴가를 청했으나 시작도 하지 않은 향옥의 보수를 이유로 또 거절당했다. 이존창은 마음이 급했다. 이미 좌포청의 군관들이 사방으로 날뛰고 있는 것이 분명했다. 더구나 서학을 탄압했던 이의필이 형조판서가되어 교우들을 이끄는 사도들을 감시하고 있는 것으로 확신했다.

그러던 터에 천안군수 이로재가 일신상의 이유로 사임하고 이승묵이 새 군수로 부임했다. 이승묵은 부임하고 우선 향옥을 점검한 후 장교들을 불러 어려움이 무엇인지 물었다.

"영감께옵서 어려움이 있는지 물으시니 참으로 고마운 일이옵니다."

이존창이 머리를 조아렸다.

"그대가 사도라 불린 이존창인가?"

"그러하옵니다."

"내 듣기에 휴가를 청하였으나 전임께옵서 승인하지 않으셨다고 들었다."

"그렇습지요. 향옥에 보수 공사가 시급하다 하셨나이다."

"향옥을 보수하려 했다? 이속은 향옥 보수에 대해 알고 있는가?"

이속은 눈을 끔뻑거릴 뿐 아무런 대꾸를 하지 않았다.

"다른 속사정이 있는 것으로 아옵니다."

물러섰던 다른 아전이 나서자 이존창은 순간 그 일의 배후에 우 군관이 있는 것이라 확신했다.

"그런가? 장교의 휴가는 뜻이 합당하면 부여할 일, 다시 처리토록 하게."

이존창에게 열흘간의 휴가를 다음날부터 시행토록 하달되었다. 하지만 이존창은 머무는 곳을 벗어나지 않았다. 다른 날과 마찬가지로 향옥에 들러 죄인들을 돌아보고 향옥에 딸린 밭으로 나가 무를 뽑았다. 죄수 서넛이 이존창을 도와 청무를 뽑고, 나머지 죄수들은 향옥 안으로 나르고 겨우살이로 쓸 시래기 거리로 무청을 잘라 이엉을 엮었다. 다음날도, 그 다음날도 이존창은 겨울나기를 준비할 뿐 휴가를 떠나지 않았다.

이존창의 행동을 보고 받은 천안군수 이승묵은 고개를 갸웃하며 믿을 수 없다는 표정을 지었다. 전임 군수 이로재가 인계한 말로는 당분간 이존창을 향옥 안에 머물게 하라는 사헌부의 명령이 있었고, 이존창의 움직임에 대해서는 좌포청이 직접 맡게 될 것이라 하였다. 이존창의 일은 자신과는 무관한 것이라 여겼는데, 갑자기 좌포청 우 군관으로부터 이존창의 휴가를 승인하라는 말을 듣고 일부러 향옥에 들러 휴가를 승인했기 때문이다. 하지만 이존창은 향옥에서 나서지 않았다. 이제 그에게 허락한 휴가 중 사흘이 지나고 이레가 남았을 뿐이다.

깊은 밤이나 이른 새벽 들르던 우 군관이 발길이 끊은 지 나흘째 되는 날 이존창도 향옥에서 사라졌다. 휴가를 떠난 것이라 여기면 별일이 아닐 것이나 이승묵은 아전의 보고를 받고 곧장 향옥으로 달려갔다. 이존창이 거하던 숙소는 변한 것이 없었다. 다만 그가 평소에 즐겨보던 책들과 글을 남긴 책들이 모두 없어졌을 뿐이다. 또한 평소 그가 관리하던 곳간들은 모두 깔끔하게 정리되어 있고, 사흘 동안 거둬들인 시래기를 만들 무청은 대나무로 엮은 발 위에 나란히 걸려 보기에도 좋았다. 문득 이존창이 나름 자신의 주변을 정리한 것이 아닌지 의심이 들 정도였다.

이존창이 사라졌다는 생각이 들자 이승묵은 안절부절하고 진정할 수 없었다. 사령들을 풀어 우 군관을 찾아오라 했으나 우 군관도 찾을 수 없었다. 이승묵은 이런 사항을 장계로 충청감영으로 보고해야 할지 망설였다.

우 군관이 자주 나타나던 주막에 이틀 동안 우 군관의 모습이 보이지 않았다. 한때 교우의 반열에 들려 했던 주모는 이존창에게 우 군관이 이미 사흘 전부터 보이지 않는다는 말을 전했다. 이존창은 침묵했다. 우 군관이 먼저 움직였다. 덫을 곳곳에 쳤으리라 여겼다. 덫을 치고 기다리는 사냥꾼은 진득하게 기다려야 얻을 것이 있는 법. 이존창은 서둘러 월동하기 위한 일들을 당겨 처리했다. 사나운 추위가 몰아닥칠 것이다. 문득 천안 향옥으로 잡혀 올 숱한 죄인들의 모습이 하나둘 보이기 시작했다. 그들은 인근 목천과 풍세, 모산, 성환, 성거 등지의 교우들이다. 등골이 오싹거리고 온몸에 신열이 돋았다. 움직여서는 안 된다. 하지만 전라도에서 아산으로 올라오고 있는 사제의 행렬을 막아야 했다. 먼저 보낸 루치아도 소식이 없다. 이런 일은 없었다. 그간 전할 말을 전한 루치아는 작은새가 되어 반드시 둥지로 날아오곤 했다.

사흘이 지났다. 이른 새벽 묵상에 잠겼던 이존창이 갑자기 무릎을 치고 자리에서 일어섰다. 루치아는 눈치가 빠른 아이로 위기에 처하면 스스로 돌파구를 찾곤 했다. 소식이 없는 루치아가 갈 곳이 떠올랐다. 그곳은 황심이 드나들던 토정골이었다. 이존창은 어둠이 가시기 전 향옥 숙소를 나서 광덕산을 올랐다. 태화산 마곡사를 지나 청남을 거쳐 홍산 토정골로 달렸다. 잠을 자지 않고 빠른 걸음으로 걸었다.

이존창이 사라진 아침 이존창이 움직였다는 보고를 받은 우 군관은 아산을 거쳐 대흥, 여사울로 이르는 길목에 수하들을 배치했다. 향옥을 나선 이준창이 갈 곳은 여사울이었다. 이준창은 늘 여사울 식솔들에 대해 걱정했고, 그 식솔들도 여사울을 떠나지 않고 있었다. 우 군관은 느긋했다. 전라도로 떠난 이의수 종사관은 사제의 흔적을 따라 호서로 올라오고 있었다. 그들이 만날 곳은 이준창의 식솔들이 사는 여사울이었다.

사제를 포함한 그 누구도 체포하여 압송하지 말라. 오로지 꼬리를 놓지 말고 따를 뿐이다.

이의수는 우 군관 등이 자행한 고신으로 최인길 등 교우 셋이 죽고 문제가 되자 스스로 그 책임을 뒤집어쓰고 좌천을 택했다. 형조 판서 이의필은 삼척 영장으로 쫓겨간 전 좌포청 종사관 이의수를 군기정으로 불러올렸다가 좌포청 종사관으로 다시 배치했다. 이의수는 최인길 등의 사건으로 변방으로 좌천되었던 좌포청 군관들을 모두 불렀다. 그들 중 우 군관은 이의수의 부름을 받고 망설이지 않고 호서로 내려와 이의수의 수족이 되었다. 이의수는 호남과 호서의 서학을 탐색하는 임무를 지시받았으나 그 실상은 명도회를 엮는 일이었다.

명도회의 실상이 드러나는 날, 사학과 연루된 채제공을 위시한 남인 잔적들을 모두 도륙하고 세상을 바꿀 것이다.

영상 심환지와 형조판서 이의필이 내린 명령으로 이의수는 어깨가 무거웠다. 하지만 이의수는 자신이 중요한 임무를 수행하고 있다는 자부심으로 온몸이 들끓었고 사사로이 세상을 바꾸고 새로 정학을 바로 세우는 일을 맡게 되어 영광으로 여겼다. 호남과 호서의 사학 무리를 추적하여 명도회의 실상을 밝히는 임무는 형조판서에게 직접 받은 명령은 아닐지라도 직속상관인 포도대장 오의상이 직접 부여한 임무이니 그 책임은 이루 말할 수 없이 막중했다.

또한 우 군관은 자신이 저지른 과한 고신으로 종사관에서 쫓겨났던 이의수에게 진 빚을 갚을 수 있게 되자 앞을 다투어 일을 진행했다. 이의수는 우 군관에게 이존창의 곁에서 머물고 있으라는 명을 내렸고 우 군관은 이존창을 천주학쟁이로 엮을 덫을 치고 걸려들길 기다리고 있었다. 우 군관은 자신했다. 아무리 뛰고 나는 이존창일지라도 이번에는 여지없이 독 안에 든 쥐라 여겼다. 하루가 지났다. 향옥을 떠난 이존창의 그림자가 사라졌다. 반나절이 더 지났지만 이존창의 흔적조차 드러나지 않았다. 우 군관은 마음이 급해 여사울로 달렸다. 꼬리를 자른 여우가 나타날 곳은 드나들던 굴뿐이다. 우 군관은 여사울로 달리며 뭔가 석연치 않은 느낌으로 머리가 무거웠다. 곁에 머물고 잡지 말 것이며 오로지 뒤를 따르라는 종사관 이의수가 내린 명령을 거스를 수 없었다. 순간 우 군관은 자신이 저지른 실수를 깨달았다. 이존창은 그간의 행동으로 미루어보면 틀림없이 우 군관의 실체를 알고 있으면서도 모른 척했을 것이다. 이존창은 다른 곳에서 어떤 일을 도모하고 난 후 다시 제자리로 돌아와 시치미를 뗀 것이었다. 속았다. 미꾸라지 같은 놈. 순간 우 군관은 머리가 뜨거워지고 온몸에 치미는 분노로 마구 날뛰었다.

이존창은 토정골로 돌아와 허물어진 집을 단속하며 하루를 지냈다. 깊은 밤 느닷없이 소쩍새들이 멈추지 않고 울었다. 이존창은 자리에서 일어나 울타리를 벗어나 언덕 위로 올랐다. 어둠 속에서 한 무리의 사람들이 불빛도 없이 언덕을 오르고 있었다. 그들은 곧장 이존창의 집으로 향하는 듯했다. 이존창은 그들이 모습이 드러날 때까지 자리에서 움직이지 않았다.

"사도 아버님, 어찌 나와 계신지요?"

무리보다 한참을 앞선 루치아가 달려와 이존창의 손을 잡았다.

"연락이 없어 걱정했느니라. 이곳으로 올 것이라 생각했다. 어디를 다닌 것이냐?"

"황심 토마스와 덕산에 머물고 있었습니다. 사제께서 동행하셨습니다."

"사제시라고?"

"저기 오십니다."

"아, 이럴 수가? 이런 줄도 모르고 그냥 걱정만 했는데……."

149

이존창은 사제 일행 앞으로 달렸다. 사제의 앞은 황심이었고, 뒤는 내의원이던 최필공이었다.

"내포 사람 이존창이 사제님을 다시 뵈옵니다."

이존창은 사제 앞에 엎드려 절했다. 황심과 최필공도 이존창을 보고 절하며 눈물을 흘렸다.

"살아계시니 이렇게 다시 뵈옵니다."

중국을 드나들며 사신단과 상단의 역관 발품꾼 노릇을 했던 황심과 내의원 의관 최필공은 모두 이존창에게서 교리를 듣고 교우가 되었다. 황심은 중국어에 능통하여 사제는 그에게서 조선어를 배웠다. 황심은 젊은 기백으로 늘 사제를 모시면서 안전을 도모했고, 최필공은 불면증에 시달리는 사제의 몸을 챙겼다. 황심이 울타리 밖에 대기하고 사제와 최필공, 루치아가 이존창을 따라 안으로 들어갔다.

"선왕께서 보위를 넘기신 후로 좌포청이 대대적으로 천주학 감시에 나섰습니다. 이제 더는 물러설 곳이 없습니다. 심환지와 이의필의 기세를 견딜 수 있을지 알 수 없고, 결국 피바람이 불 것입니다."

최필공은 이존창에게 사제와 동행했던 일들에 대해 소상히 말했다. 이존창은 침묵했다. 사제는 도성으로 가는 자신의 뜻을 밝혔다.

"주님께서도 물러서지 않았습니다. 예루살렘에 들어서고 죽음을 맞이했습니다. 죽지 않고는 부활을 이룰 수 없으니 죽음으로 맞서야 합니다. 밀알이 될 것입니다."

사제는 확고했다. 호남에서 호서를 거쳐 도성으로 이르는 길은 죽음으로 가는 골고다 길이었다.

"조선의 형제들이 헤어질 때마다 노래를 부릅디다. 아리랑 고개로 넘어간다고. 이제 사제도 아리랑 고개로 들어선 것입니다. 되돌아 내려갈 수 없습니다."

사제가 빙그레 웃었다. 이존창은 사제의 결심을 들으며 부끄러웠다. 한때 조선의 사도라 불리며 세례를 베풀었던 자신이다. 하지만 자신은 죽음의 자리에서 항상 물러섰고, 교리를 부정하고 살아나와 배교자가 되었다. 그럴 때마다 살아남아 해야 할 일은 해야 한다고 생각했고, 늘 용서받고 다시 교우의 자리에 머무르면 될 것이라 여겼다. 물론 교우들은 이존창을 늘 사도로 여겼고 먼저 인사했고 밀실에서 함께 기도했다. 하지만 이존창을 억누르고 있는 무거운 실체는 배교의 아픔이었다. 베드로에게 새벽까지 세 번 부인할 것이라 한 말이 자신을 두고 한 말처럼 뼈저렸다. 운명이다. 이존창은 참을 수 없어 눈물을 흘렸다.

"두려워 마시오. 이존창 루도비코. 내가 함께 갈 것이오. 우리를 주님께서 예비한 길로 이끄실 것입니다."

이존창은 천안 향옥으로 돌아가지 않기로 다짐했다. 자신이 사제를 따라 도성으로 가리라 다짐했다. 사제는 교리서를 읽고 함께 자리한 네 명의 교우들을 축복했다. 먼 길을 이동하여 지친 황심과 최필공은 먼저 잠에 들었다. 이존창과 사제는 필요한 경우는 필담

으로 두런두런 이야길 이어갔다. 밤은 깊었고, 별들은 이들의 이야
길 들으며 천국으로 가는 길을 유난히 밝게 인도했으며, 아침은 너
무도 일찍 밝았다.

아침을 든든히 먹고 아침 기도회를 마친 사제는 이존창에게 천
국으로 가는 사제의 길에 대해 평소 지녔던 소신을 밝혔다.

"사제에게 다른 길은 없습니다. 주어진 길을 갈 뿐입니다. 주님께
서는 사제에게 이 길로 가라 명하셨습니다. 이곳에 오는 동안 환하
게 보이는 길을 따라왔습니다. 남은 길도 이미 정해진 것이니 그
길로 갈 것입니다. 나와 최필공 토마스 교우가 같이 갈 것입니다.
이존창 루도비코는 천안 향옥으로 돌아가서 주님의 뜻을 받드시
오. 황심 토마스 교우는 백운산 아래 배론으로 가시오. 황사영 진
사에게 먼저 나서지 말라 이르시오. 꼭 전할 말은 따로 보낼 것이오."

황심은 사제의 지시를 받고 무엇인가 중대한 일이 벌어지고 있
음을 알아차렸다. 황심은 그저 '먼저 나서지 말라'는 말을 마음에
새겼다. 이존창은 따로 루치아를 불렀다.

"이 말을 황 진사에게 전해야 한다. 사제의 허락을 받지 않은 어
떤 내용도 북경으로 보내서는 아니 된다. 조선에서 일어나는 천주
학의 일은 모두 사제의 승인을 받아야 한다. 설령 그것이 북경 주
교단에서 승인할 수 있는 일이라도 사제가 허락하지 않는 일을 해
서는 아니 된다. 그러니 지금 하는 일을 멈추라고 전하라."

루치아는 황사영에게 전할 말을 한마디도 놓치지 않고 모두 외

웠다. 이존창은 루치아의 암송을 듣고 흐뭇하게 웃었다. 사제는 최
필공을 따라 대홍으로 향했다.

천안군수 이승묵은 이존창이 돌아오기로 한 날이 되자 아침부
터 아전을 보내 직접 확인토록 했다. 이존창은 돌아올 기미가 없었
다. 지난 다섯 해 동안 한 번도 정오를 넘긴 적이 없이 향옥으로 돌
아온 이존창이었다. 해가 기울자 이승묵은 직접 향옥으로 나왔다.
갑작스런 군수의 방문으로 저녁을 먹던 죄수들은 사령들의 눈치
를 살폈고, 장교와 사령들은 군수의 움직임에 집중했다. 이승묵은
이존창이 돌아오지 않았다고 장계를 쓰기로 작정하고 향옥을 나
설 때였다. 이존창은 무거운 발걸음으로 향옥으로 들어왔다.

"영감께옵서 나오셨습니다. 조금 늦었습니다."

"휴가는 잘 보냈는가? 월동 준비를 이미 마무리했다고 들었네.
둘러보러 나왔지."

"월동 준비랄 것은 없습지요. 그저 시래기 거리를 말리라 했을
뿐이옵니다. 둘러보셨습니까요?"

"그렇네. 수고하게."

이승묵은 긴 숨을 들이쉬고 향옥 밖으로 나갔다. 이존창은 이승
묵의 뒷모습에서 우 군관과 사제의 뒤를 쫓는 종사관과 군관들의
모습을 보았다. 이제 이존창의 할 일은 모두 끝났다. 그저 그가 맞
이해야 할 날을 기다리면 그만이다.

종사관 이의수는 사제의 뒤를 직접 쫓았다. 사제가 서면 그도 섰고, 사제가 걸으면 그도 걸었다. 사제가 누군가의 집으로 들어가면 인근의 숲에서 노숙하며 집 안의 사람들 움직임을 살폈다. 비가 오면 비를 맞았고, 아침에 수행 군관이 가져온 옷으로 갈아입었다. 이의수는 사제의 발길이 도성으로 향해 가고 있는 것을 알았다. 도성에서 사제를 만나는 이들은 모두 명도회에 포함될 것이다.

6. 급보

신유년(辛酉年, 1801년) 이월 초아흐레

종사관 이의수는 포도대장 오의상에게 서찰을 보냈다.

도성이 사제의 눈앞이오이다. 전 의관 최필공이 함께 있고, 가는 곳마다 대여섯의 남녀가 몰려 진맥을 받는다고는 하나 그것은 거짓일 것이고 오로지 그들은 사학에 빠진 사악한 무리이오니 한시라도 빨리 그들을 잡아 백성들이 사학에 빠지지 않도록 해야 합니다.

오의상은 이의수의 편지를 들고 형조판서 이의필에게 달려갔다.

이의필은 편지를 읽고도 의외로 표정이 바뀌지 않았다.

"대감, 한시가 급하다고 하오이다. 이제 도성이 눈앞인데 도성 안으로 들여 사학의 무리가 다시 날뛰게 해서는 아니 될 것입니다. 잡아들이라 명하시지요."

이의필은 고개를 저었다.

"그리해서는 아니 될 일이오. 지금은 사제만이 있을 뿐이지요. 지금 우리가 의관 따위를 잡으려 기다리고 있는 것이 아니지요. 더 기다리세요. 꼬리를 자르지 못하도록 바짝 붙어서 그들이 달려들 때까지 기다리라 하시오. 도성 안이면 어떻고, 밖이라고 또한 다를 것이 없어요. 일체 다른 움직임을 하지 말고 오로지 그들이 나설 때까지 기다리라 하시오."

이의필은 단호했다. 오의상은 마음이 급했으나 형조판서의 말을 따를 수밖에 없었다. 오의상은 이의필이 노리는 자들이 따로 있는 것이라 확신했다. 오의상이 형조를 떠나자 이의필은 이제 때가 막바지에 이른 것을 알았다. 을묘년(乙卯年, 1795)에 천주학쟁이로 몰아 정약용을 압박했으나 실패한 것을 기억했다. 다시 실패할 수는 없었다. 반드시 뿌리를 찾아 뽑아야 한다고 생각했다. 더구나 정약용이 병조로 돌아와 있어 더 분명한 확증을 잡아야 했다. 이의필은 비변사로 영상 심환지를 찾아갔다.

"영상 대감, 이제 코앞입니다. 그물을 거둘 때가 되었습니다."

"아직은 좀 더 기다리시오."

심환지는 느긋했다. 더는 달아나지 못하도록 옭아매야 한다. 기다리면 거둘 시기에 이를 것이다.

"칼잡이를 바꾸시지요. 권유가 기회를 얻고자 하옵니다."

"권유라고요? 그는 자기 마음대로 할 것이요."

"권유에게 대사헌 직책을 맡겨 칼끝을 그들을 향하게 하시죠."

심환지는 그저 고개를 끄덕일 뿐 다른 말이 없었다.

"영상 대감, 이번이 바로 그 기회이옵니다."

"그렇겠지. 그럴 것이야."

심환지가 다시 입을 닫았다. 눈과 귀가 열린 대궐 안이었다. 종실의 사람들조차 서학에 빠져 새 세상을 말하는 판에 일을 망칠 수는 없었다. 사제 주문모. 그는 조선 사람이 아니다. 양인이든 청인이든 자칫 공연한 문제를 일으켜 혼란을 자초할 수도 있었다.

"사제가 문제가 아닐세. 사제 한 사람이야 물리치면 그만이지만 그 근원은 다르지."

이의필은 비변사 서리가 가져온 차를 마셨다.

"명도회에 대한 상소는 형조에서 준비하오리까?"

"형조에서요? 아니지. 간관들이 해야 할 일이니, 간관들을……."

심환지는 사학에 빠진 죄인들의 심문 절차를 그리면서 이의필에게 다짐했다.

"형판께서는 사제를 잡아들여선 안 될 것이오. 공연한 사달을 일으키지 마시오."

"원흉인 사제를 두고 나머지만으로 근원을 어찌 뽑을 수 있을지."

"사제는 다시 들어올 것이오. 그를 죽이면 또 다른 사제가 올 것이고, 또 죽이면 그 이유를 앞세워 철선이 들어오지 않을 것이라 어찌 확신할 수 있을 것이오? 명심하시오. 우리 힘으로 철선을 막을 수는 없소이다."

이의필은 인삼차 한 잔을 더 청하여 찻잔을 비우고서 자리에서 일어섰다. 심환지는 비변사에 남겨둔 대사간 신봉조가 쓴 사학의 무리를 처단하라는 상소문을 내놓을 때를 생각하며 미소를 지었다. 심환지는 비변사를 나서는 이의필을 다시 불렀다.

"형판께서는 권유가 이 일을 처리하는데 적임이라 하셨소?"

"그러합니다."

"지난날의 권유가 아니라 확신하시오?"

"세상이 바뀐 것을 아는 자입니다."

이의필은 심환지의 말을 듣고 갑자기 힘이 솟았다. 심환지는 고개를 끄덕였다.

"도승지를 불러 권유의 일을 당부하겠소이다."

심환지가 손을 저어 작별을 고하자 이의필은 비변사를 나섰다. 심환지는 승정원으로 부교리 이기헌의 상소문을 보냈다.

전하, 신이 생각하옵건데, … 지난날 사학의 무리에게서 얻은 천주학 서적을 여러 당상들이 경솔하게 여러 낭관들에게 돌려 보게 하고 묘당을 거치지 않은 채 제멋대로 포청에서 처리하도록 했습니다. 또한 포청에서도 엄중하게 다스리지 않고 먼저 누설되어 잇따라 도피한 사학의 무리가 오늘날 날뛰고 있으니 해당 당상들은 그 책임을 면할 수 없을 것이옵니다….

이기헌의 상소문은 대왕대비를 격노케 했다. 대왕대비에게 불려간 심환지는 자신의 불충을 들어 사직을 먼저 꺼냈으나 사직보다 일의 처리가 먼저란 답을 얻었다. 대왕대비는 오래전 이승훈이 북경에서 가져온 천주학 서적을 문제 삼고 동행했던 사신들과 역관, 심지어 미리 알아채지 못한 의주부윤까지도 죄인으로 대하라 명했다.

심환지는 비변사로 돌아와 내심 자신의 의도가 적중한 것을 생각하며 기분이 좋아졌다. 이승훈은 정약용의 매제로 계묘년(癸卯年, 1783) 동지사 서장관인 부친 이동욱을 따라 북경으로 가서 이벽의 부탁을 받고 서학 서적을 들여왔다. 도성 안 명례동에 교회를 세우고 교리를 전파하다가 적발되었으나 척사문을 짓고 배교한 자다. 대왕대비가 이를 거론하여 다시 죄를 따지라 하니 심환지는 사학의 무리를 한꺼번에 잡아들일 명분을 얻게 되었다.

최필공은 아우 최필제의 집으로 사제를 안내했다. 사제는 최필제의 집에서 약을 자르는 일을 하며 교우들을 맞았다. 사제는 먼저 최필제 베드로와 믿음을 다짐한 정인혁 타데오, 김종교 프란시스코, 손경운 제르바시오, 김계완 시몬 등을 세례했다. 사제와 함께 도성에 들어온 지 닷새가 지나자 최필공은 정약용을 찾아가 사제의 소식을 전했다. 정약용은 다시 밀려올 소용돌이를 예상하고 피하고 싶었다. 정약용은 셋째형 약종을 찾아갔다.

"사제가 도성으로 돌아왔다 합니다."

정약종은 고개를 끄덕였다. 이미 알고 있는 모습이었다.

"사제를 만나시렵니까? 좌포청에서 이미 감시하고 있는 것으로 압니다만."

"그렇겠지. 하지만 사제의 사역이니 어찌하겠는가?"

"만나실지를 여쭙는 것이지요?"

"만나야 하겠지."

"저들이 그냥 있지 않을 것이지요."

"그건 저들의 일이네. 나는 교우로서 해야 할 일이고."

"집안에 화가 몰아닥칠 것이지요."

"아우님이야 무사할 것이네."

"형님을 걱정하는 것이옵니다."

"그 마음을 어찌 모르겠는가. 걱정한다고 달라질 것이 있겠는가?"

이틀 후 정약종은 그의 부인 유소사, 아들 정철상과 딸 정경혜와 함께 사제를 만났다. 또한 사제는 지난날 도성에서 자신을 도피시

켰던 강완숙과 은언군 부인 송 마리아, 며느리 신 마리아와도 해후했다.

이의수는 우 군관이 보내온 이존창의 근황과 사제의 활동을 담은 보고서를 우선 오의상에게 제출했다. 포도대장 오의상은 이존창이 천안 향옥에 장교로 근무하고 있는 모습을 듣고 다시 교우들에게 교리를 전파하고 있는 것인지 확인할 수 없으니 그의 배교 또한 의심할 수 없었다. 오의상의 보고를 접한 형조판서 이의필은 오의상을 데리고 영상 심환지의 집으로 찾아갔다. 심환지는 그들에게 선왕 정조가 보낸 서찰 하나를 내보였다.

…모두 한 가지로만 생각하면 하나의 일을 할 수 있을 것이나 여러 사람이 여러 생각을 말한다면 여러 경우의 일을 할 수 있을 것이요. 생각이 다르다고 하여 내칠 것이 아니라 그 생각을 되새겨 이롭게 일을 해야 하는 이치요….

"그대들이 볼 때 서학이 다른 생각일 뿐인가? 그러니 내칠 것이 아니라 되새겨 이롭게 할 수 있는 일인가?"

심환지는 노회했다. 선왕과 주고받은 많은 서찰에서 서학을 이용해 조정의 힘을 차지하기 위한 방도를 얻으려 했다. 이의필은 침묵했고, 오의상은 그저 눈치만 살필 뿐이었다. 심환지가 내심을 드러냈다.

"그저 명도회로 묶고 사문난적 역도로 몰아야 하네."

이의필의 눈이 커졌다. 사문난적. 일찍이 양명학에 눈을 돌린 남인 영수 윤휴를 죄인으로 몰아붙였던 노론 영수 송시열의 잣대였다. 이제 심환지는 서학을 제 부모와 조상의 제사를 파하고 남녀의 유별함과 신분의 차별을 모른 척하는 사악한 학문으로 몰아붙이고 그 사학을 추종하는 세력들은 이 땅에서는 용납할 수 없는 명분, 사문난적으로 몰고 역도로 규정했다. 이의필은 고개를 숙이고 심환지의 말을 곱씹었다.

"그것이 가능할까요?"

"시대가 바뀌었네. 시대가 바뀌면 생각도 바뀌어야 하는 법일세."

오의상은 고개를 끄덕이며 자신에게 닥쳐올 변화를 예상했다. 오의상은 군문으로 돌아가길 원했다. 대궐과 도성의 일은 자신과 맞지 않다는 생각이 앞섰다. 그렇다고 지금 사학의 뿌리를 뽑는 일이 그의 손에 달린 판에 돌아설 수는 없었다.

"여사대장의 공은 잊지 않겠네."

오의상이 머리를 깊숙이 조아렸다.

"영상 대감마님, 하해 같은 은혜이옵니다."

순간 침묵이 흘렀다. 이의필이 오의상을 슬그머니 쳐다봤다. 오의상의 붉어진 눈에 눈물이 돌았다. 심환지는 얼굴을 들고 눈을 감았다. 잠시 후 피식 웃음을 흘리다가 껄껄 웃었다.

"하해 같은 은혜라 하였는가? 허허허헛. 큰일 날 소릴세. 말씀을 아끼시게. 으흠."

"영상 대감마님, 소생 무관인지라 소신을 밝혔을 뿐이었습니다."

"여사대장이 머잖아 삼도를 통제하겠구료."

"삼도통제사이옵니까?"

오의상이 놀라 다시 머리를 조아렸다. 이의필이 이맛살에 잔주름을 모으고 입술을 씰룩거렸다.

"영상 대감, 명도회에 가담한 자들을 먼저 잡아들여 국문할 것이옵니다."

"국문할 것까지는, 그저 포도청에서 조사하시게."

"명을 받자옵니다."

오의상은 포도청으로 돌아왔다. 종사관들을 불렀다. 다음날 동이 트기 전 이의수 종사관이 포도청으로 들어왔다. 하지만 청주를 거쳐 원주로 간 종사관 김영은 포도청으로 들어오지 않았다. 먼저 오의상은 이의수에게 종사관 직첩을 전달하고 명도회에 가담한 자들을 잡아들이라 명했다. 해가 중천에 오르자 이의수는 군관들을 데리고 대궐 안팎으로 흩어졌다.

"영감, 좌포청 종사관 이의수이외다. 오랫동안 영감들을 지켜보았고, 부교리 이기헌이 탄핵하여 부득이 조사할 것이외다. 순순히 같이 가시면 오라는 지우지 않을 것이오."

대호군 이가환은 종삼품, 부호군 정약용은 종사품 현직이었다.

이들은 근무하던 관아에서 종사관 이의수가 직접 연행하여 좌포청으로 데려왔다. 권철신과 이승훈, 정약전은 머물고 있던 집에서, 정약종은 최필제의 집에서 최필공과 함께 좌포청 군관들에게 잡혀왔다. 하지만 이의수는 사제만은 잡아들이지 않았다.

의금부로 옮기기 전, 권철신과 정약종, 이승훈, 최필공과 최필제는 서학을 받아들였고 천주학을 믿고 있다고 자백했다. 하지만 이가환과 정약용은 천주학을 받아들이지 않았다고 강하게 혐의를 부정했다. 이가환과 정약용이 버티자 사헌부의 간관들이 죄를 명백히 밝히기 위해 이존창을 압송하여 대질하라 주장했다.

이의수는 우 군관에게 이존창을 좌포청으로 압송하라 명했다. 우 군관은 천안군수 이승묵의 도움으로 이존창을 포박했다. 이존창은 이승묵에게 스스로 서학을 신봉하는 이라 자백했다. 우 군관은 이존창을 좌포청으로 압송하려 했지만 이승묵은 절차대로 충청감영으로 이송하라고 명했다. 충청도관찰사 윤광안이 다시 이존창을 심문했다.

"죄인은 수차례 배교한 자로서 다시 서학을 신봉한다 하였는가?"

"죄인 이존창 아뢰옵니다. 서학을 받아들여 천주학에 한 번 입도하였으나 비록 여러 차례 죽음에 직면하여 늘 두려웠고 살기를 도모했습니다. 그러나 한번 정하여 입도한 사실을 더는 숨길 수 없나이다."

"죄인은 누구와 함께 입도했는가?"

"처음 권일신 프란시스 사비에르님께 배우고 익혀 입도했으며, 정약종 아우구스티노, 정약용 등과 함께 공부했으나, 정약용은 배교한 이후 함께 공부한 적이 없으며 금정찰방으로 있을 때 홍산에 사는 저를 천주학쟁이라 충청감영에 고변하여 옥살이하게 하였으니 정약용은 신도라 할 수 없나이다."

"죄인은 다시 배교할 것인가?"

"배교할 수 없습니다. 이미 천국으로 가는 길로 나섰나이다."

"천국이라. 거참, 용서할 수 없는 자일세."

윤광안은 이존창을 심문한 기록을 사헌부로 보냈다. 사헌부에서는 이존창의 심문 기록에 언급된 정약용과의 관련 내용을 두고 의견이 분분했다. 이존창은 자신을 고변한 내용을 들어 정약용은 천주학 신도가 아니라고 밝혔다. 이의필은 정약용을 죄인으로 몰아갈 수 없는 상황이 되자 난감했다. 비변사 당상관들은 심환지의 눈치를 살폈다.

"영상 대감, 충청감사의 심문 기록이 모호합니다."

심환지의 눈꼬리가 씰룩거리기 시작했다. 이의필은 시선을 슬그머니 돌렸다.

"형조판서께서 그리 말씀하시면 죄인을 풀어주라는 말씀이오?"

"이존창을 좌포청으로 불러 심문을 다시 할 것입니다."

"저런, 저런, 그자가 이미 죽으려 작정한 것을 모르시오. 공연한 말로 사달을 일으킬 것을 어찌 모르시오. 그냥 충청감영에 두시오."

"달리 묘책이라도 있으십니까?"

"묘책? 무슨 묘책이란 말이오? 사헌부가 나서면 될 일 아니오. 이 나라가 언제부터 신하들의 나라였소? 임금의 나라요. 임금께옵서 죽으라면 죽는 것이오."

비변사 당상관들이 자리를 떴다. 하지만 심환지는 비변사를 지켰다. 어둠이 내리기 시작하자 심환지는 보관 중이던 지중추부사 권엄이 올린 상소문을 승정원으로 보냈다. 집으로 돌아온 심환지는 대문을 걸어 잠그고 출입을 금했다. 다음날 권엄 등 63명이 연명한 상소문을 비변사의 당상관들이 임금을 보좌하여 검토했다.

지금 이른바 서학은 마귀의 술수로 천륜을 멸절시켜 사람들을 모두 금수와 이적으로 몰아넣고 있사옵나이다. 부모를 제사 지내지 않고 신주도 받들지 않으니 이것은 천지에 용납될 수 없사옵니다. 지금 죄수 가운데 이가환, 이승훈, 정약용 형제가 바로 이들이옵니다. …저 역적 정약종은 한낱 간사한 요괴로서 천륜을 끊고 밝은 세상을 등지고 그늘진 어두운 소굴에 들어갔으니, 군신과 부자의 윤리를 저버린 자이옵니다. …정약종의 형인 정약전과 아우인 정약용은 비록 말하기를, "서학을 공부했으나 제대로 알지 못한다." 하고, "사학을 하지 않았다."라고 하지만 믿을 수 없사옵나이다. 정약용이 심문에 답하길 '요설에 차츰 빠져들어 어진 성품을 잃게 되었다.'는 말로써 이미 자백했고, 전에 '사학

을 다시는 하지 않겠다?고 맹세했는데 다시 사학 무리와 어울렸으니 그
또한 죄라 할 것이옵니다….

임금이 비답을 내렸다. 비록 연명 상소가 늦은 감이 있으나 그
진위를 밝혀 처리하라 명하자 사헌부, 사간원의 간관들의 상소가
줄을 이었다. 하지만 충청도관찰사 윤광안이 보낸 이존창의 심문
기록으로 미루어 정약용은 사학에 경도된 천주학쟁이의 명부에서
는 제외되었다. 죽음의 대열에서는 벗어날 수 있었으나 과거의 행적
과 형의 이적행위를 방조한 까닭으로 그 죄를 벗어날 수는 없었다.

사제 주문모는 도성에 머물며 교우들이 죽음의 길을 두려워 않
고 가는 것을 지켜봤다. 좌포청 종사관 이의수는 사제의 거처와 움
직임을 파악하고 있으나 직접 잡아들이지는 않았다. 남은 교우들
은 사제의 처지에 대해 토론했다. 사제를 구하고 교우들을 구할 수
있는 방도로 북경 사제단의 개입을 청원하기로 결론지었다. 부득
이 주문모 사제가 직접 북경으로 가서 북경교구 사제들로 하여금
청의 조정을 움직여 조선의 천주학 탄압을 막는 방법이 좋겠다는
의견을 택했다. 사제를 북경으로 인도할 인물로 황심이 선정되었다.

황심은 사제와 헤어진 후 배론에 머물고 있었다. 황심은 이존창
이 다시 공주 향옥에 갇혔다는 소식을 듣고 루치아와 함께 충청감

영이 있는 공주로 달려왔다. 황심은 이존창을 찾아갔다.

"사도께서 이미 천국의 길로 나섰다고 들었습니다."

"사제와 함께 나선 길이네. 배론의 형제들은 어떠한가?"

"배론은 무사합니다. 루치아도 같이 왔으나 밖에 머물고 있습니다."

"그런가? 루치아에게 이른 말을 전할 때가 있을 것이야. 잊지 말라 전하게."

"그리 전하겠습니다. 달리 전하실 말씀은 있습니까?"

"여사울 식솔들이 편해야 할 것인데, 그것이 걱정일세."

황심은 입을 다물었다. 어차피 당할 피해였다. 이미 한차례 돌풍이 휘몰고 지났다. 이국승 바오로와 식솔들이 잡혀 공주 향옥으로 오고 있었다.

"루치아는 살려서 어재동으로 보내면 좋겠네."

"그리할 것입니다."

"토마스 자네는 어찌할 셈인가?"

"사제님의 명에 따를 것입니다."

"그리하게."

황심은 향옥을 나와 루치아와 함께 디디울나루를 향해 걸었다. 디디울나루에서 배를 타고 규암나루에서 내려 홍산 토정골로 돌아가 쉬려고 했다. 하지만 디디울나루에서 만난 이는 보령 사람 김한빈이었다. 그는 황심에게 입도되어 정약종의 행랑에 머물며 교리를 배웠다. 그는 사제의 명을 받고 호서의 천주학 피해 상황을 수집하였고, 황심을 찾아 사제에게 가도록 연락하는 임무를 받고 있었다. 김한빈은 배론에 들렀다가 황심이 공주 향옥으로 갔다는 소식을 듣고 부용에서 세곡선을 얻어 타고 디디울나루로 오고 있었다.

"도성으로 가셔서 사제를 만나셔요. 사제께서 찾고 있어요."

"어찌하고 계시더냐?"

"은언군 댁으로 오라 하셨어요."

은언군 댁이라면 몇 해 전 들렀던 곳이다. 그들은 함께 디디울나루를 건너 귀산으로 가는 길로 접어들었다. 열흘 정도 걸리는 길이다. 루치아는 이미 오랜 걸음으로 지쳐 빨리 걸을 수 없었다. 황심은 루치아를 어재동으로 보내고 싶었으나 배론의 황사영에게 전할 말을 외우고 있는 사람은 루치아였다. 루치아가 전할 말은 오로지 루치아만이 알고 있어야 했다.

사월 초닷새. 겨우 해가 기울기 시작할 때 삼개나루를 건넜다. 김한빈은 황심을 은언군 댁으로 안내하고 자신은 다음날 삼개나루에서 만나기로 하고 정약종의 집으로 갔다. 은언군 댁 사당에 딸린 곳간에 머물던 사제가 반갑게 나와 맞았다. 은언군의 부인 송 마리아가 황심에게 먼저 말을 꺼냈다.

"사제께서 직접 북경으로 가야 하네. 북경 사제단을 설득해서 조선에 신도들을 구명하는 사신을 데려와야 저들을 살릴 수 있을 것이니 북경으로 사제를 인도하시게."

"교우들의 뜻이옵니까? 군부인 마님."

"그러하네."

"사제님의 뜻도 그러합니까?"

"아닐세. 사제께서는 그냥 의금부로 가시겠다고 하시네."

"의금부에서는 사제를 죽일 것입니다."

"고집을 세우고 있네. 어떻게든 자네가 사제를 설득하여 북경으로 모시고 가게. 서둘러야 하네."

송 마리아는 사제의 마음은 모르고 그저 교우들을 살리고 싶은 마음뿐이었다. 하지만 사제는 생각이 달랐다.

"북경 사제단은 조선의 내정에 간섭하려 하지 않을 것입니다. 조선의 내정을 움직이려면 서양의 철선을 데려오는 방법이 있을 뿐이나 철선이 오면 결국 조선의 교우들은 모두 죽게 됩니다. 역적으로 몰아가면 천주학은 더는 설 자리가 없습니다. 하지만 내가 죽으면 북경의 사제단이 움직일 것입니다. 사제는 많습니다. 나를 대신할 다른 사제가 올 것입니다. 그 사제마저 죽으면 다시 다른 사제들이 더 많이 와서 결국 사제들을 모두 죽일 수 없게 됩니다. 그것이 주님의 뜻입니다."

주님의 뜻. 황심은 루치아가 입에 담고 있는 말이 무엇인지 짐작할 수 있었다. 잠시 배론에 머무는 동안 황사영과 함께 서학을 공부하는 이들이 나라의 힘에 대해 소상하게 토론했던 적이 있었다. 어찌 보면 황사영의 말이 옳을 수 있었다. 젊은 교우들은 새 세상을 이루려면 희생보다는 힘의 균형에 있다는 것을 믿었다. 힘이 없으면 바꿀 수 없는 것이 세상의 이치였다. 힘의 균형, 서양 철선이 아니면 이룰 수 없는 형편이었다.

밤이 깊어지자 몇몇 교우들이 곳간으로 들어왔다. 그들 중에는 얼굴이 익은 역관 출신 최인철 이냐시오가 있었다. 사제를 북경으로 함께 안내할 교우다. 황심이 인사를 하자 최인철도 함박웃음을 지었다. 사제가 절을 하자 모두 함께 절했다.

"사제는 북경으로 가지 않습니다. 사제가 북경으로 가면 사람들은 사제가 달아났다고 할 것입니다. 또 북경 사제단은 제 말을 듣고 사제는 두려워해서는 안 된다고 먼저 말할 겁니다. 그리고 다시 이곳으로 돌아가라 할 것입니다. 달라질 것은 없습니다."

"사제님, 그럼 우리 조선 교우들은 언제까지 한 분 한 분 모두 죽어야 합니까? 그게 주님의 뜻입니까?"

최인철은 겉으로 미소를 짓고 부드러웠으나 분노를 참고 있었다.

"주님은 교우들을 지켜주실 것입니다. 사제는 그리 믿습니다."

"사제님, 죽지 않는다는 말씀이십니까?"

"영생을 얻게 될 것입니다."

"아멘."

교우들은 사제의 말에 눈물을 글썽였다. 사제는 북경으로 돌아가지 않고 교우들의 곁에 남을 것이다. 교우들은 내심 힘을 얻었다. 사제가 곁에 있는 것만으로도 교우들은 진리에서 벗어나지 않는 신실함을 느꼈다. 교우들이 돌아갔다. 사제는 황심을 밖으로 불러 냈다. 사당에서 새어 나오는 불빛이 신비롭게 보였다.

"토마스, 배론으로 가시오. 배론 교우들을 지켜보시고 섣불리 행동하지 않게 해야 합니다. 그렇게 약속합시다. 사제는 북경으로 가지 않으니까 황심 토마스께서 이곳에서 할 일은 없습니다. 내일 아침 일찍 배론으로 가시오. 약속합시다."

황심은 사제와 성호를 긋고 약속했다. 황심은 약속대로 다음 날 아침 루치아와 함께 배론으로 떠났다.

신유년(辛酉年, 1801년) 사월 초여드레

서소문 밖으로 사람들이 몰렸다. 이른 아침부터 사령들이 시전 거리부터 광화문에 이르는 거리를 다니며 서소문 밖에서 사악한 천주학쟁이들을 처형할 것이라 외치고 다녔다. 어떤 이는 주먹을 휘두르며 멸족해야 한다고 소리 지르고 어떤 이들은 혀를 찼다. 하지만 그들을 용서하고 살려야 한다는 이는 없었다. 가끔 눈시울이 붉어지는 이들이 있지만, 그들은 곧 사람들 무리 속으로 사라졌다.

권철신은 형 집행에 앞서 옥중에서 장독으로 죽었으나, 정약종,

홍낙민, 이승훈, 홍교만, 최필공, 최관천 등이 차례차례 불려 나와 참수형을 당했다. 그들은 하나같이 천주학을 신봉하고 있다고 고백했고 감사의 기도를 올렸다. 서소문 밖에 모인 사람들은 얼굴을 가리거나 손가락질을 했지만, 정약종이 외치는 소리를 들었다.

"천주를 높이 받들고 섬기는 일은 옳은 일입니다. …천주는 천지의 큰 임금이시요 세상의 아버지십니다. 그러니 천주를 섬기는 도리를 알지 못한다면 게으른 죄인이며, 살아 있어도 산 것이 아닙니다."

어떤 이는 귀를 막았고, 어떤 이는 고개를 끄덕이며 눈물을 흘렸다. 주문모는 큰길로 이어진 골목길 안에서 그들을 바라보며 성호를 긋고 기도했다.

"사람이 세상에 태어나서 천주를 위해 죽는 것은 마땅한 일이오. 마지막 심판 때에 우리의 고통은 참으로 즐거울 것이고, 천주의 나라에서 복되다 칭찬을 얻을 것입니다."

같은 날 공주 향옥 옆 황새바위에서 내포사도 이존창 루도비코도 참수형을 당했다. 이존창을 참수한 이유를 영부사 이병모가 임금에게 아뢰었다.

이존창이 사학에 오염된 지 여러 해가 되었으니, 실로 호서의 괴수이옵니다. 여러 번 감옥에 들어갔고 가까운 사람들 가운데 이존창이 사학의 괴수라는 것을 모르는 이가 없사옵니다. 이러한데도 이 자가 만약 살아서 옥문을 나간다면 사특한 자들이 모두 말하기를, "이존창도 살았으니, 다시 두려워할 만한 것이 없다." 할 것이니, 극형에 처해야 하옵나이다.

그러나 정약전과 정약용은 다시 살아남았다. 간원들이 그들을 죽이라 했지만 영부사 이병모는 정약용에 대해 간곡한 말로 임금에게 아뢰었다.

당초에 사학에 오염되고 미혹되어 빠져들었을 때, 이들의 죄를 벌하였다면 애석할 것은 없사옵니다. 그들이 중간에 사학을 버리고 정도로 돌아가겠다고 스스로 말했고, 또한 그리 실천했사옵니다. 사학의 괴수 이존창을 고발했고, 그로 하여 사학 당원들이 그의 형 정약종에게 보낸 서찰에, '너의 아우는 우리의 일을 알지 못하게 하라.'는 말이 있었고, 정약종이 스스로 쓴 글에도, "형제와 함께 서학을 익힐 수 없으니, 나의 죄가 크다."라고 했으니 이는 다른 죄수들과 구별되옵니다. 천주학쟁이가 아닌 이들을 천주학쟁이로 몰아 죽일 수는 없으니, 목숨은 살려 관대한 은혜를 베푸는 것이 의를 세우는 일이옵니다.

옥사가 마무리된 지 나흘 후 사제 주문모가 좌포청으로 들어와 자신이 북경에서 온 사제임을 밝혔다. 좌포청 종사관 이의수가 나서서 문자로 공초를 진행했다. 사제는 자신의 일로 국한될 것이라 여기고 스스로 죽는 자리를 찾아온 것이라 했다. 그러나 비변사는 주문모의 말을 제대로 옮길 수 없었다. 정약용 일가를 처단하고 흡족하던 이의필이 다시 비변사로 불려 나왔다. 영상 심환지의 불편한 기색이 역력했다. 이의필은 영상의 눈치를 살폈다.

"영상 대감, 부르시었습니까?"

심환지는 고개를 들어 쳐다보고는 다시 딴전을 피웠다. 좌상 이시수가 슬그머니 자리를 일어나 밖으로 나갔다. 우상 서용보도 미적거리고 있으나 자리를 피할 심사였다.

"영상 대감, 아무래도 좌상과 먼저 할 말이 있소이다. 몸이 으슬으슬하다고 했는데 내의원 말로는 열도 없어 심기가 불편한 모양이라 하니 말벗이라도 해야 할까 해서요."

서용보가 이시수의 뒤를 따라 나가자 비변사는 더 썰렁했다. 서리가 차를 내와 자리에 놓았다.

"드시지요. 인삼차이올시다. 대국에서 가져온 차가 향이 좋다고 해도 나는 그저 인삼차가 제일이라 여긴다오. 드시오."

이의필이 찻잔을 들어 향을 느꼈다. 마음이 불편하여 아무런 맛을 느낄 수 없었다.

"내가 형판 댁으로 얼마만큼이라도 인삼차를 보내드려야 할 모양입니다. 향이 깊어요."

"아, 고마운 말씀이시지만, 그렇게까지는 하지 않으셔도 될 것입니다."

"사양하시나요? 섭섭합니다."

"아, 저런, 저런, 그런 뜻은 아니옵니다. 번거로우실 것 같아서 말입니다."

"번거롭다고요? 허허. 괜찮습니다. 형판과 나 사이인 것을요."

이의필은 등줄기가 서늘했다. 자신의 의견이라면 임금 앞에서도 굽히지 않는 영상이다. 불편한 기색을 쉽게 드러내는 사람이 아닌 것을 알고 있었지만 지금 영상의 태도는 분명히 억압하고 주눅이 들게 만드는 딴전이다.

"대왕대비께서 격노하셨어요. 그 화가 어디서 멈출지 알 수 없어요. 피비린내가 진동합니다. 원래 내전에서 일어나는 일이 불편한 심기를 감추질 않고 속내를 드러내지 않고도 해코지를 한단 말씀이죠."

불똥이 대왕대비전에서 비롯된 것이 분명했다.

"은언군 그 양반 참 그래요. 죽을 고비를 여러 번 넘겼는데, 이번에 돌이킬 수가 없으니. 쩝. 으허험."

사제의 공초 내용에 은언군 부인 송 마리아와 며느리 신 마리아가 주문모를 숨겨주고 교우가 되었다는 내용이 있었다. 은언군 부인이 사제 주문모와 관련된 일을 거론하고 그 파국이 은언군의 죽음에 이를 것이라 확신하는 말이다. 은언군은 사도세자의 서자로 임금과는 숙질간이어도 대왕대비 정순왕후에게는 제거 대상일 뿐이었으나 쉽게 죽일 수 없는 껄끄러운 상대다. 심환지는 종실이 나랏일의 전면에 나서는 것을 좋게 보지 않고 오로지 종실은 임금으로 족하고 나머지는 원상들과 대신들이 알아서 하는 것이 정치라고 여겼다. 그런데 종실의 문제가 엉뚱한 천주학 사제를 통해 거론되고 있었다.

"이런 상황이니 사제를 청나라로 돌려보낼 수도 없고, 양인이라면 모를까 청나라 사람이니 그냥 죽일 수도 없는 노릇이니. 거참."

이의필은 침묵으로 일관했다. 사제는 잡아들이지 말고 그대로 두고 사학의 무리나 잡아들이라는 심환지의 당부가 뚜렷하게 떠올랐다. 이의필은 영상이 자신에게 책임을 묻고 있는 것이 아닌지 의심했다. 딴전을 피우는 듯하던 심환지가 낮은 목소리로 이의필에게 속삭였다.

"사제란 작자가 살고 싶어 한다는 말을 들었소. 내 귀를 의심했소이다. 설마 사제란 자가 어찌 그리 변명했겠소? 그리하지는 않았을 것이오. 틀림없이 거짓으로 고한 자가 좌포청에 있을 것이오. 그자의 속이 무엇인지 알아야겠소. 포청에 있는 자가 어찌 거짓으로 고할 수가 있느냐 말이오? 거짓을 고한다? 죽일 놈이요. 더구나 대왕대비께서 어찌 비변사보다 먼저 그 일을……."

비로소 이의필은 해결 방도를 구했다. 거짓이어야 한다. 문득 일이 급하게 되었다는 것을 알았다. 간관들의 귀에 들어가기 전에 먼저 승정원 승지들의 입을 막고 포도청 조사관을 색출하여 거짓 보고로 몰고 내치면 그만이었다. 사제를 의금부에 구금하고 접근하는 자를 막으면 언젠가는 사그라질 일이다. 이의필은 비변사를 서둘러 나와 승정원으로 갔다. 도승지 남공철은 선왕의 사람이다. 영상 심환지와는 천적인 김조순과 절친으로 영상으로서는 남공철에게 무엇 하나라도 꼬투리 잡힐 일을 할 수 없었다. 이의필이 나서야 했다. 이의필이 승정원으로 가자 다행스럽게 도승지 남공철은 승정원에 머물고 있었다.

"정원 대감께 부탁할 일이 있어 왔소이다."

이의필은 다짜고짜 남공철에게 부탁할 것이 있다고 머리를 숙였다.

"종실이신 형조판서 대감께옵서 승지에게 부탁할 것이라니요. 그저 명하시면 될 일이옵니다."

남공철도 얼른 머리를 숙였다. 이의필은 나이도 자신보다 스무 살이 위고 선왕 시절 천주학을 탄핵하다가 귀양을 가게 된 악연도 있었다. 이의필은 종실 대감이라는 말에 멈칫했다. 이의필은 세종 임금의 아들 광평대군의 후손이었다. 종실이 정치에 관여할 수는 없으나 이의필은 문과를 거쳐 승지를 역임했고, 판서의 자리에 이른 노련한 사대부였다.

"말씀하시지요. 형판 대감."

"형조를 거치지 않고 포청에서 곧장 올라간 장계가 있다고 해서 물의를 일으킬까 싶어 이리 달려왔소이다."

남공철은 이의필이 찾아온 이유를 알고 있었다. 선왕 시절 자신이 두둔했던 서학이 사달을 일으키고 정약용을 비롯한 이가환 등 학문으로 통하던 이들이 모조리 죽음의 자리에 선 것을 안타깝게 여기던 터였다. 이의필이 말하는 상소는 사제 주문모에게 거처를 제공한 은언군의 식솔과 관련된 일이었다.

"그거라면 이미 대왕대비전에서 알고 있는 일이라서 제가 처리할 수 있는 일은 아니옵니다. 대감."

어찌된 일인지 상소가 승정원으로 오자마자 대왕대비전에서 알고 화를 내고 있었다. 다만 자세한 상소의 내용은 아직 보고하지 않은 상태였다. 누군가 비선이 있어 그 사실을 대왕대비에 고자질한 것으로 봐야 했다.

"어찌할까요? 그럼 비변사로 내릴 수는 없을 것이나 형조에서 일을 마무리할 때까지 승정원에서 깔고 앉아 있을까요?"

"그리하실 수 있으십니까?"

"아마 대사헌께서 아신다면 정원 자리를 걸어야 하지 않을까요?"

"아, 이런 대사헌 대감의 일은 제가 영상 대감과는 함묵하여 일을 빨리 처리할 것이니 기다려주시지요."

"그러십시다. 그 결과야 나중에 살필 일이고, 그럼 대감 살펴 가시지요."

이의필이 승정원을 떠나자 도승지 남공철은 자리로 돌아와 눈을 감았다. 조사한 내용으로 사제에 대한 처리를 진행하면 은언군과 식솔들은 살아남을 수 없었다. 어차피 죽은 목숨이었다. 우선 미뤄둘 일이다. 우선 사제를 해결해야 문제가 풀릴 것이다. 이의필은 이의수를 불렀다. 갑자기 불려온 이의수는 불안한 표정이었다. 이의필은 이의수에게 천은 몇 덩이를 건넸다. 군관들에게 술이나 사라는 말을 덧붙였다. 비로소 이의수의 얼굴에 화색이 돌았다. 이의필은 이의수에게 사제와 관련한 그간의 일은 좌포청은 모르는 일이라 다짐하고 좌포청을 나왔다.

다음날 사제 주문모의 조사 결과를 담은 의금부의 보고문을 들고 대사헌 권유가 직접 비변사로 올렸다.

의금부에서 심문하니 주문모는 따르는 무리가 모두 죽었기에 발붙이기 어렵고 체포되면 용서받기 어려워 자수한 것이라 하였습니다. 주문모가 벌인 죄상을 더 자세히 조사하였는데, 그가 목숨을 구걸하며 자백한 내용은 참으로 참담하였습니다. 부녀자들이 그와 함께 기도한다며 가무를 벌였고, 술을 마신 적도 있었습니다. 다만 안타까운 것은 은언군의 가솔들이 그 무리에 섞여 있었던 것을 부정하지 않았습니다…

비변사 당상관들은 사제 주문모가 자수한 것을 내세워 살기 원한다는 내용을 보고 안도했다. 또한 비변사에서 은언군의 일도 문제 삼지 않았다. 발을 구르며 화를 내던 대왕대비 정순왕후도 어찌된 영문인지 더는 화를 내지 않았다. 사제 주문모는 한 달 동안 의금부 옥사에 갇혔다. 사제를 찾아오는 이도 없었다.

한 달이 지나자 우상 서용보가 좌포청의 종사관 이의수를 비변사로 불렀다. 우상이 종사관을 직접 비변사로 부르는 일은 흔치 않았다.

"종사관 이의수, 우상 대감을 뵈옵니다."

"자네가 주문모의 진술을 썼는가?"

"주문모라뇨? 그 사제의 뒤를 밟고 추적을 했사오나 그자가 느닷없이 의금부에 나타났고, 그 조사는 의금부에서 한 것으로 아옵니다. 중국어에 능통한 내금위 무관들이 국문했고, 송 씨와 신 씨에 대한 조사는 수정전 상궁들을 조사한 것이옵니다. 조사 후 국문도 거치지 않고 곧장 윗전으로 올라간 것은 영부사 이병모 대감이 직접 가지고 간 것으로 아옵니다."

"그럼 그 내용은 모르는가?"

"저희들이야 알 수가 없사옵니다."

"주문모가 살기를 원해 자수했다는 말이 사실이냐 말일세."

"주문모가 살기를 원한다굽쇼? 그럴 리가요. 다른 신도들이 저리 죽었는데 살고자 한다니 있을 수 없는 일이옵니다."

이의수는 자신들의 일이 아니라 했다. 주문모가 살고자 하여 자수했고, 은신처를 내주고 돌봐준 은언군 부인 송 씨와 며느리 신 씨를 고변한 진술은 살기 위해 종실을 들먹인 틀림없는 조작이라고 주장했다. 우상은 이의수의 말을 근거로 영상 심환지에게 자신의 심정을 밝혔다.

"영상 대감, 대왕대비전이 지시한 일이옵니다. 비변사가 관여할 일이 아닌 것 같소이다."

심환지는 눈을 감고 몸을 좌우로 흔들었다. 정순왕후가 개입하고 이병모가 선수를 쳤다면 비변사의 힘이 이병모에게로 움직이고 있다는 뜻이었다. 심환지는 고심했다. 이 일의 끝이 누구를 향하고 있는 것인지 정확히 꿰뚫어야 했다. 날이 어두워지자 심환지는 비변사를 나왔다. 궐문을 향하며 심환지는 정순왕후가 머무는 수정전을 방문한 일이 오래되었음을 생각했다. 그렇다고 이런 일로 수정전을 찾는 것도 마땅하지 않았다. 궐문 근처에서 심환지는 대전으로 발을 돌렸다. 임금은 대왕대비와 담소 중이었다.

"어인 일이시오? 영상 대감, 늦은 시각입니다."

대왕대비의 말에 불편함이 묻어났다.

"함경도에 사소한 분란이 있어 왔사옵니다."

"함경도에 분란이요? 그곳이야 늘 분란이 있었지요."

대왕대비는 의외란 듯이 시급하게 문제 삼을 일이 아니라 여겼다.

"그것이 아니오라 함경감사 이병정이 거짓으로 사학의 무리를 보고한 것을 바로잡고자 하옵니다."

"거짓으로 보고했다고요?"

"그렇습니다. 책임을 물어 수장을 바꿀 것을 아뢰옵니다."

대왕대비는 심환지의 말이 고약하게 들렸다. 겨우 거짓으로 자백한 천주학쟁이 하나로 감사를 벌줄 일은 아니었다. 이는 국문 전에 내전 상궁이 조사한 것을 조작이라 하는 것과 다르지 않았다.

"그래요? 그래 누굴 보내려 하시오?"

"형판 이의필을 보내 진정코자 합니다."

"아, 그 일을 말씀하시는 것이오?"

대왕대비는 심환지의 말이 자신의 생각에서 벗어나지 않을 것을 확인했다. 하지만 노회한 재상의 말을 임금의 면전에서 꼬투리 잡을 일은 아니었다.

"그 일이라니요?"

"변방의 일을 형판에게 책임을 돌리시는 것이 아니라면, 판서를 느닷없이 바꾸는 일이⋯⋯?"

"내전에서 국문에 개입하셨다고 하시니, 몸 둘 바를 모르겠습니다."

심환지가 고개를 숙이며 혼잣말처럼 중얼거렸다. 대왕대비가 발끈했다.

"국문할 일이 아니오이다. 영상. 종실의 일이요. 반역이라도 저질

렸답니까?"

"반역이 아니로라 국법을 어긴 일이오나… 사제가 나타났으니 대국에서 문제를 삼을까 저어합니다."

대왕대비는 고개를 돌리며 얼굴을 붉혔다.

"영상, 영상의 뜻대로 하시오. 종실의 일은 종실에서 할 것이오."

심환지는 비변사로 돌아가지 않고 곧장 대궐을 나갔다.

그날 밤, 자정이 지나서 은언군 부인 송 씨와 며느리 신 씨는 사사되어 도성 밖으로 실려 나갔다. 다만 은언군은 원래 머물던 강화도에 유폐되어 목숨을 보전했다.

7. 백서

신유년(辛酉年, 1801년) 오월 열사흘

사제 주문모가 죽임을 당했다. 또한 그를 따르던 교우들도 서소
문 밖 형장에서 참수형을 당했다. 사제가 죽었다는 소식이 퍼지자
믿는 자들 중 용케 살아남은 자들은 마을을 떠나 깊은 산속으로
들어갔다. 배교해서 살아난 이들도 그 속마음을 겉으로 드러내지
않았고 두려움으로 교우들의 활동은 잠잠해졌다.

좌포청은 주문모와 관련된 천주교인들을 잡아들이기 시작했다.
주문모가 조선의 교우들이 스스로 자백하고 순교를 택한 것을 보
았기 때문에 자신이 만나 세례를 베푼 이들에 대해 의금부 조사

에서 거리낌 없이 이미 밝힌 후속 조치였다. 조사는 계속 확대되었고, 사제를 도와 예배를 드렸거나 세례를 받은 이들이 모두 잡혀왔다. 조사가 확대되면서 좌포청으로 끌려오는 이들이 늘자 군관들은 배교를 적극적으로 권장했다. 배교를 거부하는 이들에게 부모가 달려와 울며 배교를 권했고, 군관들이 아이들을 먼저 죽이겠다고 위협하자 어쩔 수 없이 배교하는 이들이 늘었다.

"네가 믿는 신이 우리가 믿는 신과 다를 게 무어란 말이냐? 자식들이 잘살게 해달라고 기도하는 것도 다를 것이 없잖은가? 살아서 기도해야지 죽어서 좋은 세상을 간다는 것이 말이나 될 법한 일인가?"

배교한 자들은 곧 풀려나 집으로 돌아갔다. 옥에서 풀린 자들은 오히려 옥에 남은 교우들을 걱정했다. 옥 안과 밖이 다를 것이 없었다. 풀려난 이들은 집으로 돌아와 참회의 기도를 하고, 스스로 용서받은 것으로 여겼다. 배교를 거부하고 옥에 남은 이들도 형장으로 이동하기 직전 배교하고 목숨을 구하기도 했다. 단순히 부모를 따라온 아이들 중 부모의 뜻을 따르지 않고 배교한 아이들도 풀려났다. 죽음을 두려워하는 아이들의 울부짖는 소리를 견디지 못하고 배교하고 풀려나는 이들도 부지기수였다. 배교하는 마음이 진심이든 아니든 상관없었다. 그저 배교를 선언하고 군관들이 내미는 문서에 이름을 쓰거나 수결을 놓으면 그만이었다. 그런가 하면 배교하지 않는 아비와 어미를 따라온 아이들은 아비를 따라 형장에서 죽었다. 자신의 믿음에 따라 산 자와 죽은 자가 되는 것이 아니라 살 자와 죽을 자를 가리는 일이 군관들의 몫이었다.

한마을에 살면서 사도와 관련된 마을 사람들도 간단한 배교 서약서를 작성하고 풀려났다. 배교하고 나간 이들은 천주학이라면 뒤도 돌아보지 않는 이들이 많았다. 형조판서 이의필이 새 임금의 즉위 시기에 숱한 사람들이 죽어나가는 것은 모양새가 좋지 않다고 보고 적극적인 유화책을 구사하여 천주학쟁이들을 살리려 했기 때문이다. 그런 까닭에 글을 모르는 천민들이거나 아이를 업고 있는 여인들은 대부분 풀려났다. 그들에게 배교는 중요하지 않았다. 그저 군관들이 하라는 대로 하고 풀렸으나 양반가의 사람들이나 역관, 의관들은 청나라의 사례를 들어 믿음을 고집했다. 이미 서학을 학문으로 받아들였고, 믿음으로 받아들인 까닭으로 흔들리지 않아 죽는 이가 많았다.

황사영을 따르는 교우들은 박해를 피해 배론으로 몰려들었다. 그들은 대부분 공부한 젊은 선비들로 윗배론과 아랫배론에 나눠 거하면서 어둠이 내리면 황사영의 토굴에 모여 천주학을 강론하고 학습했다. 그러나 무엇보다 그들은 서학을 인정받고 천주학을 하나의 믿음으로 가질 수 있는 나라를 원했다.

"우리가 원하는 것을 얻을 수 있는 것이 무엇이오? 서학이야말로 성리학에 견주어 모자랄 것이 없는 학문이 아니겠소. 특히 서학이 가르쳐주는 산학算學이야말로 우리가 해결하지 못하는 문제들을 쉽게 풀어낼 수 있는 것이오. 믿음만 해도 그렇지 않소? 믿는 것은 윤리와는 다른 것이오. 우리가 저 커다란 나무와 바위에 대해 믿음을 가지고 있소. 물론 그런 믿음이 옳은 것은 아니나 정성스러움으로 섬기는 이들이 있소이다. 그렇다고 비웃고 손가락질을 할망정 그들을 벌주지는 않소이다. 주님을 섬기는 일이 어찌 그런 사특한 일들과 같을 수 있겠소. 사람들이 주님 앞에서 모두 하나같이 사람으로 여김을 받고 서로 모시는 삶이 어찌 불법이겠소. 이 일이야말로 참된 진리가 아니겠소. 이 권리를 찾는 일이오."

황사영의 열변에 교우들은 감동했다. 하지만 황사영의 말을 듣고 새삼 불편한 모습을 짓는 이들도 있었다. 그들은 애당초 강론하는 큰 방에 들어가지도 못하고 문밖이나 방으로 이어진 마루에 겨우 엉덩이나 걸치고 앉은 천민들이거나 주인을 따라온 머슴들이었다. 그들에게 성리학이니 서학이니 산학의 이치를 말하는 배론의 강론은 알아들을 수도 없고, 자신의 삶과 어울리지 않았다. 그보다는 야산을 일궈 밭을 만들다가 듣는 황심의 얘기가 더 솔깃하고 흥미로웠다.

"내가 북경에서 본 양인들은 키가 크고 피부가 눈같이 희고 눈이 푸르지요. 눈에서 푸른빛이 나니 마치 귀령이 씌운 자구나 생각했소이다. 영이라면 영이지요. 오로지 신령한 것이니 귀령은 아니지요. 손을 모으고 무릎을 꿇고 기도하니 우리네 당산에 기도하는 것과 다르지 않지요. 그들이 외는 주문이야 알아들을 수는 없으나, 주문이야 원래 뜻 없이도 따라 외면 마음이 편해지고 온몸이 훈훈해지며 신령이 돋는 것이지요. 양인들의 생활도 우리와 다를 것이 없어요. 떡을 쪄서 먹고 과일과 푸성귀를 즐겨 먹는다오. 맑은 물을 마시고, 추위와 더위도 잘 견딘답니다. 목에 걸어둔 십자가를 수시로 손에 감싸고 노래를 부르기도 하지요. 하지만 술에 취해 주먹을 휘두르며 싸우는 꼴을 본 적이 없어요."

"양인들도 그저 우리네와 같구먼요?"

"다를 게 없으니 양인들이 믿는 신령도 우리와 다를 것이 없는 거지요."

"양인들의 신령을 보았소?"

"나는 양인들의 신령을 본 적은 없소. 다만 양인들이 예배드리는 공소를 들어가 본 적은 있소이다. 남녀의 차별이 없고 신분의 차별도 없이 그저 같이 나란히 앉아 함께 노래하고 기도하더이다. 그들이 함께 노래할 때 무엇인가 가슴을 울리는 바가 있었소이다. 나는 그것이 신령이라 생각했소. 눈으로는 보질 못했소."

"그건 그렇지. 귀신을 봤다는 말은 대개는 거짓이거든. 우리 선친 제삿날 혼령이 오셨다는데 볼 수 없었거든. 그런데 제사를 지내고 나면 마음이 편안하거든. 양인들은 제사를 예배라고 한다고 하더라고요."

　배론에서 지내는 날들이 길어지면서 황사영의 교우들이 여러 갈래로 갈라졌다. 일하는 사람들과 강론하는 사람들로 나뉘더니 강론에 참여하여 토론하는 이들 사이에서도 의견을 달리하여 목소리가 커지기 일쑤였다. 그러나 점차 토론이 진행될수록 북경의 사제들에게 연통하여 대국의 도움을 얻어야 조선에서의 탄압을 이겨낼 수 있을 것이라는 견해가 우세했다. 황사영은 천주학을 재건하기 위해서는 무엇보다 조선을 청나라 교구에 두면 될 일이라 여겼다. 북경 사제들이 자유롭게 북경성 안에 예배당을 짓고 포교에 나선 것도 교구를 인정받았기 때문이라 여겼다. 조선이 청나라를 대국으로 여겨 조공하니 조선 천주학 또한 청나라 교구와 다를 것이 없다는 논리는 큰 힘을 얻었다. 토론에 참여한 황심이 황사영에게 물었다.

　"조선이 청나라에 조공하고 있으나 엄연히 다른 나라이거늘 어찌 청나라 교구가 조선의 천주학을 차지할 수 있소이까? 또한 우리가 청한다고 하여 조선의 왕이 허락하지 않으면 그만인 것을 어찌 허락받을 수 있다 하오리까?"

　"황심 토마스께서는 역관으로 청을 드나들었거늘 어찌 지난날의 일을 기억하지 못하는 거요? 과거 명나라가 어찌 사제들을 받아들였소이까? 바로 철선이오이다. 철선을 앞세웠으니 명의 황제가 사제들을 입국을 받아들인 것이오. 그 사제들이 들고 들어온 것이 대포임을 모르시오?"

유럽에서 가져온 대포는 홍이포紅夷砲다. 선대왕 시절에 조선에서도 이를 모방하여 제조한 적이 있었다. 어지간한 성벽이나 진영은 홍이포의 공격을 당할 수가 없었다. 만주족이 명을 공격할 때 사용한 것도 홍이포였다.

"황사영 알렉시오께서는 지금 북경의 사제들에게 연통하여 철선과 홍이포를 앞세워 조선에 천주학을 승인하라 요청하시겠다는 말씀이오?"

"달리 방도가 있으시오? 이미 사제도 죽임을 당했다고 하더이다. 조정은 우리 교우들의 목숨은 언제라도 취할 것이오. 우리 교우들을 살릴 방도를 찾는 것이오."

황심은 입을 다물었다. 달리 방도가 없었다. 의금부는 쉬쉬하고 있지만 이미 주문모 사제가 죽었다는 소문이 돌고 있었다.

"북경 사제들에게 백서를 보내기로 합시다."

황사영의 의견이 일사천리로 채택되었다. 황심은 문득 사제가 당부한 말이 떠올랐다.

"잠시 기다리시오. 제가 이곳으로 오기 전 사제와 함께 동행했소이다. 홍산 토정골에서 사제께서는 사도이신 이존창 루도비코와 밤을 새워 기도한 후 주님의 뜻을 말했소이다. 사제께서는 탄압에 맞서 싸우지 않고 물러서는 것은 죽음을 택하여 천국으로 가는 길이라 하셨소이다. 이미 사제와 사도도 모두 천국으로 가는 길로 나선 것으로 알고 있소이다. 그날 사제께서 저를 이 배론으로 보내시면서 절대 함부로 나서지 말고 사제의 뜻을 따르라 했소이다."

황사영이 버럭 화를 냈다.

"아니 토마스께서는 사제께서 우리에게 모두 죽으라고 하셨다는 말씀이오?"

"저는 그 참뜻을 잘 모르나 사제께서 전하시는 말을 루치아에게 남겼소이다."

"루치아 자매께서 사제의 서찰이라도 지니고 있다는 말씀이오?"

"저는 모릅니다. 서찰은 아닌 것으로 압니다. 루치아의 말을 들어 봅시다."

천국으로 가는 길이 죽음의 길이라면 모든 교우가 죽어야 할 것인데, 그런 후에 누가 있어 천주학을 펼칠 수 있을지 의문이었다. 어찌 되었든 루치아를 통해 전하는 사제의 말을 듣기로 했다. 여자들의 방에서 기도하던 루치아가 토굴로 왔다.

"루치아 자매가 사제님의 말씀을 지니고 있다고 하는데 그 말씀이 무엇이오?"

황사영의 마음이 급해졌다. 루치아는 토굴에 모인 교우들을 돌아보았다. 젊은 교우들은 활달한 기개를 지녔고, 자신들의 뜻에서 물러서지 않을 것처럼 보였다.

"사제님의 말씀은 제 기억 속에 있습니다."

"서찰이 아니오? 그 기억을 어찌 믿는단 말이오?"

"사제님은 사도님을 통해 여러 차례 제가 외는 말을 확인했습니다."

기대감을 지녔던 교우들은 실망하여 탄식하는 이도 있었다.

"우선 전하는 말씀을 듣기로 합시다. 루치아 자매께서는 사제의 말씀을 전하시오."

"작은새 루치아는 사제님의 말씀을 전합니다."

작은새로 시작하는 루치아의 전언은 의심해서는 안 된다는 불문율이 있었다. 그것은 사도의 전언이자 사제의 가르침이다. 순간 교우들은 루치아가 소문으로 듣던 작은새라는 것을 확인하고 놀라 모두 자신의 귀를 의심했지만, 곧 무릎을 꿇고 기도하는 자세를 취했다.

"사제의 허락 없이는 북경 사제와 연통하는 것을 금한다. 사제가 죽음에 이르러 사제의 허락을 얻을 수 없는 상황이라도 마찬가지고, 북경 사제단으로 전하는 말은 오로지 사제만이 결정한다."

난감한 상황이 벌어졌다. 여러 날 동안 논의하여 결정한 북경 사제단으로 보내는 백서는 순간 무의미한 백서가 되었다. 또한 배론의 교우들이 북경 사제단과 연통하려는 것을 알고 있는 듯 루치아를 배론으로 보낸 것도 놀라운 일이었다. 황심도 예측하지 못한 상황이었다.

"아니, 사제만이 북경 사제단과 연통할 수 있다는 말이오? 이미 사제께서 죽임을 당했다는 말이 돌고 있소이다. 알고 계시지 않소이까? 그럼 어떻게 사제의 승인을 받는다는 말씀이오?"

"교우님들, 작은새는 들은 말만 전합니다."

루치아는 입을 다물었다. 황심은 사제가 이존창에게 전한 말을 떠올렸다.

북경 사제단은 조선의 내정에 간섭하려 하지 않을 것입니다. 조선의 내정을 움직이려면 서양의 철선을 데려오는 방법밖에는 없는데, 철선이 오면 결국 조선의 교우들은 모두 죽게 됩니다. 역적으로 몰아가면 천주학은 더는 설 자리가 없습니다. 하지만 내가 죽으면 북경의 사제단이 움직일 것입니다. 사제는 많습니다. 나의 후임으로 다른 사제가 올 것입니다. 그 사제마저 죽으면 다시 다른 사제들이 더 많이 올 것이니 결국 사제들을 모두 죽일 수는 없게 됩니다. 그것이 주님의 뜻입니다.

사제는 이미 배론 교우들의 성향을 알고 있었다. 배론 교우들이 어떤 일을 할 것인지도 확신하고 있었다. 역적. 지금의 상황과 철선이 온 이후의 상황이 다르지 않을 것처럼 보였다. 그러나 황심은 사제의 말을 덧붙여 전하지 않았다. 순순히 죽음을 받아들여야 한다는 말은 죽음의 공포 앞에 선 교우들에게 전할 말은 아니었다. 황심은 고개를 숙이고 고민했다. 배론의 교우들이 말하는 것도 결국은 죽음의 길이다. 북경 사제단은 조선의 내정에 간섭하지 않을 것이기에 조선 임금의 화를 부르는 일일 뿐이다. 황심은 루치아를 데리고 밖으로 나왔다. 작은 시내를 두고 길게 이어진 배론 골짜기는 달빛을 받아 그 모양이 긴 배의 형상으로 드러냈다.

"저 배를 타고 어디론가 떠날 수 있었으면 좋겠어요."

황심은 루치아의 말을 듣고 놀랐다. 자신의 생각과 다르지 않았기 때문이다. 어차피 배론 교우들이 만든 백서를 북경 사제단에 전할 사람은 역관인 황심과 사신단의 말을 관리하는 마군馬軍 옥천희였다. 황심은 북경으로 떠나기 전 루치아를 어재동으로 데려가기로 작정했다.

"루치아는 어재동으로 가야 할 것이야. 사도께서 명하신 일이야. 뒷일은 참지 대감께서 알아서 하실 일이네."

"아닙니다. 저도 북경 사제단으로 가야 합니다."

"그건 또 무슨 말인가?"

"사제께서 전하란 말씀이 하나 더 있습니다."

"북경 사제단으로 전하는 말이 있다고?"

루치아는 고개를 끄덕였다. 북경. 먼 길이다. 더구나 어린 아녀자를 데리고 갈 수 있는 길이 아니다.

"그건 어려운 일이야."

"아닙니다. 꼭 가야 합니다."

"그 말을 내가 대신 전하면 아니 되겠는가?"

"그건 불가하다고 사제께서 말씀하셨습니다. 제가 가서 할 일이옵니다."

이미 루치아는 작은새였다. 그녀가 전하는 말만이 사제가 전하는 누구도 대신할 수 없는 비밀의 연통이었다.

루치아의 경고와 달리 배론의 교우들은 백서를 작성했다. 백서의 형식은 북경교구의 주교에게 전하는 서찰이고 백서를 가져갈 교우는 황심으로 결정했다. 긴 글이다. 백서에 조선 천주학 교우들이 당하는 탄압과 죽음은 죄의 대가임을 고백하고 그 화로 사제가 죽었다고 썼다.

죄인 황심 토마스 등은 북경교구의 주교 구베아 각하께 눈물로 호소합니다. ……저희 죄인들의 죄가 깊고 무거워 주님의 노여움을 샀으며, 죄의 대가로 박해가 일어나 교우들이 죽었으니 마침내 그 화가 사제에게 이르게 되었습니다. ……무슨 면목으로 도움을 구할 것이옵니까? ……감히 바라건대, 교황께서 진실로 저희들을 구원할 수 있는 일은 모두 강구하시어, ……저희의 이 간절히 바라는 정성에 답해주소서. …… 군함 수십 척에 군인 오륙천 명이면 족할 것입니다. 한 척으로도 조선의 전함 백 척은 족히 대적할 것이옵니다.

황심은 황사영이 쓴 밀봉된 백서를 몸에 지녔다. 백서를 전하는 이가 황심이었기에 황심이 서찰을 쓴 것처럼 진술했다. 하지만 황사영은 백서의 내용을 황심에게 알려주지 않았다. 황상은 배론 토

199

굴에서 토론된 내용이 포함되었을 것이라 여겼다. 백서가 발각되면 이어질 탄압은 그동안 서학을 따르는 이들이 당한 것과는 다를 것이었다. 반역. 조선을 뒤집는 반역의 백서였다. 황심은 백서를 직접 전하기 위해 동지사 마군인 옥천희를 찾아갔다. 옥천희는 동지사 사절단의 마군으로 사신들을 따라 북경을 오간 경험이 많은 장사치였다. 무오년(戊吾年, 1798년) 동지사의 역관이자 발품꾼인 황심을 알게 되어 천주교에 입도한 이래 북경 사제단으로 보내는 서찰의 운반을 맡았다.

옥천희는 경신년(庚申年, 1800년) 동지사 행렬에도 마군으로 동참했다. 황심에게서 받은 주문모의 편지를 북경교구 구베아 주교에게 전했다. 구베아는 옥천희에게 주문모 사제에게 전하는 편지와 천은 사십 양을 주었다. 옥천희는 동지사 일행과 귀국 행렬을 따라 의주로 들어왔다. 때마침 신유년(辛酉年, 1801년) 사은사 행렬에 동참한 역관들로부터 사제가 옥에 갇혔다는 말을 들었다. 옥천희는 주문모 사제의 소식을 북경교구에 전해야 했다. 그는 사은사 행렬을 따라 북경으로 되돌아갔다. 구베아 주교는 옥천희로부터 주문모가 투옥되었다는 소식을 접하고 고민에 빠졌다. 하지만 주문모 사제를 구할 방도를 찾지 못했다. 옥천희는 매일 북경교구를 찾아가 구베아 주교로부터 어떤 방도를 듣기 원했다. 구베아 주교는 옥천희가 조선으로 돌아오는 날까지 아무런 회신을 주지 않았다.

황심은 옥천희가 조선으로 돌아오자마자 사제가 죽었다는 소식을 듣고 의주에서 다시 북경으로 돌아갔다는 말을 들었다. 황심은 옥천희가 조선으로 돌아오지 않을 것이라 생각했다. 황심은 곧장 배론으로 돌아갔다. 황사영에게 그 사실을 고하고 동지사 사절단이 출발하는 시기까지 북경 사제단으로 보내는 백서를 전할 방도가 없음을 알렸다. 황사영은 배론에 모여 있던 교우들을 다른 곳으로 옮기게 하고 자신도 잠시 배론을 떠났다.

황심은 루치아와 함께 어재동으로 돌아왔다. 채제공이 죽고 두해가 지나고 채제공을 따르던 이가환, 이승훈, 정약용 형제들이 사학으로 몰린 후 어재동은 사학의 무리가 모이는 곳이라 감시를 받게 되었다. 황심은 루치아를 어재동에 둘 수 없다고 생각하고 강진현 이속 황인담에게 의지하기로 작정했다.

"루치아, 더는 어재동에 몸을 의지할 수가 없겠네. 남쪽으로 가야 할 것이야."

"북경 사제단으로 가는 일은 어찌합니까?"

"우리를 데려갈 옥천희가 북경에서 돌아오다가 다시 북경으로 갔다고 하더라고. 변고가 생긴 것이 분명해. 우선 몸을 피해야 할 것이네. 옥천희가 북경에서 돌아오지 않을 수도 있고, 설령 돌아왔다고 해도 좌포청에 잡혀갔다면 그와 함께 사제를 안내한 나도 그렇지만 배론의 교우들도 살아남기 어려울 것이야."

루치아는 침묵했다. 황심의 말은 앞으로 자신에게도 닥쳐올 일이기도 했다. 루치아는 황심을 따라나섰다. 어차피 어재동에 남을 수 없다면 우선은 황심에게 당부한 사도의 말을 따르기로 했다.

"어디로 가려 하십니까?"

"남쪽 끝으로 갈 것이네. 그곳은 내포사도께서 마련하라 한 곳이지. 아직 피해가 없는 곳이니 찾아올 사람도 없을 터, 루치아는 때를 기다려야 하네. 그때가 되면 우리가 반드시 다시 찾아올 것이야."

어재동을 떠난 지 열흘이 지난 후 황심은 강진 아전 황인담을 찾아갔다. 황인담은 황심의 일가붙이로 두 살 위 형이고 서로 도움을 주고받던 사이로 모른 척할 수 없는 사이였다. 황심이 황인담을 통해 남쪽 바다에서 풍성하게 나는 전복과 미역을 사들이는 거간 노릇을 했고, 사절단을 따라 북경으로 갈 때도 가져갈 물목을 모을 때도 황인담이 주선했기 때문이다.

"어라? 이게 누구랴?"

대낮부터 술을 걸친 황인담은 동문 주막에서 황심을 맞았다.

"누구긴? 나요 황인철. 형님, 그동안 잘 지내셨는가요?"

"어라, 이 난리 속에 잘 지내냐는 인사가 가당키나 헌가? 자네는 이름을 언제 바꾸었남? 황심이 왔다고 해서 누군가 했지. 나야 매일 술이나 퍼마시고 사니 걱정 근심이 읊지만, 자네는 시방 겁나게 속을 썩을 거 아닌감?"

"그야 그렇지요. 장사치 따라다니니 이름도 바꾼 것이고요."

"황인철이 이름이 어때서 그라. 근디 저 처자는 누구랴? 딸은 아닐 것이고?"

"이 사도 어른의 여식이요."

루치아가 황인담에게 절했다.

"그려? 용케 살았네이. 이 사도 그분도 죽었다고 하던디."

"여기까지 소문이 돌았나 봐요."

"소문이 뭐여? 다 알고 있당게. 우리네야 알릴 필요가 없지만 사
도가 아닌감. 관에서 다 알지. 천주학쟁이들을 고발하지 않으면
그 일당으로 몰아간댕게."

"그런 소릴랑 나중에 하시고, 우선 루치아가 머물 곳이나 마련해
주셔야 것소."

"루치아? 이름이 루치아여라. 이름 들으니 천주학쟁이 같구마?"

"형님도 한때는 그분에게 배운 적이 있잖소. 그러니……."

"어허, 이 사람 보게. 생사람 잡으려고 허덜 말어. 그걸 배운 거라
믄 배운 거지. 근디 여긴 어렵고 우리 외가로 가야지라. 거긴 안전
헐 것인게."

"이 애기씨는 꼭 살려내겠다고 사도께 다짐했으니 그리 아쇼."

"그려. 천주학쟁이는 맞는가? 말하지 않을라믄 도로 데려가고."

황인담은 단호했다. 황심이 천주학쟁이가 되어 대국으로 드나들
고 있다는 것을 모르지 않은 사이였다.

"주님의 가호가 있으시길 비옵니다. 형님, 사도님의 여식이라니
까요. 무조건 살리라고 찰방 나으리, 아니 참지 영감의 명도 계셨수

다. 영상 대감 본가인 어재동에서 겨우 모시구 왔어요."

"그렇게 아우 말이여. 지금 헌 말이 무신 소리여라. 영상 대감 본 가는 뭐고, 참지 영감은 누구고 찰방은 또 누구란 말인가?"

황인담은 답을 듣기 전에는 움직이지 않을 참이었다.

"이 사도 어른과 함께 교리를 전파하던 양반들이요."

"그렇게 그렇다구 허지라. 근디 영상 대감은 누구고, 참지 영감은 누구랑게? 하여튼 저 처자가 사도님 따님이셔?"

"꼭 아서야 할 일이 사도님의 따님을 참지 영감께서 돌보라는 명을 하셨소. 그래 충청도 어재동 영상 대감 본가에 잠시 머무시다가 이곳으로 왔다는 말이여라."

"그렇게 딱 천주학쟁이 딸이구먼. 달아나서 이곳까지 온 것이지라?"

"하여튼 형님이 좀 보살펴주시고, 훗날 사례는 후하게 헐 거요."

"사례나 뭐나 천주학쟁이 집안에 두었다가 경칠 일이 있냐 말이지?"

"아하, 참, 거시기 하시네. 그럼 도로 가요?"

"어라 거시기 허당게. 하지만 그건 아니고, 알았네 알았어. 모시면 되는 것이제?"

"모실 것까지야 읊고, 원래 참하고 바느질이나 길쌈이나 못하시는 것이 없을 것이니 밥값이야 하실 것이고 거처나 정해주시면 될 것이요."

"그랴. 그라제. 근디 이제부터설랑 루치아라고 말고 어재동에서 왔으니 어재동댁이라고 허세."

황인담은 황심과 루치아가 장국밥 한 그릇을 모두 비우자 루치아를 어재동댁이라 부르기로 하고 강진현에서 멀리 떨어지지 않은 남당포 외가로 데려갔다.

"이 애기씨가 누구다냐? 자네 인담이 어디서 주서온 거드냐? 아즉도 그 모냥으로 산다냐?"

"외숙도 나가 어떻다고 그란디요?"

"웬 처자냐 이 말이시?"

"인철 아우가 데려왔는디 귀헌 집 처자라구 허지라. 우선 모시구 살라는디 모실 수는 읎은게로 손녀라고 생각허시고 데리구 있을랑게요?"

"그야 수제 하나 더 놓으면 될 일인게로 걱정은 말고, 자 애기씨 이리 올라오소."

루치아가 절하고 방 한쪽으로 물러나 앉았다.

"이름이 뭐시라냐?"

"작은새라고 부르는데, 어재동 영상 본가에서 머물다가 왔습니다."

"영상 대감이라고? 우린 그런 높은 벼슬은 몰러. 배 타고 나가 물고기나 잡는디, 그럼 뭐라고 부르지라? 애기씨? 쩨근새?"

황인담이 손을 내저으며 외숙의 말을 자르며 끼어들었다.

"어라, 뭔 소리래요? 그냥 어재동댁이라고 부르기로 허지라."

"어재동댁, 혼사는 치른 거여?"

"그게 뭔 문제여라. 그냥 이름이랑게요."

"근디 요새 인철이 자네는 어찌 남당포를 들리지 않는당가? 장사는 그만둔 것인가?"

"아니어라. 장사할 새가 워디 있대요. 다른 일이 바쁘니 장사는 뒷전이지요."

황인담은 은근히 못마땅한 표정을 지었다.

"그래도 용타. 장사치가 장사 안 하구두 산다면 참말로 용하제."

"아주 않는 것은 아니고요, 독도 지어 팔고, 숯막도 하고, 젓갈도 가져다 팔고, 대국 가는 장사치들 역관이나 거간으로 홍삼도 팔지요."

"그랬구먼. 그럴 테지. 자네가 누군가 천지사방으로 다니던 사람이 아닌가."

"외숙 어른, 물고기 많이 잡지요. 다 끓여 자시지 말고 바닷물로 씻은 후 바짝 말려서는 저자에 내다가 팔어요."

"들고 갈 수가 읎은 게로, 마땅찮지."

"어재동댁이 하면 될 거여요. 어재동댁이 일찍부터 저자 일을 잘 알고 있다니까요."

"저런, 애기씨가 뭔 장사를 헌다구 그려. 당체 엄한 소리 말어."

어재동댁은 황인담의 외숙 남당포 어부 이치구의 며느리 노릇을 하기로 했다. 갑작스럽게 황인담의 외숙 이치구는 어재동댁의 도움을 받자 신바람이 났다. 동네 사람들에게는 수자리[26]를 서기 위해 집을 떠난 아들이 데려온 여자라고 둘러대고 어재동댁이라 부르게 했다. 어재동댁이 남당포로 들어오자 황인담의 외숙 집은 금방 표가 났다. 이치구가 잡아와 말린 우럭과 도미, 고등어 등을 바닷물로 재어 말리고 저자에 내다 팔았다. 살아 있는 생선의 내장을 꺼내 소금에 재어 젓갈을 만들고, 살점은 바닷물에 씻어 햇빛 좋은 바람에 말렸다. 말린 생선은 의외로 강진으로 들어온 외지 장사치들과 좋은 값으로 거래할 수 있었다. 어재동댁이 일하는 모습을 본 외숙모도 누워 지내던 자리를 털고 일어나 다시 길쌈을 시작했다. 어재동댁이 서툰 솜씨로 길쌈을 돕자 제대로 짜놓은 옷감을 버릴까 염려하면서도 함께 할 수 있다는 생각으로 웃음소리가 늘 넘쳤다.

"자네도 질쌈을 할 줄 아는가 보네. 북질이 지법이여라."

"어재동에서 집안일은 대충 배웠지요."

"그려, 그려, 아휴 복덩어리랑게. 근디 장사허는 솜씨는 워디서 배웠당가?"

어재동댁은 빙그레 웃고 대답은 하지 않았다. 교우들은 한 곳에서 농사를 지을 수 없어 소소한 장사거릴 찾아 저자를 다녔다. 거래할 수 있는 것은 가리지 않았다. 육고기, 독과 젓갈, 절인 생선,

---

26 수戍자리 : 국경을 지키거나 군역을 치르는 일.

종이와 붓, 먹, 벼루 직접 만들 수 있는 것들은 손재주가 좋은 교우가 만들고 입담이 좋은 교우는 들고 나서서 팔아 양식을 샀다. 적은 양이라도 고르게 나눠 허기를 달랬고, 바느질거리가 있으면 한나절 길도 서슴지 않고 나섰다.

어재동댁이 저자에 나가 말린 생선을 팔아 약을 사서 달이고, 곡식을 사들여 곳간에 채웠다. 남당포에서 쌀이 떨어지지 않는 집은 어부 이치구 뿐이었다. 동네 사람들은 제사를 앞두고 이치구 집으로 와서 가져온 전복과 미역을 쌀로 바꿨다. 서로 후하게 거래하는 까닭에 물목과 양이 늘어나 이치구는 작은 곳간을 늘렸다. 어재동댁의 곳간은 여러 물목을 거래하는 남당포의 작은 저자이기도 했다.

좌포청 종사관 이의수는 사절단의 역관, 의관, 장사치들과 연관이 있는 도성의 천주학쟁이들을 조사하다가 마군 옥천희가 대열을 이탈하여 도성으로 돌아오지 않은 것을 발견했다. 옥천희가 속한 역관을 불러 물었다.

"자네에 속한 마군 옥천희가 도성으로 돌아오지 않았다. 그 까닭이 무엇인가?"

"나으리, 저도 자세히는 모르나 의주부로 돌아와 신고 온 물목들을 확인하던 중 빈 것이 있어 부득이 옥천희가 북경으로 되돌아간 것으로 아옵니다."

"이런, 그게 말이 되는 소린가? 마군이 제 수레에 실은 물목이 빈 것을 모르다니?"

"그게 그렇습니다. 북경을 출발할 때는 다 헤아렸지만 긴 여정에서 어디에선가 제대로 챙기지 못한 것으로 아옵니다. 더구나 옥천희의 수레에는 병조에서 부탁한 물목들이 실렸던 터라……."

역관은 옥천희가 북경으로 돌아간 사정을 제대로 알지 못했으나 옥천희가 평소 병조 벼슬아치들이 부탁한 물목들을 거래한 터라 미루어 둘러댔다. 그렇다고 이의수의 의심이 풀린 것은 아니었다. 사은사 사절단이 돌아오는 시기에 맞춰 우 군관을 의주로 보냈다. 우 군관은 사은사의 행렬을 따라 책문을 통과하고 의주부로 들어오던 옥천희를 기다렸다.

옥천희는 북경교구에서 주문모의 체포에 대해 아무런 대처를 하지 않는 것을 확인하고 낙심했다. 조선으로 돌아가면 자신도 체포될 것이나 체포를 피하려고 마냥 북경에 머무를 수도 없었다. 옥천희는 북경을 드나들면서 여러 해 자신과 거래했던 사람들의 부탁과 신뢰에 답해야 했다. 믿음은 믿음이고 거래는 거래였다. 자신이 거래하여 다른 역관들에게 맡긴 물목들이 제대로 도성에 도착했는지 확인해야 했고, 위임받은 물목들을 거래한 내용도 알려야 했다. 설령 좌포청이 자신을 의심해도 자신과 무관한 일이라 발뺌할 생각이었다. 북경 사제를 도성으로 안내한 사실을 알고 있던 이들은 이미 좌포청에서 죽임을 당했기 때문이다.

사은사 행렬이 의주부로 들어왔다. 사은사 일행을 맞이하러 봉황성까지 마중 나간 의주부 좌윤이 앞장서고 사은사들이 들어오자 성 앞에 늘어선 백성들이 일제히 부복했다. 일행이 성안으로 들어오자 행렬의 뒤를 따르던 마군들은 수레에 실린 물목 중 도성으로 가져갈 것을 남기고 의주 저자로 나온 장사치들에게 넘기느라 바빴다. 옥천희는 북경교구에서 보내준 책을 실은 궤짝만 남기고 나머지 물목은 의주 저자 만상의 곳간에 넣었다. 대열에서 옥천희가 사라진 것을 안 우 군관이 뒤늦게 만상으로 달려와 옥천희를 마주했다.

"자네가 마군 옥천흰가?"

"그렇습죠. 무슨 일이십니까?"

"잠깐 함께 가세."

"이 물건들을 챙겨 곳간에 넣고 그 물목을 만상 소행수와 확인해야 합니다요."

"그래? 그렇다면 어서 챙기게. 기다리지."

우 군관은 옥천희의 움직임을 살피다가 정리된 물건들과는 다른 궤짝을 슬그머니 곳간에 넣는 것을 보았다. 우 군관은 모른 척하면서 의심스러운 점을 물었다.

"자네 집이 이 의주에 있는가?"

"의주 저자는 아니고 성을 벗어나 십 리쯤 떨어져 있습니다요."

"십 리? 그럼 그 물건들은 어찌 가지고 가는가?"

"아, 이 물건들은 의주 만상에 맡겨두고 갑지요."

"아, 그런가?"

우 군관은 옥천희가 자신의 물건을 집으로 가져 가지 않고 만상의 곳간에 맡겨둔다는 말을 듣고 의심을 거두지 않았다. 잠시 후 달구지를 끌고 한 사내가 다가왔다.

"따로 가지고 갈 물건이래 어느 것임메?"

"없소. 벌써 만상에 넘겨서 곳간으로 가져갈 것은 없소."

"이잉, 벌써 다 팔았수까? 거참 재주가 좋수다. 그러니까니 이 물건들이래 탐이 나면 만상에서 사야 한다 이 말입네까? 내래 고것도 모르고 서둘러 왔지비. 소용없간네. 만상에서리 이 귀한 물건이래 내주갔어?"

"그거야 그대가 알아서 할 일이오. 대신 만상 행수에게는 내가 조금이라도 나누라 말씀드리겠소."

우 군관은 딴전을 피웠지만 옥천희의 행동을 모두 주의 깊게 살피고 있었다.

"다 되었으면 가세. 우선 자네 집으로 가지."

"집으로요? 거긴 뭐 하러 갑니까?"

"으험, 난 좌포청 군관일세. 다른 수작은 아예 하지 말게."

옥천희는 천천히 앞서 걸으며 저자를 지나 의주를 벗어났다. 우 군관은 옥천희가 달아날 틈을 노리고 있는 것을 알고 빈틈을 보이지 않았다. 옥천희는 성 밖 사람들이 모여 사는 마을을 몇 차례 지나 제법 마당이 넓은 집으로 들어섰다. 그곳은 의주 저잣거리의 교우들이 모임을 여는 곳이었다. 옥천희는 행랑채에서 뛰어나오는 청년에게 큰 소리로 말했다.

"좌포청 군관 나으리시다. 안에 기별하여 차를 내오라 이르라."

청년은 눈치 빠르게 고개를 조아리고는 안채로 사라졌다. 사은사 행렬이 들어온 후 교리서를 얻기 위해 들러 안채에서 기다리던 사람들에게 좌포청 군관이 나타났다는 소식을 전했다. 안채에서 기다리던 사람들은 후문으로 나가 사라졌다. 의주 저잣거리에 천주학쟁이들을 추포하기 위해 좌포청 군관이 떴다는 소문이 돌 것이다.

"이곳이 자네 집인가?"

옥천희가 머뭇거리다가 고개를 끄덕였다.

"안으로 드시지요."

"이곳이라면 의주를 그리 벗어난 곳도 아니지 않은가? 직접 왔으면 벌써 왔을 것을 왜 그리 빙빙 돌았는가? 뭐 숨기는 거라도 있는가? 혹시 자네 나랏법으로 금한 것을 들여온 것은 아닌가?"

"그럴 리가 있나요? 이 방으로 들어가시지요. 저도 힘이 들고……"

"그러지."

우 군관은 잘 정리된 돗자리가 깔린 아랫목에 앉았다. 옥천희는 방문 앞에 다소곳이 앉아 우 군관을 쳐다봤다.

"좌포청 군관께서 이 의주까지 온 것은 다른 이유가 있겠지요?"

"그렇다네. 으흠, 자네가 천주학쟁이라는 것은 이미 알고 있네."

우 군관은 직접 자신이 찾아온 이유를 밝혔다. 옥천희는 고개를 숙이고 눈을 감았다. 북경 사제단 주교 구베아는 주문모가 잡혔다는 소식을 전하자 옥천희에게 조선으로 돌아가지 말라고 했다. 우선 좌포청의 탄압은 피하는 것이 좋은 방책이란 말을 더했다.

"우리가 자넬 기다리고 있으리라고는 생각 못 했는가?"

우 군관은 서두르지 않았다. 겨우 천주학쟁이 하나를 잡으려 좌포청 군관이 도성에서 의주까지 올 일은 아니었다. 사절단을 따라다니며 북경 사제단으로부터 전하는 말을 옮기는 일당을 모두 색출하라는 명이 있었다. 종사관 이의수는 자신을 내쳤던 형조판서 이의필이 함경도관찰사로 나간 후 자신의 위상을 높일 큰 그림을 그리고 있었다.

옥천희가 고개를 꼿꼿하게 들었다. 구베아 사제의 우려가 현실로 닥쳐온 것을 직감했다. '교우께서는 죽게 될 것이오. 북경교구가 조선 교우들을 도울 수 없으니 그게 안타까울 뿐이오.' 구베아는 옥천희가 떠나는 날에도 조선 사신단 발품꾼들이 머물고 있는 객점까지 찾아와 옥천희를 말렸다. 하지만 좌포청 군관과 마주 앉자 옥천희는 조선으로 돌아온 것을 후회하지 않았다. 북경 예배당에서 환하게 웃으며 찬송을 부르는 이들의 모습이 천국에 있는 이들처럼 보였다.

"저도 천주학을 신봉하고 있습니다."

옥천희는 망설이지 않았다.

"그런가? 자네 입으로 발설했으니 죽음에서 벗어날 수는 없겠네."

"이미 여러 얘길 들었습니다."

"누구에게 들었는가? 이곳에 사는 사람인가?"

옥천희는 의주 저잣거리에 사는 교우들을 떠올렸다. 그들은 아직 관에 밀고되지 않았다.

"사행길에서 들었지요."

"사행길? 그럼 북경 교회에도 갔었는가?"

"그렇습니다요."

"거기서 다른 천주학쟁이들처럼 이상한 이름을 받았는가?"

"아닙니다요. 세례는 이존창 루도비코에게 받았습지요."

"아, 그 이존창? 그럼 자네를 그에게 인도한 사람은 누구인가?"

순간 옥천희는 황심의 모습이 떠올랐다. 황심 외 다른 이들의 이름을 말하지 않을 참이었다.

"황심 역관과 함께였지요."

황심. 우 군관은 쾌재를 불렀다. 주문모를 수행하던 자다. 주문모가 도성으로 올 때 사라져서 좀처럼 찾을 수 없는 자로 역시 이의수 종사관의 직관이 들어맞았다. 드디어 북경과 조선의 연결고리들을 찾을 수 있으리라 여겼다.

"아무래도 자네는 좌포청으로 가야 할 것이네. 역관들이나 의관들, 장사치들이 이곳 의주에 머물고 사는 이들이 아닌 것을 알고 있고. 물론 좌포청으로 가면 자네는 고생을 심하게 할 것이야. 배교하고 살 수는 있을 것이나 많은 것을 고변해야 하니 그것도 쉽지는 않을 것이고. 내가 오랫동안 천주학쟁이들의 뒤를 캤네. 천주학쟁이들은 이미 잡히기 전부터 죽기로 작정한 사람들이라는 생각이 들더군. 자네도 그러한가?"

"살 수 있으면 좋겠지만 살려주지 않을 것이니 죽을 수밖에요."

우 군관은 옥천희도 죽을 것이라고 생각이 들자 연민의 감정이 들었다.

"궁금한 것이 있네. 이건 내 개인적인 의문이기도 하지. 동지사 사절단을 따라 돌아왔다가 왜 다시 사은사 사절단을 따라 북경으로 간 것인가? 단순히 장사 목적은 아닐 것이고. 자네는 사은사 사절단에 이름이 없지 않았는가?"

"돈을 주고 샀습니다."

"그러니까 왜 그랬는가 궁금했네. 돈을 주고 샀으니 장사로는 손해를 감수해야 하거든. 아니 그런가?"

"그거야 저희같이 장사치들이야 자주 있는 일입니다요. 하지만 적은 돈으로는 살 수 없으니 손해가 됩지요."

"그래, 왜 그랬는가?"

옥천희는 침묵했다. 동지사 사절단이 돌아오는 길에 구베아로부터 주문모에게 보내는 편지를 받아왔다. 그런데 그 편지를 전할 곳이 없었다. 이미 주문모가 잡혔다는 소식을 들었기 때문이다. 돌아가 그 소식을 알려야 했다. 마침 사은사 사절단이 의주로 들어오고 있었다. 마군 자리를 돈으로 산 후 곧장 북경으로 향했다.

"내가 자네 집을 좀 살펴봐야겠네. 도망칠 생각은 말게. 밖에는 나를 따르는 군사들이 지키고 있을 걸세. 그들은 모두 탁월한 무사들이야."

옥천희는 우 군관이 허세를 부리고 있는 것을 알고 있었다. 고개를 끄덕이고 편안한 자세로 고쳐 앉았다. 우 군관은 벽장 안에 둔 교리서와 성물들을 찾아냈다. 온 집안을 헤집을 참이었다. 옥천희가 자리에서 일어섰다.

"원하는 것이 있겠지요? 아마 이것이면 족할 것입니다."

옥천희는 자기가 앉은 자리에 있던 작은 자리를 뒤집고 자리 뒤에 넣어둔 서찰을 꺼냈다.

"그것이 무엇인가?"

"내용은 나도 모릅니다. 이 편지에 쓰인 글을 모르니까요."

"겉으로는 서찰처럼 보이는데 누가 누구에게 보내는 것인가?"

"북경 사제단의 구베아 주교님께서 주문모 사제에게 보내는 서찰입니다."

"그걸 누구에게 전하는가?"

"황심 사도에게 전하면 늘 사제에게 전달한 것으로 압니다."

옥천희는 좌포청으로 붙들려갔다. 좌포청 이의수 종사관은 옥천희를 심문하여 북경교구는 역관 황심에게 사제가 필요한 성물과 교리서들을 보냈고, 그 전달은 마군 옥천희가 맡은 것을 알아냈다. 역관 황심을 잡아 이를 확인하면 조선의 포교 실체를 낱낱이 확인할 수 있었다. 때마침 춘천에서 돌아온 종사관 김영이 황심의 무리가 배론에 은거하고 있다고 보고했다. 포도대장 오의상은 종사관 김영에게 군관 두 명을 붙여 배론으로 가서 황심과 황사영 등을 잡아들이라 명했다.

황심은 배론 토굴에서 나와 황학골 인근에 머물고 있었다. 주변에 움막이나 토굴을 파고 배론에 모였던 교우들이 제천이나 충주로 가기 전 임시로 머물던 곳이다. 구학산에서 발원한 냇물이 흘러 맑은 물을 구하기 쉽고 비옥한 땅이 있어 콩과 채소를 가꿀 수 있었다. 황심이 강진에서 돌아온 지 얼마 되지 않았고 강진 아전 황인담이 만들어준 보릿가루와 말린 톳과 미역으로 여름을 지냈다. 구학산에는 버섯을 쉽게 구할 수 있고 숲이 우거져 수시로 산채와 약초를 구했다. 주변에 독곳이 있어 항아리와 그릇 등 살림살이도 구할 수 있었다. 여름 더위가 거의 끝나고 밤에 이슬이 내리기 시작했다. 잔가지 몇 개를 주워 아궁이에 불을 지피고 밤을 밝히며 황심은 황학골에서 겨울을 날 참이었다.

신유년(辛酉年, 1801년) 구월 스무엿새

이른 새벽 봉양에서 독을 파는 장사치 둘이 몇 사람 청년들을
데리고 산을 올라왔다.

"계세요?"

황심이 문을 열고 마당으로 나갔다.

"이 사람이 맞는가?"

장사치 둘은 황심을 가리키며 독을 팔고 쌀을 산 사람이라고 답
했다.

"당신이 황심이요?"

젊은 사내의 눈빛이 사나웠다. 붉게 핏빛이 돋는 눈이 살모사의
눈처럼 각이 졌다.

"그렇소이다."

나머지 젊은 사내들이 달려들어 오라를 지웠다. 황심은 피하지
않았다. 장사치들이 슬그머니 물러서자 사내들은 황심을 끌고 골
짜기를 빠져나갔다. 사흘 후 황사영도 김영 종사관이 거느린 군관
들에게 잡혀 봉양에서 하루를 머문 후 제천으로 끌려왔다. 황심과
황사영은 곧장 좌포청으로 이송되었다.

좌포청 종사관 김영이 좌포장 임율에게 달려갔다. 그의 손에는

장문의 백서가 있었다. 김영은 군관들이 황심을 끌고 간 이후 장사치들의 도움을 받아 숨겨져 있는 토굴에서 독 속에 둔 교리서와 성물 그리고 황심의 이름으로 보내려고 작성한 서찰, 백서를 찾아냈다. 김영은 백서를 읽고 놀란 가슴을 진정할 수 없어 서둘러 말을 달렸다. 황심이 자신은 그 내용을 모른다고 했고, 황사영은 자신들이 의견을 나눈 후 의기투합하여 작성한 것이라 진술했다. 좌포장 임율과 우포장 신응주가 연서하여 국청에서 백서의 내용을 밝혔다.

백서에는 참으로 흉악하고 참람한 말이 그득합니다. 백서는 주문모 이하의 여러 죄인이 죄를 얻어 죽었다는 것을 북경교구 사제관으로 상세히 보고하려 한 것이나 그 형식은 황심이 보내는 편지입니다. 그 내용에 세 개의 흉언凶言이 있사옵니다. 하나는 황지皇旨를 얻어 조선이 서양인을 가까이 할 수 있도록 허락받고자 함이고, 하나는 안주安州에 무안사撫按司를 열어 임금이 서학을 허락하게 하라는 부탁이고, 하나는 서양국 큰 배 수십 척에 정병 오륙천 명을 데려와 대포와 병기로 이 나라를 위협하고자 하였나이다.

국청이 열리고 조사가 진행되면서 사태가 걷잡을 수 없이 번졌다. 국청에서 황사영의 백서를 근거로 천주학쟁이들을 역모로 몰아 중국인 사제 주문모의 죽음을 덮는 계기를 만들었다. 심환지는 중국인 사제를 죽였다는 부담을 덜 수 있으리라 여기고 흡족한 미소를 지었다.

역모. 주문모가 우려한 일이 현실이 되었다. 황사영, 황심, 현계흠, 옥천희 등과 교류했던 이들은 모두 대역부도한 죄로 다스려져 서소문 형장에서 효수되었다. 또한 사학의 무리로 유배된 죄인들의 죄를 다시 물었다. 삼사三司에서 번갈아 상소하여 신지도에 유배되었던 정약전은 흑산도로, 장기현에 유배되었던 정약용은 강진현으로 유배지가 바뀌었다.

장령 조항진, 지평 황기천, 이승우 등 삼사의 간관들은 물러서지 않았다. 승정원에 상소문이 쌓이고 비변사는 몰려드는 젊은 간관들로 북새통을 이뤘다. 그 표적은 전 영상 채제공이었다. 이승훈과 이가환을 두둔했고, 정약종과 권철신을 비호했던 채제공에 대한 탄핵이 빗발처럼 일어났다. 비변사 당상관들은 이미 죽은 채제공을 죄줄 수 없다며 움직이지 않았고, 임금도 승정원의 상소를 읽지 않았다. 시월 스무이틀 사헌부 장령 강휘옥이 이미 내려진 채제공의 관직을 빼앗으라 상소했다. 임금은 받아들이지 않았다. 섣달 보름, 대사간 유한녕이 나서 사간원과 사헌부의 간관들이 채제공의 벼슬을 모두 삭탈하는 것이 옳다고 상소하며 임금과 맞섰다. 그 달 스무이틀, 임금은 인정전仁政殿으로 당상관들을 불러 사학의 죄를 묻고 역적 채제공의 관직을 모두 빼앗으라 명했다.

이러한 문책은 황사영이 정약용의 조카사위이고, 이승훈은 정약용의 매형이었으며 채제공의 서자 채홍근이 정약용의 매제라는 인척 관계로 이어진 교류를 근거로 죄를 물었다.

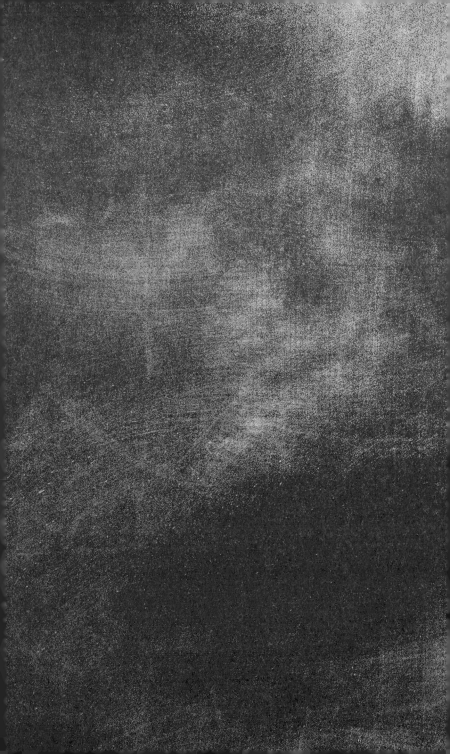

8. 유배流配

신유년(辛酉年, 1801년) 동짓달 스무날

정약용이 유배지 강진으로 들어서는 날 지독하게 매서운 바람
이 불었다. 겨울로 들어섰다고 해도 남쪽 바다에서 불어오는 강진
바람은 오히려 서늘할 정도였으나 그날은 나무뿌리까지 뽑힐 정도
로 거칠고 사나웠다.

정약용은 가을걷이가 시작될 즈음 경상도 장기현 유배지에서
불려 나와 달포를 걸어 나주 관아에 도착했다. 나주 관아에는 훈
련원 군관이 귀뜸한 대로 흑산도로 유배하기 위해 도착한 둘째 형
정약전이 신지도에서 출발하여 나주 관아 북쪽 율정 주막에 도착

해 있었다. 나주 목사 심순지沈順之의 배려였다. 심순지는 전 대사간으로 노론 벽파의 명도회 탄핵에 앞장섰지만, 간신히 살아남아 언제 다시 만날지 모르는 형제에게 하룻밤 따뜻한 방 한 칸을 내주었다. 정약용은 잠을 잊고 정약전과 밤새 대화를 나누었다. 밀렸던 얘기는 많았고 만남의 시간은 길지 않았다. 하룻밤을 밝힌 후 이른 새벽 일어나 헝클어진 머리를 서로 빗겨주고 장국밥 한 그릇과 탁주 한 사발로 아쉬운 정을 나누었다. 정약전은 흑산도로 떠났고, 정약용은 강진을 향해 쉬지 않고 사흘 밤낮 걸었다.

추수가 끝나 텅 빈 남도 들녘, 이따금 까마귀들만이 내려앉았다. 우두머리를 쫓아 좌우익 진영을 편성하는 철새들과는 달리 까마귀들의 비행은 무질서하다. 죄인을 인솔하는 나주목 별장은 어명을 수행하는 훈련원 군관의 반대에도 불구하고 정약용의 몸이 쇠약하여 산길을 제대로 걷지 못할 것이라 우겨 월출산을 우회하는 들길을 택했다. 겨우 깃대봉 고갯길 마루턱에 올라 개떡 하나로 허기를 달래고 전라병영으로 향했다.

전라병사 조명즙曹命楫은 병조 참지 정약용과 오랜 인연을 지녔다. 정약용은 병조의 부호군[27]이던 무관 조명즙의 상급 문관이었고 특히 화성 축성을 위해 함께 일했다. 조명즙은 정약용이 강진으로 유배를 오고 있다는 소식을 듣고 마음이 불편했다. 정약용이 사학의 무리로 몰려 유배된 죄인인지라 달리 특별하게 예우를 갖출 필요

---

27 부호군副護軍 : 오위의 종4품 무관직.

는 없으나 모른 척할 수도 함부로 대할 수도 없었다. 귀양살이가 끝나면 임금의 신임이 두터워 틀림없이 병조로 복귀할 것이라 여겼기 때문이다. 이른 저녁 정약용이 도착하자 관아로 불러들여 술과 밥을 냈다. 개떡으로 허기를 채우고 버틴 몸이 지칠 대로 지쳤지만, 정약용은 조명즙의 대접을 받자 오랜만에 마음이 편해졌다.

"화성 공사를 잘 마무리해야 하는데 참으로 걱정이 크오."

정약용이 걱정하는 표정으로 말해도 조명즙은 고개를 끄덕일 뿐 더 말을 보태지 않았다. 그저 어서 자리를 적당히 파하고 싶은 마음뿐이었다.

"참지 영감께서 오신다는 말을 듣고 강진 현감에게는 몇 마디 부탁해두었소이다. 하지만 현임께서 완고하고 워낙 작은 동네라서 많이 불편할 것이지요. 더구나 바다 일을 하고 사는 무지렁이들이니 제대로 사람 노릇이나 할 줄 아는 이들이 없어 그 또한 걱정입니다."

정약용은 조명즙의 뜻을 헤아리고 입을 다물었다.

이튿날 정약용은 누적된 피로와 모처럼 마신 술로 해가 중천이 되어서도 몸을 제대로 가누지 못했다. 정약용은 숙취로 헝클어진 속을 달래느라 병영 성문 앞 주막의 장국밥 국물 몇 숟가락을 겨우 삼키고 찬물로 입을 가셨다. 전라병영 객사에서 나주목 별장은 병영성 군관의 인도를 받아 병영성 성문을 나섰다. 군관은 죄인을 인솔하여 까치내鵲川를 따라 걸었다. 주변에 늘어선 나무의 빈 가지들이 여전히 세찬 바람에 소란하게 흔들렸다. 행렬이 시작되자 걸음을 멈출 수가 없었다. 정약용을 인솔하는 나주목 군사들은 한시라도 빨리 죄인을 강진 현감에게 넘기려고 걸음을 재촉했다. 중참 때가 훨씬 지나서 겨우 까치내 고갯마루에 올라섰다. 해는 보은산에 걸려 햇살은 사라지고 숲길로 들어섰을 때는 벌써 석양이었다. 군관이 빠르게 앞서 고개를 내려가기 시작하자 행렬 뒤의 정약용은 당장이라도 쓰러질 듯 비척거렸다.

"죄인을 도와줄 사람은 없소. 어서 정신을 차리고 걸으시오. 이 산만 내려가면 강진이요."

정약용을 부축하던 군사가 마음을 다잡듯이 큰소리로 외쳤다. 죄인의 행렬이 읍성 서문으로 향하는 고갯길로 접어들었다.

서문으로 이르는 북산 고갯길에서 강진 아전 황인담은 두 시각이 넘게 죄인을 기다리고 있었다. 죄인이 도착하는 시간이 늦어지자 황인담은 죄인을 인계받을 군사 둘을 성 밖 언덕 위에 남기고 낮부터 인근 주막에서 술을 마셨다.

"이속 어른, 어짠 술을 이리 대낮부터 푸쇼이."

황인담의 눈치를 살피던 주막집 사내가 슬그머니 말을 붙인다.

"천주학쟁이 하나가 귀양살이 오는디, 나랏님께옵서 신임하던 자라고 해서 뫼시러 왔지."

"그란디 워째 이리 술타령이여라요?"

"그럴 일이 있네. 내 모르는 이도 아니고, 자네가 나설 일은 아닐 세. 근디 어제 병영에서 머물렀을 것인디, 이리 늦네."

"병영성에서 어젯밤을 지냈으면 여그는 와도 벌써 와부렸을 것 인디요?"

"그렇게 허는 소리여. 언제 올랑가 모릉게, 헐 일이 있겄는가? 술 이나 한 사발 더 가져오게."

"시방도 겁나게 자셨는디 더 할라요?"

"어라, 이 사람이 말이 참 많고만. 술맛 젖혀부렸네."

황인담은 투덜거리며 자리에서 일어섰다. 제대로 몸을 가누지 못하고 군사들이 기다리는 언덕 위로 올라갔다. 반 시각이 지나서 정약용을 앞세운 나주목 군사들이 언덕 위로 올라왔다. 매서운 바 람으로 옷깃이 펄럭이나 죄인은 덧저고리도 없는 홑옷 차림이다.

"그대가 강진현 이속이시요?"

죄인을 인솔한 군관이 물었다. 뒤에 서 있는 나주목 별장은 귀찮 고 피곤한 기색이다.

"그러지라. 황인담이라 허요."

"에잉, 웬 술을 그리 자셨소? 어서 앞장 서시요."

황인담이 언덕을 내려가기 시작했다. 죄인을 인솔한 군사들은 서문으로 들어서기 무섭게 군관의 눈치를 살피며 흩어진다.

"여그부터는 우리가 죄인을 인수헐 것입니다요. 별장 나리와 군관께서는 객사로 가시고 군사들일랑 성문 밖 주막에라도 들러 요기를 하시오. 강진 영감께옵서 오늘 굳이 죄인을 볼 것까지는 없다고 허셨으니 머물 곳이나 찾으면 될 것이고, 영감님을 뵈올라믄 다른 날 몸을 추슬고 입성을 갖춘 뒤 관아로 오시면 될 일이라. 자 갑시다."

황인담이 앞장서 성안으로 들어갔으나 동네 사람들은 모두 사립을 걸어 잠그고 밖을 내다보지도 않는다. 저자를 지나는 동안 이미 가게 문을 닫은 장사치들은 물론이고 동네를 지나고 동문에 이를 때까지 사립을 열어주는 이가 없다. 강진 사람들은 유배된 정약용을 반기지 않았다. 정약용이 서학을 신봉하는 천주학쟁이라는 소문이 돌아 죄인을 집에 들였다가 해를 입을까 두려웠을 것이다.

새 임금 순조가 등극하자마자 선대왕 정조의 지침인 '정학이 밝으면 사학은 저절로 사라질 것'이라는 말은 뒤집혔다.

지금 이른바 서학이 어찌 요사한 마귀의 술수를 허락하겠습니까마는 천륜을 멸절시키고 사람들을 모두 금수禽獸와 이적夷狄의 지경으로 급속하게 몰아넣고 있습니다. 부모 제사도 지내지 않고 신주神主도 받들지 않으니 이것을 과연 천지에 용납할 수 있겠습니까? ……그늘지고 어두운 소굴에 들어갔으니, 처음부터 이 세상에 군신과 부자의 윤리가 있음을 몰랐습니다.

— 『순조실록』 순조 원년 이월 열여드레

이미 온 나라에 천주학쟁이들을 찾아내 죄를 물으라는 엄명으로 좌포청의 군관들이 산골 구석구석 군사들을 이끌고 내달은 지 오래다. 천주학과 조금이라도 연통이 되었던 사람들은 두려움에 떨었다.

서학을 받아들인 이들은 이미 군신과 부자의 윤리를 어기는 패륜으로 몰아가는 정황이고, 그 괴수로 정약용의 무리를 지칭하고 있었는데 하필 그 정약용이 강진현으로 유배 오니 불편한 일이다. 마을 사람들은 혹시라도 죄인 정약용을 자기 집에 들이라 할까 두려워 이미 문을 닫았다. 밤이 깊어 가고 있다. 황인담은 할 수 없이 정약용을 데리고 동문 밖 주막으로 들어섰다.

"방이나 내주게."

황인담은 평소 본인이 차지하고 술을 마시던 방으로 들어갔다. 술상을 들이고 둘러앉으면 방안이 가득한 곳이나 한 사람 누울 자리로는 부족하지 않았다. 정약용은 주린 배를 우물물로 채우고 황인담을 따라 방으로 들어갔다. 하룻밤을 머물 것이라고 여긴 주막집 여자는 군소리 없이 방을 내주었다.

"여그서 우선 머무시오. 이곳에서 죄인을 반겨줄 사람은 읎지만서도, 잘 처신허시고 다른 디 머물 디를 구헐 때까정 방을 떠나지 마쇼이."

"고맙소. 강진 현감은 언제 뵈어야 하오."

"그냥 부를 때까정 있으쇼. 때 되면 부를 것이고, 아니면 죽은 듯이 있으쇼이. 살 수 있는 방도를 찾으면 다 살게 될 것이닝게로."

황인담이 군사들을 이끌고 서둘러 돌아간 후 정약용은 겨우 몸을 길게 펼 수 있는 단칸방에 들어가 봇짐을 풀었다. 율정 주막에서 정약전이 필사하여 내준 『장자』를 펼쳤다. 반듯한 글씨체를 보자 정이 깊은 정약전의 모습을 본 듯하여 눈물이 흐른다. 정약전이 가야 할 유배지 흑산도는 더 멀고 험했다. 바닷길을 걷고 뱃길로 꼬박 사흘이 지나야 도착할 수 있다. 아직 유배지에 도착하지 못했을 것이다. 정약용은 방문을 열고 나와 쪽마루에 섰다. 매서운 바람이 멈추지 않는데 별들은 유난히 초롱초롱하다. 우물 곁 느티나무 그림자가 스산하다.

동문 주막집 봉놋방에서 하룻밤을 지내고 일찍 일어났으나 정약용은 사립 밖으로 나서지 않았다. 죄인이 비록 천주학쟁이라고는 하지만 임금의 신임이 여전하다는 말을 들은 주막집 여자는 이른 새벽 장국밥과 섞박지 한 그릇을 방안으로 들이려 했다. 부엌에서 밥상을 들고나오던 여자는 강진성을 바라보는 정약용을 보고 부엌으로 도로 들어갔다. 어른의 뒷모습이 의젓했다. 일찍이 본 적이 없는 단정한 기품이다. 마땅히 더할 반찬이 있는지 생각했다. 서둘러 삭힌 홍어 한쪽을 잘라 맑은 물로 헹궈 밥상이 올랐다.

"벼슬 살던 어르신 시장허겄지라. 내놓을 거라고는 이거 뿐이라
요. 이 홍어는 냄새가 심한게로 물로 헹궜지라. 자실 수 있으시믄
자시요."

정약용은 어느새 단정한 차림으로 펼친 책을 읽다가 밥상을 받
았다. 간장을 제외하고는 냄새가 역하여 반찬은 그냥 두고 장국밥
한 그릇을 비웠다. "바닷가 음식은 오통 비린 것들이니 비린 것을
싫어하는 아우가 어찌 드시려는가. 짠지에도 비린 생선이 들었는데
걷어내고 드시게. 한참 지나면 익숙해서 은근히 기다리게 될 것이
고…." 둘째 형 정약전의 걱정이 귓가를 맴돈다. 숭늉으로 입을 가
시고 밥상을 내놓고 마루에 앉았다. 찬바람이라고는 하나 북쪽 바
람과는 달리 부드럽다. 우물곁 둥치가 제법 굵은 동백나무가 눈에
들어온다. 우물가 낙엽이 진 나무들은 앙상한데 오직 동백나무는
푸르고 선명하다. 동백나무 잎들이 햇살을 받자 푸른빛을 띠고 반
짝인다. 정약용은 붉은 동백꽃이 필 것이라 여기며 미소를 지었다.
정약용은 갑자기 낯선 곳이 아니라 오랫동안 머물고 있던 것처럼
친숙하게 느껴졌다. 순간 '얼마간이나 잊고 지냈던 편안함인가.' 하
는 생각으로 도무지 그냥 앉아 있을 수가 없어 동네 한 바퀴라도
할 생각으로 우물가로 나섰다. 눈치를 살피던 주막집 여자가 놀라
뛰어나온다.

"얼라요, 아직 나들이는 안 되지라. 사람들헌티 돌팔매나 당허지
말고 그냥 여긔 지시는 게 좋을 것인디요."

걸음을 멈춘 정약용이 한참 우두커니 서 있다가 방으로 들어와 방문을 닫았다. 한 떼거리 사나운 바람이 문풍지를 흔들었다.

정약용은 주막집 문밖출입을 하지 않았다. 찾는 이도 없었고 공연한 사달이라도 일어날까 조심스러웠다. 주막을 드나들며 어쩌다 얼굴이 마주치는 장사치들이나 마을 사람들도 애써 정약용을 모르는 척했다. 며칠은 무사하게 지나갔다. 닷새마다 여는 동문 거리 난전을 늦게 접은 마량포구 장사치가 주막에 들었다. 술기운으로 붉어진 얼굴의 사내는 주막집 여자에게 마루 끝 봉놋방을 달라고 했다가 거절당하자 목소리를 높였다.

"시방 뭐라고 헌 것인가? 방을 못 준다고? 나가 여그 강진성에 들를 때마다 잔 방이여. 나가 안 쓰면 누가 쓴다는가? 그깟 천주학쟁이가 벼슬했다고 해도 뭐 대단헌 것이라고, 잠깐 그 양반님네 나오라고 허게. 조상도 모르는 천주학쟁이가 어따 대고 방구석을 차지허는 것인가. 나오라구 허란게."

저녁 늦게 술에 취한 사내가 곱지 않은 눈으로 정약용이 머문 방을 향해 고래고래 소리를 지르고 있었다. 하필 그때 황인담이 미역 한 꾸러미를 들고 주막에 들렀다. 황인담은 그 꼴을 보고 달려들어 사내의 목을 낚아채 넘어뜨리고 발길질을 했다. 난데없는 황인담의 행동에 놀란 사내는 마당 끝으로 물러나 고개를 조아렸다.

"아이고 이속 어른, 왜 이러신다요? 지가 뭘 잘못했는지는 몰라

두 이속 어른이 나설 일은 아닌 거 같은디요. 뭔진 모르지만 참으시지라."

"요런 망할 놈. 터진 주둥이라고 뭘 잘못혔는지 모른다고? 뒈지고 싶지 않으면 얼씬도 말어라이. 이 양반이 누군지나 알고서니 패악질이여. 병조의 3품 대감님이셔. 참지 대장군이시랑게. 어느 놈이고 여그 와서 지랄을 떠는 놈은 모가지를 비틀 것이여. 어여 가랑게."

그날 이후 마을 사람들은 일체 주막 안으로 들어서지 않고 그저 막걸리라도 한잔할 요량이면 우물 곁 평상에 앉아 주모를 불렀다.

석 달이 지났다. 인근의 선비들이 정약용을 찾아와 담소를 나누더니 점점 더 먼 장흥이나 무안, 목포에서도 찾아왔다. 해남 외가에서는 당장 궁한 먹을거리를 보내왔다. 그들은 그저 잠시 들렀다가 자신이 궁금해하던 일을 묻고 곧장 돌아갔다. 하지만 황인담은 수시로 주막에 들러 정약용과 사소한 이야기들을 나누었다. 강진 인근 수령들 이야기를 전했고, 전라병사 조명즙이 전하는 말도 가져오곤 했다. 조명즙은 쌀 두 말과 삼 세 뿌리를 보내왔다. 정약용은 당장이라도 전라병영으로 찾아가 인사를 해야 하나 적소를 떠날 수 없어 차일피일 미뤘다.

"병사 영감께옵서는 주변이 정리되었다 싶으면 들르라는 전갈이 지셨지라요."

"그러셨소? 병조에서 뵌 적이 있고 여기 내려올 때 하루 머물고 대접을 받았소. 인사가 늦으면 오히려 흠이 되오. 언제 갈 수 있겠소?"

"그란디요. 요건 지 생각인디, 들르라는 그런 말일랑 허투루 들으시요. 알아서 허실 일이지만서도 그냥 적소에서 지시는 게 나을 것이지라요. 인저 신임 현감께서 부임하실 것인디, 사헌부 장령이셨다고 허십니다요."

"사헌부 장령? 그래 누구라고 하오?"

"사헌부 장령 이안묵李安默 영감이라 하옵지라."

장령 이안묵. 정약용은 순간 가슴이 무너지는 듯했다. 이안묵은 혜경궁 홍씨의 오라비 홍낙임洪樂任을 사학의 무리라고 몰았고, 홍낙임을 두둔하는 채제공과 이가환의 죄를 물으라 상소하여 선왕의 심사를 어지럽히던 벽파의 앞잡이다. 선대왕이 받아들이지 않고 이안묵의 벼슬을 뺏고 내쳤다. 새 임금이 들어선 후 대왕대비의 힘을 얻어 다시 사헌부 장령이 된 이안묵은 홍낙임과 교류한 이들을 국문하고 처단하라고 주청했다. 정약용도 이안묵이 앞장선 박해에서 벗어날 수가 없었다. 정약용은 사헌부로 끌려가 이안묵에게 당한 일을 떠올렸다.

의금부 국청에서 이안묵은 정약용 형제들의 일을 파고들었다. 이미 힘의 축은 노론 영수 심환지에 쏠렸다. 이안묵은 심환지의 당여로 오로지 정약용을 죽이려 집요하게 물고 늘어졌다. 노론 당론을 따라 채제공, 이가환과 사적 관계가 있는 정약용의 형제들을 모두 천주학쟁이로 몰아 죽일 작정이었다. 정약용은 죽음의 갈림길에서 심문의 주도권을 쥔 이안묵의 눈치를 살펴야 했다. 이안묵은 먼저 심문의 칼을 정약종에게 겨누었다.

"그대가 천주학쟁이라는 것은 이미 천하가 다 아는 일이다. 그 고리짝에 보관한 것이 사학의 교리 책인 것이 분명하거늘 그대의 것이 아니고 천한 머슴놈의 것이라 우길 것인가?"

이미 온몸에 피투성이가 된 머슴이 정약종의 뒤에서 악을 쓰며 나섰다.

"장령 나으리, 제 것이옵니다요. 그 고리짝은 제 것이고, 그 책들도 모두 제 것이옵니다. 제가 가지고 있던 것을 원주 황 진사댁으로 가져가려던 것입니다요. 제 주인 마님께서는 모르시는 일입니다요. 나으리."

군관의 지시를 받은 나장이 몽둥이로 머슴의 어깨와 머리통을 갈겼다. 머리가 깨진 머슴의 피가 사방으로 튀었다.

"한갓 머슴짓이나 하는 천것들도 사실을 고하는 것을 보게. 그대가 명도회 회장이란 것은 이미 다 알려진 것이고, 그 고리짝도 그대 것이다. 역적 황사영이 누구의 지시를 받는지는 분명한 일이다. 황사영이 누구인가? 그대의 제자이자 조카사위가 아니던가? 아니라고 우길 것인가?"

정약종은 고개를 들었다. 맑았던 하늘이 핏빛 구름에 가려 세상에 금방이라도 피눈물이 비가 되어 쏟아질 듯했다. 정약종은 굳게 다물었던 입을 열었다. 짊어지고 가야 할 십자가가 핏빛 구름 사이에서 선명했다.

"이보시오. 장령, 그대가 얻고 싶은 것을 내 말하리다. 그 고리짝은 내가 보낸 성상과 교리서를 두었던 것이요. 내가 아우구스티노 이외다. 그대들이 찾는 아우구스티노이니 더는 묻지 마시오."

"진작 그렇게 자백할 것이지. 으허험, 그대의 중형인 죄인 약전과 아우인 약용 또한 그대와 한통속일 것이 분명할 것이다. 그렇지 않은가?"

"내 중형과 아우는 이 일과는 무관하오이다. 나와 피를 나누었으나 성상을 모시는 일에는 남일 뿐이오."

이미 죽음을 결심한 정약종은 이안묵에게 목숨을 구걸하지 않고 당당하게 자신이 천주학을 받아들였다고 인정했다. 이안묵은 의기양양했다. 하지만 여전히 천주학을 받아들이지 않았다는 정약용에 대한 의구심을 떨칠 수 없어 전전긍긍했다. 그러던 터에 내포사도 이존창이 죽는 자리에 이르러 정약용은 천주학쟁이가 아니라고 진술했고, 금정 찰방 정약용이 자신을 설득하여 여러 차례 배교하게 했으니 더더욱 천주학쟁이가 될 수 없는 처지라고 일관되게 주장한 장계가 충청감영에서 비변사로 올라왔다. 이존창의 증언으로 정약용은 목숨을 지켰다. 임금도 정약용에게 더는 천주학쟁이라고 죄를 덧씌우지 말라 명하고 유배를 보냈다.

정약용은 이안묵의 이름을 듣자 심신이 두렵고 떨려 어찌할 바를 몰랐고 신열이 오르더니 마침내 자리에 누웠다.

이안묵이 마침내 강진 현감으로 부임했다. 정약용은 몸을 움츠리고 외부와의 관계를 끊었다. 큰아들 학연의 강진 출입조차 금하고 방문 밖으로 나서지 않았다. 동문 주막으로 찾아온 백련암 스님조차 돌려보내고 만나지 않았다. 이안묵도 정약용을 관아로 부르지도 않았고, 그의 적소 생활에 대해 모르는 척했다. 하지만 이안묵의 눈은 은밀하게 동문 주막으로 향해 있었다.

지독하게 무더운 강진의 여름이 지났다. 뜨겁던 바람이 바다로 밀려나고 길게 늘어지던 해의 꼬리가 뚝뚝 끊기는 시월, 붉은 감이 탐스러웠다. 황인담이 느닷없이 아이들을 데리고 찾아왔다. 우울에 빠진 정약용의 잔에 술을 채우고 황인담은 주섬주섬 이야길 꺼냈다.

"열수[28] 영감님, 변변한 훈장조차 없는 탐진촌耽津村이여라. 그래도 뭐든지 배울라는 마음은 간절허당게요. 나도 한때는 서학인지, 뭐이냐 새 학문을 접하구서니 따라댕긴 적이 있지라. 무장으로 전주로 배우러 다녔당게요. 전주 유 아우구스티노께서 하시는 말씀을 듣고 사무쳐서 뼈에 새기게 되었는디, 교우까지는 못 되어도 그 말씀이 그르지 않은 것은 알지라. 공연한 말씀이 길었지라. 달리 허

---

28 열수洌水 : 한강을 지칭, 다산이 자신을 지칭한 호.

는 말씀이 아니라 그제나 지금이나 가르칠 만한 사람이 없은게로 소일거리 삼구서니 아이들헌티 글이나 가르쳐 주실라요?"

거리낄 것이 없는 황인담이 말린 우럭과 갓 잡은 문어를 들고 와 청한 일이다. 황인담의 입에서 술 냄새가 진동했다. 더구나 그가 들먹인 유항검 아우구스티노는 한때 이승훈, 이존창, 정약용 등과 함께 사도로 불리며 전라도 교우들에게 교리를 가르쳤다. 그의 이종사촌 윤지충이 죽임을 당하자 몸을 피했다가 전주 감영에서 배교하여 목숨을 구한 적이 있었다. 그러나 다시 사도 일을 계속하여 북경 사제를 부르는 일에 관여하였다가 모반 사건으로 몰려 좌포청과 의금부에서 곤욕을 치렀고, 이존창이 공주 황새바위에서 죽임을 당할 때 전주 남문 밖에서 죽임을 당했다. 정약용은 눈을 감았다. 벌써 이 남쪽 바다 바닥 민심에 서학의 가르침이 깊이 뿌릴 내렸다는 말로 들렸다.

"그렇다고 지가 서학을 가르쳐 달라는 말은 아닙니다요, 그냥 마음껏 글이나 읽고 쓰게 공부를 부탁허는 것이랑게요."

정약용은 순간 당황했다. 늘 꿈꿨던 제자를 기르는 일이다. 정약용은 아이들을 가르치는 일은 좋아했으나 선뜻 나서지 않고 망설였다.

"현감께서 사달을 벌이시지나 않으려나 모르겠소?"

정약용은 불편한 기색을 드러냈다.

"아따 뭔 일이 있겠소이까요? 도성에서 부득이한 일로 내려온 양반들이 먹고살라고 으레 하는 일인디 괜한 걱정일랑 마시요. 강진 영감께옵서는 겨울을 나면 도성으로 돌아가실 것이 분명허고, 글 배울 놈들이 넘의집 아이들도 아니고 내 새끼들이여라. 아들이고, 조카고 그렇당게요. 그냥 데리고 글줄이나 읽게 해주시면 섭섭지 않게 뫼실 것이요."

이미 전라도 남쪽 바닷가에서 배교를 거절한 영광 이우집 일가가 멸족에 이른 것이나 전라도 포교를 맡았던 유항검의 멸족을 모르는 이가 없었다. 서학으로 몰아 죄를 묻는 것은 남녀노소를 불문할 것이어서 걱정한 말인데도 황인담은 동문서답이다. 더구나 이우집이나 유항검도 정약용 자신과 형제들이 화를 입은 신유년에 겪은 일이니 더 걱정이었다. 게다가 놀란 일은 황인담이 그 사실을 소상히 알고 있으면서도 가르침을 구하니 달리 변명할 수도 없다. 그렇다고 그동안 때때로 먹을 것을 챙긴 아전의 말을 모른 척할 수도 없다.

"공연한 일로 그대들에게 누가 될까 걱정하는 것이오."

"워매 무신 그런 말씀을요? 걱정 마시요. 우리네 일이야 우리가 알아서 처신할 일이고, 그저 글이나 가르치는 일을 가지고 누가 문제 삼는다요? 더군다나 나가 무슨 천주학쟁이도 아니고요."

황인담은 당당했고, 정약용은 거절할 수도 없는 형편이었다. 아이들을 가르치는 일은 정약용의 살림을 해결할 수 있어 더는 주변에 기대지 않아도 되었다. 정약용은 급한 대로 동문 주막 봉놋방에 서당을 열었다. 강진 이속의 아이들에게 글을 가르치면 찬거리라도 구할 수 있을 것이다. 황인담은 정약용의 답을 듣기도 전에 자리에서 일어섰다. 다음날 해가 중천이 되자 아이들이 몰려왔다. 황인담의 아들인 산석(황상)과 산석의 아우 안석, 마을 사는 준엽, 완담, 학래, 상규다. 나이는 산석이 두어 살씩 위고, 제법 글재주가 있는 아이는 학래다. 서당이 열렸다는 소문을 듣고 인근 몇몇 아이들이 왔으나 한 달을 채 못 견디고 그만두었다. 하지만 산석과 학래 만은 열심히 공부했다.

이듬해 칠월, 강진 현감 이안묵은 도성으로 돌아갔다. 정약용을 감시하던 눈이 사라진 것을 알게 되자 정약용은 주막 단칸방 서당에 사의재라고 편액을 써 붙였다. 마땅히 지켜야 할 네 가지 덕목을 지칭하는 말이다. 생각은 담백하고, 외모는 장중하고, 말은 과묵할 것이며, 움직임은 무겁게 해야 한다는 뜻이다. 사의재란 이름이 어린아이들에게 내리는 덕목인지 정약용 스스로 자신을 경계하는 말인지는 애매하지만, 아이들은 이 네 가지 덕목을 지켜야 한다고 알고 있었다. 아이들은 입으로는 종알종알 외지만, 실제 행동은 늘 어긋났다. 그럴 때마다 정약용은 좀처럼 아이들을 나무라지 않았고, 자신의 부족함을 탄식했을 뿐이다.

황인담이 수시로 서당에 들렀다. 서당에 필요한 책과 지필묵은 물론이고, 아이들 간식거리로 떡을 쪄왔고, 찬거리로 해물을 가져왔다. 미역과 톳, 말린 물고기뿐이 아니라 팔뚝 굵기의 붕장어를 가져왔다. 황인담이 가져오는 해산물을 거저 얻는 주막 여자는 방을 비우라는 말은 하지 않았다. 그러던 중 이안묵의 후임으로 사헌부 지평 송응규宋應圭가 강진 현감으로 부임하였다. 송응규는 병조좌랑으로 다산과 근무한 적이 있어 다산의 생활에 대해 수시로 황상에게 불편함이 없도록 배려했으며 정약용의 마을 출입도 간섭하지 않았다. 아이들뿐이 아니라 인근의 선비들이 사의재를 자주 드나들었고 동네 사람들도 다산에 대해 편견을 버리게 되자 주막은 오히려 활기가 띠었다.

9. 초당

정묘년(丁卯年, 1807년) 삼월 열엿새

여섯 해가 지났다. 가끔 두릉 집에서 강진으로 드나드는 학연은
도성의 소식을 가져왔으나 유배를 벗어날 수 있는 소식은 없었다.
선왕과는 달리 새 임금은 정약용을 잊은 것이 분명했다. 위리안치
가 아닌 것만을 다행으로 여기고 아이들을 가르치는 일에 재미를
붙였다.

남당포 어재동댁은 전포를 드나드는 장사치들의 입을 통해 정약
용이 동문 주막에 서당을 열었다는 소식을 들었다. 어재동댁의 남

당포 전포는 거래하는 물량도 늘었고, 사람들도 자주 드나들었다. 남당포로 발길을 두지 않았던 황인담이 외가로 발길을 자주하게 된 것도 여러 해산물을 구하기 위해서였다. 가끔씩 이속 황인담의 아들 황상이 아버지를 따라와서 말린 해물을 가져갔다. 루치아는 곳간에서 좋은 어물들을 챙겨 주섬주섬 쌌다.

"오라버니, 이 말린 우럭은 새우젓을 넣고 끓여서 어른께 드리셔요."

어재동댁의 친절에 황상은 묻지도 않는 말을 했다.

"소용없는 일이지라요. 아버진 비린 거라고는 당체 안 드신당게요. 이 건포는 우리 스승님께 드릴 것이지라. 누이는 우리 스승님을 모르지라? 임금님을 모시던 정 약자, 용자 쓰시는 스승이신데 유배를 오셔서는 서당을 여셨당게요. 스승께서 이 우럭을 좋아하신단 말씀이지라."

정약용. 금정찰방 영감, 사도 아버지 이존창을 공주감영으로 이송한 사람이다. 하지만 루도비코 아버지는 찰방 영감만이 루치아를 살릴 사람이라 늘 다짐했다.

"루치아, 찰방 어르신은 나와 함께 사도니라. 의심하면 아니 된다. 사도는 늘 죽음이 앞에 있을 것이나 이는 주님께서 예비한 길이지. 아비와 한가지로 한 길을 가는 교우니라."

어재동댁은 아비의 말을 의심하지 않았다. 정약용이 강진으로 유배되었다는 말을 듣자 새 희망이 생겼다. 하지만 정약용에 대하여 누구에게도 묻지 않았다. 그런데 아비를 따라온 황상이 묻지도 않는 말을 하여 정약용의 소식을 알게 되었다. 아들 학연이 도성의 소식을 전했거나, 두릉 본가에서 손님이 찾아왔거나, 인근 선비들과 차를 마시며 시를 논하는 이야기들을 황상에게서 듣게 되었다. 황상은 스승이 원래 천주학쟁이였다는 묻지도 않은 말을 서슴지 않았다.

겨울을 지내며 황인담은 더 술에 찌들어 살았다. 술에 취해 정신이 혼미해지면 황인담은 성 밖으로 나가 울었다. 성 밖으로 나가면 그를 기다리는 사람들이 달려와 손을 잡고 춤을 추게 된다는 그의 말을 사람들이 기이하게 여겼으나 믿지는 않았다. 사람들이 믿고 안 믿고는 중요하지 않다. 황인담이 술에 취하여 성 밖으로 나가면 으레 그를 찾아온 황인철을 만날 수 있었다. 신유년에 죽은 황심이었다. 황인담은 황심이 찾아와 무언가를 말하는 것을 제대로 듣지 못해 안타까웠다. 문득 어느 순간 잠긴 목소리로 들을 수 없는 말을 하던 황심이 또렷하게 말했다.

"동해 바닷가 장기현에서 혼자 외롭게 지내던 열수옹을 강진현으로 보낸 것이 나란 말이오. 나요. 형님께 의지하라 보낸 것이오."

'이게 무슨 말이여.' 황인담은 정약용을 보낸 것이 황심이었다는 말을 듣고 놀라 뒤로 넘어졌다. 사람들이 달려와 부축해서 일어섰지만, 너무도 또렷한 기억으로 황인담은 혼잣말로 며칠씩 중얼거렸다. 황상은 아버지가 미친 것이 아닌지 혼란스러웠다.

황상의 이야길 들은 정약용이 제자의 걱정을 덜고자 찾아와 성 밖에서 술에 취한 황인담을 나무랐다. 황인담은 정약용의 걱정에 대해 아무런 대꾸를 하지 않았다.

"도대체 술에 취하면 이곳으로 달려와 우는 이유가 무엇이오?"

"스승께옵서는 그걸 몰라서 묻는 말씀이랑가요? 저와 지대로 알고 지내던 이들이 모두 죽고 나 혼자 남은 것이라. 근디 그것이 뭐 잘난 일이라고 제정신으로 산다는 말이라요? 사는 것이 산 것이 아닌 것을 어찌 모르지라요?"

"그럴수록 더 맑은 심성으로 세상을 보라는 성현의 가르침을 모르시오?"

"세상이 맑지 않은디 맑은 심성이 어찌 있겠지라요? 고냥 내버려두쇼이. 황인철이가 내 아우랑게요. 스승께옵서는 황인철이를 모르실 것이지라요. 그만두쇼이."

정약용은 순간 머리가 무거웠다. 황인철은 기억에 없는 모르는 사람이다. 정약용은 알 수 없는 말을 지껄이며 허우적허우적 걸어

가는 황인담을 물끄러미 바라봤다. 황상이 달려와 아비를 부축하여 집으로 향했다.

며칠 후 어슬녘 술에 취한 황인담이 다시 성밖에서 고래고래 소리를 지르고 있다는 말을 전하고 황상이 쏜살같이 성 밖으로 달렸다. 정약용은 주막 마루에서 일어나 황상의 뒤를 따랐다. 아들의 손을 뿌리치고 소리를 지르던 황인담이 작은 논길에서 개울로 넘어져 처박혔다.

"이런 사람하고는, 어서 일어나시오. 이 무슨 추태란 말이오?"

정약용은 황인담을 개울에서 끌어내 부축하고 성문으로 향하는 길로 걸었다. 황인담은 얼마 안 가서 다시 길가에 주저앉았다.

"스승께서는 저기 저 물구덩이 옆에서 손을 흔들고 있는 사람이 보이시지라요?"

정약용은 시선을 돌려 들판을 보았으나 햇살이 가라앉고 있는 검은 들판에 사람의 모습은 없었다. 정약용은 황인담이 자주 헛것을 보고 이곳으로 나오는 것이라 여겼다.

"헛것을 보았구면. 마음이 허하면 헛것이 보인다고 하였소"

"무엇이 헛것이요. 저기 저 들판 끝으로 걸어가는 저 사람이 안 뵌다는 말씀이지라. 쟈가 뭔 까닭인지 모르지만 요새 자꾸 나를 찾아온당게요. 매일 와요. 아마 내가 안 나오면 혼자 저기서 앉아 있다가 가버릴랑가도 모르겠소이."

정약용은 눈을 감았다. 헛것을 매일 보면 다른 세상으로 간다는 말이 있다. 정약용은 제자 황상을 생각했다.

"어서 먼저 가시랑게요. 날랑 여그서 좀 더 앉아 있다가 저 사람이 안 보이면 그때 들어갈라요."

정약용은 자리에서 일어섰다. 그냥 놔둔다고 당장 어찌 될 일도 아니었다.

"그런데 혹시 저기 계시다는 분이 황인철이라는 분이오?"

정약용은 어떻게든지 황인담을 데려갈 참이다. 정약용이 가리키는 방향을 보던 황상의 눈이 동그라졌다.

"그렇지라. 황인철이지라."

"동생이오?"

"그렇지라. 내 동생이지라."

"먼저 돌아가셨소?"

"갔지라. 신유년에 갔댕게요. 스승께옵서도 알 것인디 모르신다 헙디요. 저 사람이 거 뭐드라. 그러네, 토마스요. 루도비코 사도의 제자 황심 토마스. 그 사람이지라."

순간 정약용은 다리가 후들거려 몸을 바로잡을 수 없었다. 황심 토마스. 그는 황사영의 백서 사건으로 죽은 역관이다. 이존창이 아꼈고, 가르쳤고, 북경 사제단으로 이존창의 서찰을 들고 달리던 그 사람이다. 정약용은 땅바닥에 널브러져 앉아 있는 황인담을 보았다. 그러나 한마디 말도 하지 않았다. 차라리 모르는 사람이었으면 했다. 황인담도 천주학을 신봉했는지 묻고 싶었지만 물을 수 없었다. 하늘이 어두워졌다. 정약용도 제자리에 주저앉았다. 커다란 성벽이 정약용을 향해 달려들었다. 정약용은 끙 신음을 내고 쓰러져 일어서지 못했다. 놀란 황인담이 정약용을 업고 서당으로 달렸다. 놀라 사의재로 온 백련암 혜장이 장침을 정약용의 정수리에 꽂으며 중얼거렸다.

"큰일이네. 풍증이 나타나긴 아직 젊은데……."

정약용의 증세가 자신 때문에 비롯된 것이 아닌지 걱정이 되었으나 황인담은 늘 술에 취해 지냈다. 강진현의 현감들도 그의 취벽을 나무랄 수 없었다. 평소 황인담은 잘 웃고 사람들의 불평을 잘 듣고 성의껏 조치하면서도 남의 말을 전하지 않는 이속으로 향리에서 이름이 높았다. 포구에 나가 뱃사람들에게서 얻는 것을 집으로 가져가지 않고 가난한 이웃들과 나누는 사람이었다.

대낮부터 보름달을 보러 가서 달빛에 취하겠다고 집을 나선 황인담은 한사코 신매등이 옥녀봉을 오르겠다고 설쳐댔다. 사람들은 신매등이 옥녀가 부르는 모양이라고, 아마도 죽을 때가 되어서 저러는가 걱정했다. 황인담은 그날 달빛은커녕 비에 잔뜩 젖은 몸으로 술에 절어 돌아와 밤새 아우 인철의 이름을 부르다가 새벽에 잠깐 잠이 들었다. 아침, 전복죽을 끓여 방에 들어온 아들 황상에게 황인담은 겨우 들리는 혼잣말로 중얼거렸다.

"아야, 어제는 신매등이 옥녀가 황심 아우하고 왔더라. 비가 와서 달빛은 없는데도 아우와 같이 있으니 세상이 환해지더라. 늘 나보다 앞선 이들에게로 갈 날을 기다렸는디, 인저 되었다."

"아버지. 말씀은 그만하고 죽을 좀 잡수셔요."

"그려, 술이나 한잔 다오. 목이 마르다."

황상은 망설이다가 제사 후 남긴 술을 한잔 가져왔다.

"남당포로 가서 누이를 데려와라. 늬 스승을 모시라고 했는디 걱정이랑게."

황인담은 묽게 끓여 식힌 전복죽을 넘기지 못하고 겨우 술 한 모금을 삼키고 마침내 죽었다.

어재동댁은 황인담이 죽었다는 기별을 듣자 초상 치를 먹거리들을 챙겨 읍성으로 갔다. 사람들은 황인담이 헛것을 본 것이 아니라 저승에 먼저 간 아우가 그를 데려간 것이라 말했다. 어재동댁은 그 아우가 자신을 남당포로 데려온 아버지 루도비코의 가르침을 지킨 황심인 것을 알고 있었다. 문득 초상집으로 찾아와 절하고 곡을 마친 후 훌쩍 돌아가는 정약용을 보았다. 사의재의 스승, 아니 정약용 요한 그였다. 사도 아버지와 함께 날밤을 새우던 찰방 영감이었다. 가슴이 뛰고 일이 손에 잡히지 않았다. 하지만 스승에게 다가가서 인사조차 할 수 없었다.

"자네에게 스승을 잘 모시라고 부탁하러 왔네. 혼자 지시는 스승이 너무 외로워 보여서 말이지. 다른 뜻은 없네. 싫다고 하면 어쩔 수 없을 것이나 아무쪼록 깊게 생각하시게."

느닷없이 황인담이 남당포 어물전포를 찾아와 방으로 들지도 않고 마루에 걸터앉아 내뱉듯이 던진 말이다. 그의 몸에서 술 냄새가 진동했다. 황인담은 어재동댁에게 스승을 모시라 청했다. 거절해야 할 이유도 방법도 없었다. 어재동댁은 정약용이 아버지 이존창과 함께 서학을 논했던 그 찰방 영감이길 바랐다. 정말 그분이라면 아버지를 대하듯 모실 수 있으리라 생각했다.

황인담의 초상을 치르고 나자 어차피 스승에게로 가야 할 운명인가 여기며 지냈다. 하지만 어재동댁은 남당포 전포를 떠나지 않았다. 황상은 사흘간 아비 초상을 치르고 아비 뜻대로 황인담의 제청祭廳도 세우지 않고 시묘살이도 하지 않았다. 느닷없이 황상이 남당포 전포로 찾아왔다. 어재동댁은 얼른 마당으로 나가 황상을 맞았다.

"오라버니, 방으로 드시요. 상 치르시느라 고생이 많았지요? 시묘살이는 시작했어요?"

"그런 거 하지 말라 합디다. 아버지 뜻이지라요. 제사도 지내지 말라는 말은 못 들은 거로 할라고요."

"그래요?"

어재동댁은 황인담의 속마음을 알 수 있었다.

"아버지 유언이지라. 누이에게 스승을 모시라는 부탁을 드리러 왔소. 아버지께서 전하라 하셨으니 전하러 왔지라요."

어재동댁은 아무 말도 하지 않았다. 늘 술에 취해 있던 황인담이 떠올랐다.

무진년(戊辰年, 1808년) 삼월 열엿새

시간은 무심하게 흘렀다. 사람들의 기억 속에서 황인담은 사라졌다. 황상은 황인담의 뒤를 이어 강진현 아전으로 가장 노릇을 이었다. 황인담이 죽은 이듬해 봄 정약용은 백련암 인근 초당으로 거처를 옮기고 다산초당이란 당호를 붙였다. 정약용은 초당에 머물게 된 것을 다행으로 여겼다. 동문 주막이나 제자의 집에 거하다가 초당으로 옮겨오며 뼈가 단단해지고 살이 돋는 것을 느꼈다. 초당은 정약용의 먼 외가 친척 윤규노의 산정山亭이었다. 윤규노는 정약용에게 산정을 내주는 대가로 아들과 조카들을 가르치게 했다. 정약용을 뵈러 와서 함께 차를 마시는 사람들은 열수옹이란 호칭 대신에 다산 선생으로 부르기 시작했다. 정약용은 혼자 있을 때 집필에 매달렸다. 『상례사전』 50권을 완성한 후 『다산화사』와 『다산문집』을 썼다. 이듬해 봄에는 『상례외편』 12권을 더했다. 해마다 정약용은 더 집중하여 집필하고 더 활발하게 사람들을 만났다. 하지만 정약용의 살림을 챙겨 먹을 것과 입을 것을 제때 챙기는 이가 없었다. 인근의 손님들이 초당을 찾으면 부득이 백련암의 보살이 내려와 다산을 보살펴야 했다. 황상이 아버지의 유언을 받들기로 작정했다.

"누이가 초당으로 가야하지라요. 스승을 모시라 아버지께서 당부허신 일이라 허더만요."

황상은 다산이 초당으로 옮기고 나서 초당에서 스승을 챙길 사람이 없다는 말과 초당을 찾아오는 손님들에 대한 대접도 달리 방도가 없으니 어재동댁이 초당으로 가면 좋겠다고 전했다. 한 달이 지난 후 어재동댁은 우선 백련암으로 거처를 옮기고 스승의 먹을 것과 입을 것을 챙기기 시작했다. 백련암에서 새벽에 초당으로 내려왔다가 밤에 다시 백련암으로 올라갔다. 여름이 되기 전 황상이 초당 옆 우물곁에 작은 살림집을 지었다. 부엌 하나 방 한 칸이었지만 방으로 이어진 마루와 봉당이 초당 뒤란으로 이어져 제법 여유가 있었다. 어재동댁도 이제 처음으로 내 집을 가졌다는 생각이 들었다.

남당포에서 초당으로 사람을 보내 소금과 절인 고등어와 말린 우럭, 미역 두 꾸러미를 보내왔다. 어재동댁은 심부름 온 사내에게 아욱과 말린 고사리를 된장에 풀어 장국밥을 대접했다. 사내는 장국밥을 먹으며 줄곧 초당을 살폈다.

"남당포 어르신들은 평안하신가요?"

"아니어라. 아줌니는 일어나지도 못 허시구, 영감님은 인저 눈이 어둡다면서 바다로 나가지 않으시지라."

어재동댁은 근심이 그득한 표정을 지었다.

"그럼 어쩌지요. 돌봐드릴 사람도 없을 텐데요."

"수자리 서러 갔던 아들이 돌아오긴 혔는디, 몸이 부실혀서 있으나마나 허지라."

"몸이 부실해요?"

"워쩌다가 다리 하나가 분질러졌는디, 절름발이가 되었지라."

어재동댁은 남당포 전포를 제대로 운영하지 못해 어렵다는 얘기를 듣고 있었으나 수자리에서 돌아온 아들마저 불구가 되었다는 소린 처음 들었다.

"내가 돌봐드려야 하는데 이곳으로 와서 살게 되었으니 달리 방법도 없고 사람 노릇을 이리 못하니 미안한 마음뿐입니다."

사내는 국밥을 먹다 말고 고개를 저으며 다시 물었다.

"근디요, 이런 말 혀도 되는지 모르겠는디, 원래 그 영감님네 며느리라고 들었지라. 워째 아들도 왔는디 여기 지신다요?"

어재동댁은 아무 말을 할 수가 없었다. 가슴이 먹먹하여 우두커니 마루에 앉아 초당으로 올라오는 길을 바라봤다. 사내가 다시 물었다.

"황심 토마스 사도께서 하신 말씀이시라 다들 그리 생각했지라."

어재동댁은 갑자기 정신을 차렸다.

"어찌 황심 토마스 사도를 아셔요?"

"어찌 모르겠소? 남당포에서 뱃일하는 사람들이야 다들 알고 있지라. 그분이 우리가 잡아서 말리는 물고기들을 죄다 사 가면서 형제로 지냈당게요. 교리 학습도 하고 그걸 믿는지 안 믿는지는 모르겠지만 말이지라. 어부들이야 늘 신령님을 모시고 사는지라 어떤 신령님이 더 영험한지는 묻지 않는다 말입니다."

"그래요? 그럼 영광 최여겸 마티아를 아세요?"

"그분은 직접 뵌 적은 없구서니, 훌륭한 목자라는 말을 들었지라. 일이 바쁜게 영광까지는 못 갔지라. 뱃일이란 게 때를 놓치면 일이 안 되는 것이지라. 그때그때 얼른 해야 하잖소. 시방은 남당포로 드나드는 사도가 없은게 들을 수도 없고 참 답답허지라."

"교우세요?"

"어라? 교우나 아니나 다 같은 것이랑게요. 교우냐고 묻고 그렇다고 허면 죽인다고 허니 아니라고 허고 우덜끼리는 그냥 모여서 손잡고 기도도 하고, 서로 생각한 것을 말하고 그런당게요. 그게 그거지라. 근디 말씀허시는 것을 보니게로 교우이지라? 허긴 여기 지시는 서울 양반께서도 한때는 천주학 사도였다고 헙디여. 그래서 여그 지시는 것이요?"

어재동댁은 다시 입을 다물었다. 더는 말할 수 없었다. 황심은 어재동댁을 남당포에 두고 떠나며 루치아라는 이름은 입 밖에 내지 말 것을 당부했다. 사내가 밥상을 물리고 자리에서 일어섰다.

"생선을 보내주셔서 고맙다는 말과 제가 수일 내 남당포로 들르 겠다고 전해주셔요."

사내가 고개를 숙이고 초당을 떠났다. 황인담이 어재동댁을 찾 아와 정약용에게 퍼부었다던 술주정이 떠올랐다.

"자네 잘 들어보더라고, 스승께 제대로 뭐라고 했는지는 모르겠 지만 이렇게 말했당게로. '사람이란 게 말이요. 딱 부려지면 살 수 가 없는 것이지라. 스승께읍서 그리 반듯허신게로 동네 사람들이 저만치서 바라보고만 있는 거요. 시방 스승은 귀허고 논밭에서 일 허는 무지랭이들은 천한 것이요? 내 보기는 그건 아닌갑소. 사람이 귀천이 어디 있대요? 백성이 하늘이고 사람의 명이 하늘에 둔 것 이라 혔지라. 그러면 사람을 어렵게 하는 진리는 잘못된 것이고, 마 땅하지 않은 것이지라. 그깟 신령이 다 뭐대요? 온 세상에 떠도는 것이 다 신령인디, 신령 아닌 것이 어디 있대요? 꼭 야소신이라고 해서 붙들려가고 매 맞고 죽고 헌다요? 헐 말 있으면 허시오.' 하하 핫, 내가 이렇게 혔다니. 스승께읍서는 웃고만 지시더라고."

황인담의 말은 진심이었다. 황심이 죽었다는 소식을 접하고는 황 인담은 스승을 볼 적마다 그렇게 따지고 들었다. 강진 사람들은 황인담이 주사를 부릴 때마다 속이 좋은 사람인데, 무슨 일이 있었는지 사람이 저렇게 변했다는 말을 주고받았다.

어재동댁이 남당포로 들른 것은 황상의 외종조모가 돌아가셨다는 소식을 들은 무더워지기 시작할 때였다. 황상이 부고를 전하러 초당에 들렀다. 황상의 모습에서 제법 선비의 풍모가 보였다.

"누이 잠깐이라도 들르는 것이 사람의 도리여라."

정약용이 백련사 초의와 혜장 스님과 함께 해남 대흥사를 다니러 떠나 초당을 비웠을 때였다.

"스승께서 안 계셔서, 말씀을 드려야 하는데."

"스승께는 돌아오시면 지가 말씀드릴 것이라. 어서 가십시다요."

초당에서 남당리 상가로 가는 길은 만덕산을 내려와 칠량을 지나고 강진성 남문으로 가는 길을 따라 걷다가 매봉 골짜기에서 흐르는 개천을 건너야 했다. 마침 사납게 내린 비로 냇물이 불어 송전까지 올라갔다가 내려와야 했다. 남당포에 많은 배들이 있지만, 냇물이 불어났다고 해도 개울을 오르는 배는 없었다.

"이런 줄 알았으면 칠량에서 배를 타고 올 것을 괜히 헛심만 뺐소."

평소 말이 없는 황상은 어재동댁과 같이 있을 때는 안 해도 될 말로 수다를 떨었다. 어재동댁이 아무 대꾸도 없이 걷자 무안한 듯 잠시 입을 다물었다. 개울가 버드나무가 잔바람에도 가지를 휘날렸다. 황상은 정학연이 남긴 시의 한 구절 '절 밖 버드나무 봄기운 돋아나네寺外柳枝春意生'를 떠올렸다. 문득 황상은 앞서 걷다가 묵묵히 따라오는 어재동댁을 바라봤다. 어재동댁의 외모가 전혀 달라지지 않았다. 황상은 고개를 저었다.

"스승께옵서 누이를 가까이하지 않는갑소?"

어재동댁은 황상의 갑작스런 물음에 얼굴만 붉히고 외면했다. 정약용은 어재동댁을 방안에 들이지 않았다. 방문 앞에 밥상을 놓으면 잠시 문을 열고 밥상을 안으로 들였다가 다시 밥상을 밖으로 내놓을 뿐이었다. 평소 좋아하는 반찬도 특별하지 않았다. 아욱국에 따뜻한 밥 한 덩어리, 나물 한두 가지면 족한 표정이었다. 가끔 젓갈을 올리면 트림을 하며 잘 먹었다는 말을 남길 뿐이고, 말린 우럭으로 우럭젓국을 끓여내면 귀한 음식일랑 손님이라도 오면 그때 내오라는 말을 더할 뿐이었다.

"스승께옵서는 다시 도성으로 올라갈 것이지라."

황상은 정약용의 유배가 풀려 돌아가게 되면 초당에 남은 어재동댁은 어찌해야 할지 걱정이 앞섰다. 하지만 어재동댁은 아예 관심을 둘 일은 아니라 여겼다.

황상은 외종조모 영전에 절하고 나와 마당에 앉은 동네 사람들과 인사를 한 후 곧장 읍성으로 돌아갔다. 어재동댁은 상복을 입고, 초상이 끝나는 날까지 동네 사람들의 일을 도와 음식을 만들고 상을 차리고 설거지를 거들었다. 졸지에 망자의 며느리 노릇을 해야 했다. 상을 치르고 나자 동네 사람들이 돌아갔다.

"야야, 방으로 들어오니라."

외종조부 이치구는 수자리를 살고 돌아와 어물전을 맡은 아들 이용득과 어재동댁을 방으로 불러들였다. 이용득은 불편한 오른 다리를 굽히지 못하고 길게 펴고 앉았다.

"너희들은 형제로 살아야 헌다. 실은 남남이지만 어재동댁은 작은새 루치아고, 용득이는 바오로지. 비록 배교혀서 목숨은 구혔지만 그 마음이 달라질 것이 없는 뱁이지라. 남들 이목 따질 것도 없는 것이고, 오라비 누이로 살았으면 헌다. 무안 사는 마티아 사도가 여그를 지날 때 그러시더라. 천주님헌티 용서를 구하면 다 되는 것이라 혔는디, 용득이는 인저 기운을 차려서 일을 혀야 헌다. 자네가 벌린 어물전포라 모른 척 혔다만, 내가 보니 당장이라도 문 닫게 생겼는디 어찌 걱정이 안 된다냐. 용득이 쟈가 저리 생겼으니 어찌 믿을까 허지만 그려도 사는 건 살아야 허니 어쩐다냐? 내가 괜한 소릴 혔나 모르겄구나야. 루치아는 스승을 잘 모셔야 허는디 그도 어쩔랑가 모르겄고. 용득이가 무사혔으면 이런 말도 안 해도 될 것인디."

이용득은 아비 이치구의 말을 듣고 참고 있던 눈물을 쏟았다.

"용득이 너는 어째 우냐?"

"아부지 죄송허구만요. 지도 그때 죽었으야 허는디 죽을 수가 읎었당게요. 엄니와 아부지를 생각허니 죽을 수만은 읎는지라. 눈치만 살피고 있었지라. 마티아 사도가 당장이라도 죽게 생겼는디, 지는 군사들의 매질에 고냥 다리가 부러져 버린게로 더럭 겁도 나고 혀서 고만 땅바닥에 나뒹굴면서 잘못했다고 했당게요. 용서해달라고 혔고요. 배교나 이런 건 모르지라. 내 마음만 변하지 않으면 그만이라 여기고 고냥 군관들이 내미는 문서에 수결을 놓았지라."

"그런 일이 있었구나. 애비는 몰랐다. 나는 니가 수자리를 서다가 몸을 상헌 거로 알았는디 그런 일이 있었구나."

"모르겄당게요. 그날 그 자리에서 마티아 사도께서 물끄러미 지를 보시는디, 시방도 나는 모르요. 고냥 죽고만 싶당게요."

이용득은 절룩이는 다리로 방문을 박차고 나갔다. 이치구는 입을 다물었다. 달리 방법이 없다. 어재동댁은 당분간 전포에 남아 일을 돕기로 작정했다.

"전포는 제가 남아서 제자리를 잡도록 할 터이니 너무 걱정하지는 마셔요. 오라비가 마음을 추슬러야 하는데 걱정이네요."

어재동댁이 이용득을 따라 밖으로 나갔다. 이용득은 어재동댁을 보자 멋쩍은 미소를 지었다.

"어허 그게 아니고 인저 걱정일랑 허덜 마시고 어여 초당으로 가시지라. 스승께서 벌써 와 지실틴디."

어재동댁은 전포의 곳간을 정리하고 부족한 어물들을 챙겨 거래에 어긋남이 없도록 제법 꼴을 갖추었다. 이용득은 이른 새벽 아비가 타던 배를 타고 바다로 나갔다. 그물을 손질하고 깊은 바다에 줄을 내려뜨려 씨알이 굵은 우럭을 잡으려 했다. 마음대로 되는 일은 아니었다. 바다에서 배를 부리는 일이 이용득에게 낯선 것이 아니었지만, 물고기를 잡는 것은 전혀 다른 일이었다. 함께 바다에 나간 어부들은 세심하게 물때에 맞추어 물고기를 낚는 요령과 독살을 설치하는 방식을 알려줘 썰물을 이용해 물고기 잡게 했다. 이용득은 나름대로 요령을 발휘하고자 했으나 물고기 잡는 일은 큰 성과가 없었다. 어재동댁은 이용득에게 물고기를 직접 잡는 일보다 어부들이 잡은 물고기들을 사서 소금에 절이거나 말려서 건어물로 만들어 장사치들과 거래하는 일을 하도록 했다.

"어떠신가요? 건어물을 만드는 일이 물고기를 잡는 일보다는 쉽지요? 손이 많이 가는 일이지만 거래하기는 훨씬 나을 것이지요."

"그렇지라. 그려도 쉽진 않소. 날씨가 좋아야 한당게로. 날씨가 반은 한다고 봐야지라."

"그래요. 세상일이 사람들 마음대로 되는 건 아니지요. 그리고 초당으로 웬 어물들을 그리 보낸다요? 보내지 말고 팔어서 남겨야지요."

"누이는 걱정허덜 말고 인저 돌아가시지라. 누이가 초당 스승께 갔다는 말을 허는 사람들 얘기는 들을 것도 읎지라. 그저 내 맘이

인저 편해졌은게로. 내가 혀줄 일이 뭐가 있겠소. 하여튼 들고나는
사람에게 말린 어물이나 보낸 것인게. 앞으로 기회가 되면 또 보낼
것이지라. 내가 읊을 때, 여그다가 어물을 거래하는 전포를 열었다
고 들었지라. 남들은 이집 며느리라고 허드만 될 법이나 한 소린가
요. 그 뜻을 나도 알지라. 교우인 내가 모르면 누가 알 것이요. 인저
전포 일은 내가 허고 있은게 그 값은 허야제라."

"물건을 거래하는 것도 쉽지는 않을 것이지요. 내 물건이 우선
좋아야 하고, 받는 물건도 좋은 것으로 제값을 치러야 하니 처음
에는 남는 것이 많지는 않을 것이지요."

"첫술에 배부를까, 그건 나도 짐작허는 것이지라."

"저 곳간들이 물건들을 쌓아둔 곳인데, 모두 비어서 어쩌나 했는
데 잘 되었어요. 바오로 오라버니께서 맡아서 거랠 해보셔요."

"그러려고 허네. 내가 이런 일을 해야 먼 곳에서 찾아오는 교우
들이 낯선 곳에서 헤매지 않을 것인게."

"당장이라도 내가 나서서 물건을 채워놓겠어요. 여기 남당포 집
집마다 가지고 있는 물건들을 내가 잘 알거든요."

"그러면 큰 도움이 될 것인디, 참 고맙소."

이용득 바오로. 그는 신실한 교우로 다시 태어났다. 어재동댁은
자신이 해야 할 일들이 무엇인지 곰곰 생각하며 밤을 꼬박 밝혔다.

해남 대흥사에서 돌아온 정약용은 마당을 쓸고, 이미 초당 주위

풀을 뽑았다. 샘을 두른 돌에 낀 이끼를 닦아냈고, 바위에 붙은 검
불과 잡티를 걷어냈다. 떨어진 꽃들을 주워 담아 풀숲으로 옮겼고,
초당과 뒤채의 마루를 닦았고, 마당 끝 꽃밭에 흙을 더했다. 어재
동댁은 초당 방문 앞에서 서서 정약용에게 고개를 숙였다.

"남당포의 외조모님께서 돌아가셨습니다. 멀리 계셔 허락을 얻
지 않고 다녀왔습니다."

"산석에게 들었네. 고생했구먼. 인륜이지. 초상은 잘 치렀는가?"

"예, 동네 사람들이 나서서 상여를 메었습니다."

"어허, 상여까지……."

정약용은 더 말하지 않고 읽던 책으로 시선을 돌렸다. 어재동댁
은 얻어온 음식들을 부엌으로 가져가고 옆채 방 안으로 들어가 벽
장 안에 두었던 교리서와 십자가를 꺼내 가슴에 품었다. 어재동댁
은 정약용에게 자신이 해야 할 일에 대해 말하기로 결심했다. 아버
지 사도가 당부했던 북경 사제가 남긴 말을 전하는 일을 해야 했
다. 그 일을 위해 남당포에 제대로 된 어물 전포를 여는 일이다.

"아무래도 제가 전포를 다시 맡아야 할까 봅니다. 남당포에 가보
니 그간 너무 방치해서 전포꼴이……."

"당치도 않는 일. 아녀자가 저잣거리에 나가 앉아 무슨 거래를
한다는 말인가? 물론 장사치들의 집에서는 마땅히 그리해야 할 것
이나 자네가 그리한다면 사람들이 뭐라 할 것인가?"

어재동댁은 순간 눈물이 핑 돌았다. 정약용은 전포의 일이 자신

과 결부된 일로 여기고 있었다. 그렇다고 그냥 물러설 일도 아니었다.

"남당포 전포는 제가 그곳에 머물기 시작했을 때부터 해온 일이지요, 먹고살기 위해 물건을 사고파는 것을 천하게 여길 것은 아니라 생각하온지라 어찌 만류하시는지 까닭을 알 수가 없습니다."

"먹고사는 일을 어찌 나무랄 수 있겠는가? 내 집에 있는 처자가 집 밖으로 나가서 그 일을 한다고 하니 좋은 생각이 들지는 않는 까닭일 뿐이지."

"오라비의 일을 돕는 것이라 여기면 되지 않을까 하옵니다."

정약용은 침묵했다. 어재동댁은 정약용이 더 말을 하지 않자 초당 앞에 일군 밭으로 내려갔다. 정약용은 우두커니 어재동댁을 바라보았다. 어재동댁이 집을 비우고 초당을 내려갔을 때 정약용은 초당을 돌아보며 여러 가지 생각을 했다. 초당 인근의 땅을 파고 둘레를 돌로 쌓아 작은 밭을 만들고, 작약이나 국화 같은 화초를 기를 참이었다. 붉은 작약은 정인의 모습일 터, 눈으로 보아도 좋고 그 향기를 따라 벌 나비가 들 것이니 그 모습만으로도 시를 쓸 수 있을 것이다. 국화는 또 어떠할 것인가. 작은 싹을 모종하여 여름내 꽃봉오리를 따내고 가을에 튼실한 대국을 볼 수도 있거니와 그 꽃과 향기로 몸과 마음이 편안해질 것이다. 그런 여유가 사치로 보인다면 마땅히 복숭아나 오얏나무, 매화와 살구를 심어 꽃과 과실을 같이 얻을 것이다. 물론 감과 대추를 얻는 일도 마땅할 것이다. 그런 후에 콩이나 채소를 기를 참이었다. 작은 밭을 큰 밭으로 일군다면 얻은 과실과 채소들을 집에 쓸 만큼은 남기고 남은 것을 저자에 들고 나가 병아리를 구해 기른다거나 낫과 호미로 바꿔 쓴다면 좋을 일이라 생각했다.

비단 물건을 사고파는 거래는 으레 이윤을 담겨야 하니 없는 말도 입에 담아야 하는 일이다. 거래하는 물건의 실체를 부풀리어 부득이 남을 속이는 일이 생긴다면, 그 또한 학문의 이치에 어긋나는 일이다. 정약용은 며칠 동안 입을 닫고 초당에 머물렀다. 밤새 뻐꾸기가 울던 이른 새벽 백련암으로 훌쩍 올라가선 내려오지 않았다. 어재동댁은 백련암으로 가는 숲에서 새로 돋은 찻잎을 따와 하루도 어기지 않고 덖었다. 이미 첫물로 덖은 차들은 소출도 적었고, 정약용이 보낼 곳도 많고 인근에서 나눌 곳도 많아 바쁘게 일해도 늘 부족했다.

정약용과 차를 나누고 시회를 열었던 문사들은 으레 초당이나 백련암을 떠날 때 정성껏 덖어 만든 차를 얻어 갔다. 차를 얻어 가며 답례로 곶감이나 대추를 놓고 가는 이들이 많아 초당에는 필요 이상 남는 것이 많았다. 또한 입소문을 듣고 멀리서 차를 구하러 오는 장사치들도 있었다. 어재동댁은 초당에서 쓸 것은 남기고 남는 차들은 곡식으로 바꿨다. 곳간에 곡식을 쌓아두는 것을 정약용이 불편하게 여기어 부득이 남당포 전포에 따로 곳간을 두었다. 남당포 전포 이용득은 어재동댁의 곳간에서 급하게 필요한 곡식을 거래하고, 그 이윤과 함께 원래 두었던 곡식을 채워 곳간에는 늘 곡식이 넉넉했다.

군관들의 기찰을 피해 숨어들어온 교우들은 어재동댁의 곳간에서 급한 곡식을 가져가고 배를 타고 바다에 나가 일하거나 간척지에서 돌을 쌓고 버는 돈으로 곡식을 사서 곳간을 채웠다. 당장 일손이 부족한 간척지에는 근본을 따지지 않고 몰려드는 사람들에게 일거리를 주었다. 간척지에 돌을 쌓고 흙으로 채워 물을 빼면 미처 생각한 것보다 더 많은 땅이 생겼다. 민물을 대고 도랑을 내어 염분을 빼고 나면 붉은 퉁퉁마디가 자랐다. 서너 해 퉁퉁마디가 자라고 나면 염분에 강한 열무를 심었다. 간척지에서 자란 열무에서 잘라낸 시래기는 육질이 단단하여 바짝 말려놓으면 겨울 찬거리로 요긴했다.

"바오르 형제, 곡식을 내주셔서 겨우 목숨을 이었습니다. 고맙습니다. 지난번 가져간 것에 조금 더하여 곳간에 들였습니다."

"저런, 무슨 장리長利를 그리 많이 가져왔습니까?"

"아닙니다. 제가 가져갈 수 있던 것처럼 다른 교우들이 찾아와 목숨을 구할 것입니다."

교우들은 빌린 곡식들을 약정한 기간에 가져왔다. 바다에서 일하여 손등이 터지고 피고름이 흐르는 손으로 빌려 간 곡식을 쌓으면서도 교우들은 어려울 때 입은 귀한 은혜에 감사했다.

이용득은 전포 곳간에 있는 곡식이 늘어나고 말린 해물의 거래도 활발해지자 해녀 어미를 따라온 나이 어린 마량 해녀를 집안으로 들였다. 물질만이 아니라 손이 빠른 여자가 집안에 들어오자 전포는 더 커지고 거래도 활발했다. 이용득은 어재동댁을 찾아가 늘어난 곡식의 쓸 곳을 상의했다. 어재동댁은 황상의 도움을 얻어 거고평巨古坪 두 마지기 논을 사기로 결심했다. 우선 정약용의 승낙을 얻고자 했으나 정약용은 자신이 관여할 일이 아니라며 침묵했다. 귀양 온 자가 무슨 돈으로 땅을 샀느냐 묻는다면 딱히 할 말이 없기에 아예 자신과는 무관한 일로 치부하려 했다. 어쨌든 거고평 두 마지기 논에서 나오는 소작료로 초당의 살림은 조금 더 여유로워졌다.

무안에서 박해를 피해 강진으로 온 교우들 중 마량에 자리를 잡은 해녀들이 전복을 잡기 시작했다. 무안 해녀들은 물질을 하러 고이도, 매화도, 압해도로 나가 낮은 바위들이 물에 잠기는 시기에 맞춰 전복을 따고 나주목에 공물로 납품하던 이들이었다. 함께 일하던 영광과 무안의 교우들이 핍박을 당하고 죽자 황심이 알려준 강진 남당포로 왔다. 하지만 황심이 알려준 남당포는 뻘이 깊고 넓어 전복이 살 수 있는 곳이 아니었다. 남당포 어부 이치구의 조언을 믿고 고금도를 향해 가다 빠른 물살이 바위에 갇혀 잔잔해지고 수심이 깊지 않은 마량을 찾아냈다. 배를 세우고 마량 바다의 바위

틈으로 몸을 던져 물질을 시도한 해녀들이 씨알이 굵은 전복을 들고나왔다. 해녀들은 물질을 위해 남당포를 떠나 마량으로 갔다. 마량 여계산 아래에는 독곳을 짓고 질그릇을 만들며 사는 교우들이 있었다. 독곳의 사내들은 해녀들을 반갑게 맞았고 함께 살며 새 삶의 터전을 일구었다. 사내들은 독곳에서 옹기를 만들고 여인들은 마량에서 전복을 잡았다. 어재동댁은 해녀들이 잡은 전복을 말려 곳간에 두었다. 제주도로 전복을 사러 다니던 장사치들이 강진 저자에 나온 전복을 보고 거래를 시작했다. 점차 말린 전복은 나주목과 도성을 오가는 공납 장사치들에게 아주 호감을 주는 품목이 되었다. 남당포 어물전포는 내장을 제거하고 말려 오래 보관할 수 있는 전복을 공물로 납품하는 기회를 얻었다.

정약용은 전복을 좋아했다. 담백하고 소박한 밥상을 차리라 했으나 전복에 대해서는 잔맛이 없이 담백하니 선비의 마음과 같다고 여겨 즐겼다. 밥상에 오른 전복을 보면 늘 어재동댁에게 물었다.

"귀양지에서 전복을 먹는 호강을 누리게 된 것이 누구 덕이냐 물으면 어찌 답하랴?"

어재동댁은 아무런 답을 하지 않았다. 늘어나는 재물을 모아 어재동댁은 영등평과 청룡평, 대천평, 모목동 등에 전답을 마련했다. 늘린 전답은 정약용의 제자들이 소작을 주었다.

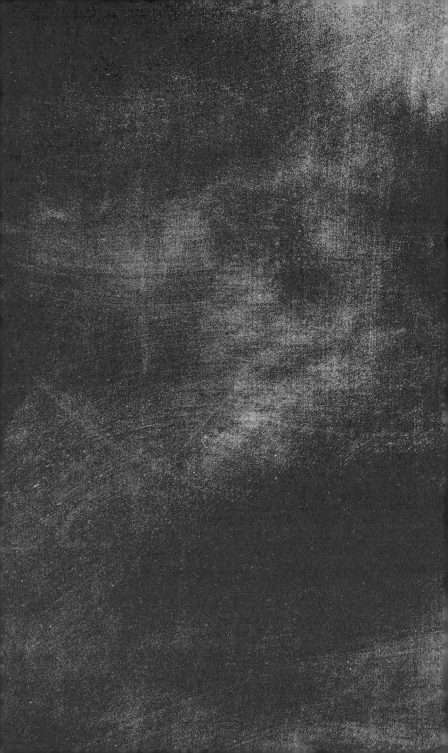

10. 두릉으로 가는 길

무인년(戊寅年, 1818년) 구월 초이레

무인년(戊寅年, 1818년) 오월. 우상 남공철이, 팔월에는 부웅교 이태순과 정언 목태석이 정약용의 해배를 상소했으나 임금은 허락하지 않았다. 하지만 구월 초 거듭된 간관들의 상소에 임금은 정약용의 귀향을 명했다.

정약용은 밤을 꼬박 밝히고 이른 새벽 일어나 몇 줄의 기록을 남겼다.

신유년(辛酉年, 1801년) 내려올 때는 두서너 해면 돌아가리라 여겼지만 열여덟 해가 지났다. 내려올 때는 심신이 쇠약하여 빈손으로 어찌 견디나 했으나 돌아가는 길은 두 수레에 실을 만큼 서책이 늘었다. 하지만 이곳으로 내려와 두 해가 지나자 풍증을 얻었고, 두 해 전에 약전 형님을 잃고 홀로 돌아가니 가져갈 것이 많은들 무슨 소용이 있겠는가. 식솔들이야 살길이 있으련만 나를 따라나선 제자들의 마음을 미루어 짐작하니 가상하고 갸륵하나 무거울 뿐이다.

"자네도 두릉으로 가야 할 것이네. 앞날은 어찌 될지 알 수 없으나 세상의 이치가 그러니 어찌할 것인가. 준비하게."

어재동댁은 아무 말도 하지 않았다. 어차피 신세 생각해서 첩살이하는 것이고 뒤웅박 팔자라고 들었던 터라 달리 할 말은 없었다. 한편으로는 걱정이 없는 것은 아니나 이존창의 부탁을 듣고 아이를 책임지겠다고 다짐했던 말을 끝까지 지키려는 마음만으로도 고맙기 이를 데 없었다. 다만 이제 제대로 자리를 잡은 남당포 어물전과 수시로 전포를 찾아오는 교우들을 어찌할지 생각하면 정신이 혼란스러웠다. 하지만 스승의 말을 어길 수는 없었다.

두릉으로 돌아가는 날 이른 아침, 황상이 강진 관아를 나와 초당에 들렀다. 정약용은 황상을 방 안으로 불러 직접 차를 끓이고 찻잔을 데웠다.

"산석, 너를 만나 어려움을 견디었다. 너의 시가 진정한 심정을 담고 있으니 진중하고 사뭇 뜻이 깊다. 시가 깊어서만 되는 것이 아니다. 실하고 분명하게 드러남이 있어야 할 것인즉, 부디 더 공부해라."

"저도 이제 물러나 백적산으로 들어가서 학문을 궁구할까 하옵지요."

정약용은 황상의 눈에 맺힌 눈물을 보았다. 정이 많은 제자였다. 배우는 것보다 스승의 반찬에 부족한 것이 없는지 먼저 챙겨 젓갈조차 떨어지지 않게 했다. 비록 홍임 어미와는 누이와 오라비로 지내지만, 스승의 측실이라 여겨 공대하고 예의를 갖추는 모습이 고집스러웠다.

"글도 먹고살 수 있어야 쓸 것이거늘……."

"아전 자리는 아우 안석에게 내주고 집과 땅도 모두 식구들에게 내줄 것입니다. 그저 돌밭을 일구고 시를 쓰려 합니다."

"어재동댁은 내가 데려갈 것이야. 그리 알게."

황상이 고개를 끄덕였다. 하지만 아무리 스승이 차별을 두지 않는다고 해서 근본을 알 수 없는 어재동댁을 잘 돌볼 수 있을지 미덥지는 않았다.

"어재동댁이 따라가겠다고 했습니까?"

"그저 내가 데려가겠다고 했네."

황상은 불편했지만 달리 방법이 없었다. 황상이 초당을 나오자 어재동댁이 기다리고 있었다.

"두릉으로 데려간다고 하시더만, 가신다고 했지라?"

"달리 처신할 방도가 없어서요."

"잘 견디시오."

황상은 서둘러 초당을 벗어나 강진으로 돌아갔다.

초당을 나서는 어재동댁은 불안하고 발걸음이 떨어지지 않았다. 정약용의 제자 이청이 앞장서고 발품꾼들을 호령하여 수레를 끌고 갔다. 행렬의 뒤를 따라가는 어재동댁은 자꾸 뒤처지는 홍임의 손을 잡아끌다시피 했으나 차이는 더 벌어졌다. 짐을 진 발품꾼이 다가와 홍임을 번쩍 안아 수레 끝에 올렸다.

전라병영을 지날 때 병사 유화원柳和源이 성문 앞으로 나와 정약용을 맞았다. 정약용은 행렬을 멈추게 하고 홀로 성문으로 가서 유화원에게 고개를 숙였다.

"풍증이 발작하여 자주 찾아뵙지 못하였지요. 이제 이곳을 떠나게 되었는데 영감께서 친히 송별하시니 몸 둘 바를 모르겠소이다. 그저 유배된 자라서 은혜만 입고 떠납니다."

유화원은 정약용의 손을 잡았다. 병조 참지로 선왕의 뜻을 받들어 수원성을 축조한 공을 모르지 않는 유화원은 정약용이 쇠약해질 대로 쇠약해진 몸으로 도성으로 돌아갈 수 있을지 걱정이 되었다.

"먼 길이겠지요. 참지 영감께 축성법을 배워 이곳 전라병영성 보수에 많은 도움이 되었으나 제대로 고마운 마음도 전하지 못했으니 대부의 예는 아니었습니다. 부디 성은을 입어 비변사로 나아가길 바랍니다."

비록 인사로 하는 말이나 유화원의 말은 간절했다. 변방의 임지에 머무는 장수에게 병조나 비변사의 당상관을 대하는 기회는 거의 없었다. 또한 문관이 아닌 무관이 비변사로 들어갈 기회는 애당초 없어 당상관들과 교류할 수 없었다. 정약용의 명성은 이미 병조에 예속된 무관들에게는 알려졌으나 사학의 무리와 어울려 죄를 얻었다는 이유로 지방관들은 거리를 두고 있었다. 유화원은 다른 무관들과는 달랐다. 내심 정약용과 교류하고 싶었다. 유화원은 성을 쌓는 기술을 배우겠다는 이유를 들어 정약용을 자주 찾았다. 또한 배운 것을 전라병영 성 보수에 적용했다. 정약용이 귀양에서 풀렸다는 관보를 보고 제일 먼저 달려가 축하를 했던 것도 그런 이유였다.

"과한 말씀이옵니다. 저는 이참에 향리인 두릉으로 돌아가려 할 뿐입니다. 이미 지쳤지요."

유화원은 정약용이 인사를 마치고 먼저 떠난 행렬을 따라가려 하자 아쉬움으로 다시 손을 잡았다. 정약용은 고개 숙여 인사하고 행렬을 따라갔다. 월출산에서 이어져 내린 봉우리들이 너른 들판을 둘러싸고 길게 이어져서 들판 한복판을 차지한 전라병영성을 멀리서 호위했다. 정약용은 고개를 오르며 뒤를 돌아봤다. 다시는 돌아올 수 없는 곳을 눈에 담았다.

구월 열엿새. 초당을 떠난 지 여드레가 지나서 일행은 공주목 장 깃대나루에 이르기 전 원골 주막에서 이른 저녁을 먹고 하루를 쉬 었다. 원골은 금강을 오르내리며 장깃대나루로 들어오는 공물을 보관하는 곳간이 여럿 있어 제법 마을이 번성했다. 늦은 아침을 챙 긴 일행은 금강을 건너 수촌 들판을 가로질러 차령고개 아래 궁원 역참에서 하루를 더 머물기로 했다. 제자들이 앞장서서 나루로 향 하자 정약용은 어재동댁을 불렀다.

"자네도 함께 가세. 충청감사 영감께서 기다리고 계신다고 하네."

"제가 가야 할 일이라도 있을까요?"

"내포사도를 따르던 사람들을 도왔다는 말을 들었네."

어재동댁은 따로 담아둔 차와 다기를 챙겼다. 정약용은 어재동 댁을 데리고 급한 걸음으로 국고개를 넘었다. 충청도관찰사 권상진 權常愼은 이틀 전부터 정약용을 기다리고 있었다. 행렬이 더디어지자 무슨 일이나 있지 않을까 염려하고, 역참 사령들에게 특별히 정약 용의 행렬을 도우라 명했다. 권상진은 선왕 정조의 신임이 두터웠 고, 서학을 사학으로 보지 않고 정학으로 이르는 학문의 한 갈래 로 주장한 김조순의 당여였다. 권상진이 충청도관찰사로 부임한 후 내포 지역에서 서학을 따르는 무리를 잡아들이지 않았고, 그들의 생업을 지켜주려 노력했다.

제민천을 따라 걷고 감영 앞 저잣거리를 지나 포정루에 이르렀다. 포정루를 지키던 군관이 나와 정약용을 맞았다.

"감사 대감께옵서는 참지 영감을 그제부터 기다리고 계십니다. 늦으셨습니다. 선화당으로 곧장 모시라는 명이옵니다. 안으로 드시지요."

해가 중천을 지나자 봉황산 산그늘이 포정루까지 짙게 드리웠다. 선화당 앞마당에 늘어진 등나무 줄기들이 원줄기인 팽나무에 얽히어 용틀임하듯 사나워 보인다. 나무 하나가 선화당 마당의 반을 차지했다.

"어서 오시오. 고생이 많으셨소이다. 허허허. 이제나저제나 하며 기다렸지요. 사람의 인연이란 게 참 모질고 질깁니다. 끊어질 듯 이어지니 그래서 함부로 처신할 수 없는 것인가 봅니다. 어서 들어오시오."

권상진은 정약용이 방 안으로 들어가길 기다렸다가 들어와 자리에 앉았다. 권상진은 정약용보다 나이가 세 살 위지만 진사 등과는 오히려 세 해가 늦었다. 두 사람 모두 선왕의 총애를 받았다.

"이 여인은 누구신지요?"

권상진이 자리에 앉기를 기다려 어재동댁이 절을 올리자 권상진이 물었다.

"내포사도를 따르던 처자였고, 어재동 영상 본가에서 살았다고 합니다. 지금은 제가 거두었지요."

"아, 그런가요? 그 또한 인연이지요. 내포사도 이존창을 말씀하시는 거지요?"

"그렇습니다."

권상진은 입을 닫고 여러 차례 고개를 끄덕였다. 이존창은 그에게도 깊은 인연이 있었다. 권철신이 주도한 서학 천진암 모임에서 정약용은 이기론에 근거한 실학을 논했고, 권철신은 수학과 천문학을 논했다면, 이존창은 천주학에 대한 믿음만이 근원이라 주장했다. 참가자들은 이존창을 사도라 불렀다. 권상진은 하늘의 도가 땅에 이르러 야소론을 이루게 되었다는 이존창의 주장은 한편 신기롭기도 하지만 선뜻 받아들이기 어려운 점이 없지 않았다. 이후 권상진은 충장위忠壯衞로 임금의 거동을 호위하는 장수로 임명되어 천진암 모임에 참여할 수 없었다.

"사도 어르신을 아신다니 뭐라 드릴 말씀이 없사옵니다. 제가 초당 인근 숲에서 얻어 덖은 차를 한잔 올리고 싶습니다."

어재동댁은 차 주전자에 차를 담고 사령이 가져온 따뜻한 물을 부었다. 찻잔을 데웠다가 광목 수건으로 물기를 닦아낸 후 찻물을 따랐다. 방안에 차 향기가 퍼졌다.

"참지 영감이 차에 심취했다는 말은 들었습니다."

"인근 사찰의 스님들께 배웠지요."

"스님들께 배워요?"

권상진은 정약용이 어울리는 사람이 사학의 무리가 아닌 것을 들으며 한결 마음이 편해졌다. 어재동댁은 서두르지 않았다. 남은 물로 찻물을 더 우려내어 한 잔씩 더 올렸다. 향은 첫 잔보다 덜하나 깊은 맛이 더했다.

"차 맛이 깊을수록 오묘합니다. 나도 이참에 차를 배울까 합니다."

어재동댁은 가지고 간 차 주머니를 슬그머니 관찰사 앞으로 밀었다.

"가져온 차가 이것뿐이라서 내년 곡우 전에 찻잎을 덖어 보내드리겠습니다."

"저런, 그렇게까지 할 것까지야, 하여튼 고맙고요."

정약용이 말을 돌렸다.

"관찰사 대감, 먼 거리가 남았습니다. 강 건너 궁원 역참에서 제자들이 기다리고 있습니다. 밝은 날 이른 새벽에 길을 나서야 할 것입니다."

"그러시겠습니까?"

어재동댁은 인사를 마치고 뒤로 물러나 앉았다. 정약용은 앞으로 가야 할 거리를 내세워 자리에서 일어서려 했다. 뒤따라 일어선 권상진이 얼른 방문을 열고 말을 더했다.

"시대를 거스를 수는 없지요. 훗날 비변사에서 뵙기로 하시지요."

권상진은 정약용에게 객사에서 머물면 간단한 주석을 마련하겠다고 청했지만, 정약용은 사양했다. 정약용은 포정루를 나서 제민천을 따라 버드나무 숲길을 걸었다. 향옥으로 가는 길이다. 정약용은 둥글고 높은 담으로 둘러싸인 향옥 앞에서 우두커니 서 있다가 제민천 물이 금강에 합류하는 넓은 모래톱으로 내려갔다. 흰 바위. 강물이 제민천으로 올라올 때 바위들이 온전히 물결을 맞아 물거품을 일으킨다. 놀란 고기들이 뛰어오를 때 해오라기들이 제철을 만난 듯 날아든다. 정약용은 흰 바위 위로 올라 무릎을 꿇고 통곡했다. 흰 바위. 이존창의 죽음 후에 이 바위를 사람들은 황새바위라고 불렀다.

신유년(辛酉年, 1801년) 사월 열흘. 조회에서 비변사를 대신하여 영부사 이병모가 임금께 아뢰었다.

"이존창은 사학에 오염된 지 여러 해가 되었으니, 실로 호서의 괴수입니다. 여러 번 감옥에 들어갔고, 멀고 가까운 사람들 가운데 이존창이 괴수라는 것을 모르는 이가 없습니다. 이 자가 살아서 옥문을 나간다면 사학의 무리들이 모두 말하기를, 이존창도 살았으니 두려워할 것이 없다고 할 것이옵니다. 이존창을 죽이소서."

대제학 이만수가 주문했다.

"이존창을 체포 국문하니 정약종 혈당과 관계하였다고 자백했고, 고신을 더하니 비로소 주문모와 귀결되지 않는 것이 없다고 했으니, 정약종, 이존창 등은 죽이고 정약전과 정약용은 가담한 정도를 참작하여 정배하는 것을 윤허하소서."

도성으로 압송하라는 명을 받은 충청 중군영 군관은 이존창을
포박하고 향옥을 나섰다. 고신에 시달려 몸이 피폐해진 이존창은
무릎이 꺾여 제대로 걸을 수 없었다. 중군영 군사들이 번갈아 부
축하였으나 도성까지 목숨을 부지하여 데려가기 어려운 형편이었
다. 어쩔 수 없이 궁원을 지나며 인근 마을에서 달구지를 빌려 차
령고개를 넘어 천안 향옥에 도착했다. 천안 향옥에서 몸을 추스르
며 이틀을 머물렀다. 형조에서 굳이 도성으로 오지 말고 감영에서
형을 집행하라는 명을 받은 천안군수는 이존창에게 다시 감영으
로 돌아가라고 명했다. 이존창은 천안 향옥에서 하루를 머물고 충
청감영으로 이송되었다. 충청감영에 도착하여 하루를 더 지내고
공주 향옥 뒤 금강으로 이어지는 제민천 흰 바위에서 참수되었다.
이존창의 처형을 목격한 사람들은 그날 흰 바위에서 큰 황새 한
마리가 앉았다가 하늘로 날아올라 크억크억 울다가 사라졌다고도
하고, 흰 바위로 붉은 피가 쏟아져 내리자 하늘에서 무지개가 내
려왔고, 흰옷을 입은 사람이 그 무지개를 타고 하늘로 올라갔다는
말을 전했다.

흰 바위 위에서 정약용이 통곡할 때 어재동댁은 우욱 복받치는
눈물을 참을 수 없었으나 소리를 내진 않았다. 모래톱에 주저앉아

고개를 숙였다. 저녁노을이 내리기 시작했다. 붉어지는 하늘에 밝은 별 하나가 연미산 소나무 숲 사이로 솟아올랐다.

"가야겠네. 자네도 일어서게."

정약용은 무논에 겨울 미나리를 기르려고 둑을 쌓은 금강 둔덕을 올랐다. 어재동댁이 뒤를 따랐다. 향옥을 두르고 있는 논에는 누렇게 익어가는 벼가 가는 바람에도 출렁였다. 어재동댁은 누런 볏대궁 사이로 흰 옷자락을 펄럭이며 성큼성큼 걷는 정약용의 모습에서 내포사도 이존창의 모습을 보았다. 어쩌면 내포사도가 정약용의 앞에서 성큼성큼 걷고 있는지도 모를 일이었다. 정약용은 걸음을 멈추지 않았다. 힘겹게 걸어와 기력이 쇠한 모습이 아니었다.

'이존창 루도비코, 나 요한 정약용이 그대 사도를 보러 왔소. 다른 생각과 믿음을 지녔다고 하여 매질하고 고신하여 저 흰 바위에 무릎 꿇리고, 시퍼런 칼날을 들어 칼춤을 추는 자들이 그 사나운 칼날을 기다리는 사도를 보고 어찌 죄인이라 할 것이오. 또한 사도께서는 내게 말했소. 정해진 길을 갈 것이라. 그 정해진 길이 결국 무엇이오. 사도가 믿는 천국에 이르는 길이라 하지만 내겐 그저 부질없는 길로 보이오. 보이지 않는 실체를 볼 수 있어야 한다고 사제는 말했소. 하지만 보이지 않는 실체가 무어란 말이오. 실체란 그 모습이 있고, 그림자가 있고, 만져지는 촉감이 있는 것이오. 그러니 모습도 그림자도 촉감도 없는 것이라면 실체라 할 수 없는 것이오.

물론 실체가 없이도 냄새는 있을 것이니, 두려움이나 그리움이나 다 마찬가지이외다. 그런데 그것을 어찌 실체로 볼 수 있다고 하시는지 나는 알 수가 없소이다.'

정약용은 자신이 지금 걷는 것인지, 누군가의 손에 이끌려 어느 깊은 골짜기로 들어서는 것인지 알 수 없었다. 이미 어둠이 내리기 시작했다. 정약용은 공산성 서문을 들어서며 숨이 가빠지자 겨우 뒤를 돌아봤다. 어재동댁은 숨이 찬 듯 헐떡이며 뒤를 따르고 있었다. 강을 건너는 배를 기다리며 공북루 밖 금강 나루턱 주막 평상에 앉았다.

"조금 쉬었다 가세."

"예서 머물고 내일 출발하시지요."

"마음이 급해져서 그러네. 하루라도 더 빠르게 가고 싶네. 마침 이곳 중군장이 배를 내주기로 했네. 아직 어둠이 깊지 않으니 배를 낼 수 있는 모양이야."

"몸이 가벼우신 모양입니다. 어찌 걸음이 그리 빠르신가요?"

"나도 모르겠네. 향옥에 들러 짐을 덜어내고자 했으나 오히려 마음을 후려치고 말았네. 한없이 사도가 부러울 뿐이지. 후우음."

정약용은 깊은숨을 내쉬었다. 어재동댁은 어떤 말도 할 수 없었다. 가을 강은 우웅 소리를 내며 더디 흐르고 있었다.

이른 새벽 궁원 역참을 출발한 다산 일행은 어둠이 내릴 때 직산현에 도착했다. 정약용은 귀향길에 수원성을 들려 완성된 성의 모습을 보고 싶었다. 부득이 천안에서 직산으로 방향을 틀어 성환과 평택을 거쳐 수원으로 가는 길을 택하고자 했다. 천안에서 성거를 거쳐 용인 광주를 지나 두릉으로 가는 길보다 하루 이상이 더 걸리는 길이었다. 제자들은 정약용이 원하는 길로 방향을 잡고 걸음 속도를 높였다. 어재동댁과 홍임은 아무리 달려도 그 속도를 따라잡을 수 없었다. 어재동댁은 정약용의 허락을 받고 성거를 지나 용인을 거쳐 두릉에서 합류하기로 했다. 다산은 성거를 지나 용인으로 가는 길을 잘 아는 발품꾼을 구해 어재동댁과 홍임을 안내토록 했다.

정약용의 일행과 헤어진 어재동댁은 천안 당산마을 입구 주막에서 하룻밤을 지내기로 했다. 이른 저녁을 먹은 발품꾼이 주막에서 술 몇 잔을 마시고 곯아떨어지자 어재동댁은 당산마을 안으로 들어갔다. 당산마을은 천안 교우들이 독곳을 짓고 모여 살던 곳으로 이존창을 따라 여러 차례 방문했던 곳이다. 태조산과 성거산으로 이어지는 계곡이 깊고 산세가 높아 안으로 들어가면 밖에서는 길을 찾을 수 없는 형세다. 충주와 제천, 배론으로 이어지는 교우들의 도피처는 이곳 성거산 독곳에서 이어져 있었다. 이존창은 이곳에 독곳을 짓고 당산마을 주막 인근에 독을 파는 전포를 세워 교우들의 연락처로 삼았다. 어재동댁은 이존창의 말을 전하는 시절

을 떠올리고 당산마을에 아직도 교우들이 살고 있는지 몹시 궁금
했다. 어재동댁은 홍임을 데리고 주막 안으로 들어갔다. 늦은 시간
이었다. 주막에는 하룻밤을 머물려는 장꾼들 몇이 방을 차지했고,
마당은 텅 비었다. 부엌 안으로 들어가자 백발의 노파가 아궁이에
불을 지피다가 눈을 비비며 밖으로 나왔다.

"손님이셔? 이 시간에 여길 오는 손님이 누구랴?"

어재동댁은 노파의 외모를 살폈다. 주막집 노파는 허리가 더 꼬
부라졌을 뿐 달라진 것이 없었다.

"저를 기억하시겠어요?"

"누구랴? 근래 들어 츰 보는 이여. 이 동네 사람은 아닌디…?"

어재동댁은 다시 숨을 가다듬고 홍임의 손을 잡았다. 노파가 자
신을 모르는 것이 너무도 당연하다고 생각했다. 벌써 이십여 년이
흘렀다.

"시래기국밥이라도 한 그릇하려고요. 주시겠어요?"

"그거야 드리지. 잠깐 기다리슈."

노파가 다시 안으로 들어갔다. 어재동댁은 홍임을 평상에 앉혔
다. 달라진 것은 없었다. 계곡으로 이어지는 골짜기 길도 그대로고
마을로 내려가는 길과 성거산 골짜기를 지나 입장과 안성으로 이
어지는 길도 그대로다. 노파가 작은 상에 시래기국밥 두 그릇과 무
짠지를 내왔다. 홍임이 배가 고팠는지 허겁지겁 국밥을 퍼먹었다.
가만히 아이를 쳐다보던 노파가 물었다.

"이 애기를 어디서 본 것 같은디, 도새 생각이 안 나네. 틀림없이 봤는디. 이 애기는 어디서 사우?"

어재동댁은 노파를 올려다보며 고개를 끄덕였다. 노파는 분명 루치아를 기억하고 있었다.

"이 애는 두릉으로 가는 아이지요. 혹시 루치아라고 기억하세요?"

멈칫거리면서도 홍임을 살피던 노파의 눈이 커졌다.

"루치아요? 아마 그 아이는 죽었을 것인디. 사도께서 돌아가신 지가 언제라고 그런 소릴 허슈?"

어재동댁은 일어서서 노파의 손을 잡았다.

"루치아를 기억하시네요. 고맙습니다. 제가 루치아인 걸요."

어재동댁은 눈물이 핑그르르 돌았다. 노파는 놀라서 뒤로 물러섰다.

"시상에, 시상에, 이럴 수가 루치아가 살어 있네. 아휴 이런 일이. 우린 다 죽은 줄만 알았지. 잠깐 여기서 이러면 안 되여. 방으로 들어가. 어서 누가 보면 어쩔려구 이런다야."

노파가 작은 밥상을 들고 방 안으로 들어갔다. 자리에 누워 있던 중년의 사내가 놀라서 일어나 앉는다.

"고모, 왜 그랴? 밥 먹은 지가 얼매나 지났다고 또 들고 오는 겨?"

"지랄헌다. 니 밥상 아녀. 어서 들어오슈. 들어와유. 괜찮유. 내 조카여라. 그리구 너 독곳으로 가서 베드로 아저씨 빨리 모셔 오니라. 얼른 달려가. 다른 사람헌티는 아무 말 말구. 내가 그저 싸게 오랬다구 혀."

사내가 밖으로 나가자 노파는 눈물을 흘리며 어재동댁 손을 잡았다.

"루치아가 이렇게 어른이 된 거여? 이 아이는 누구랴?"

"제 딸이죠. 홍임이라고 하지요."

"그려, 루치아는 루도비코 사도 어른의 최후를 보셨는가?"

어재동댁은 고개를 저었다.

"장하셨다고 허대. 한 점 흐트러짐도 읎었구. 그저 천주님의 품으로 가셨다고 허더라구."

노파는 이존창의 죽음을 직접 본 것처럼 그날의 모습을 전했다.

"여기 성거산 사람들이 감영까지 갔거든. 그때 하늘에서 빛이 내려와 사도님을 모셔 올라갈 거라는 소문이 있었으니께. 그러니께 사람들이 몰려갔지. 누구는 참말로 빛이 내려왔다고도 허구, 누구는 무지개가 피었다구 허대. 맑은 하늘이었으니 틀림없는 하느님께로 가는 길이었지. 안 그런가? 그려 루치아도 보았겠지?"

"저는 남쪽 바다 끝, 남당포에 있었어요. 어떤 소식도 들을 수 없었지요. 그래서 돌아가신 지도 몰랐고."

독곳의 사람들이 방으로 들어왔다. 사내 둘과 여자 셋이 들어와 좁은 방안에 둘러앉았다. 그들은 모두 성호를 긋고 묵상했다.

"그 어렸던 루치아라고 들었는데, 어릴 적 모습이 남았네요. 그래 어디로 가시는 겁니까?"

그들 중 나이 든 사내 둘은 어린 루치아를 기억하고 있었다.

"나는 작은새 루치아요. 이존창 루도비코의 말씀을 전합니다. 이미 배교자가 충주의 교우들을 지목했으니 부득이 박취득과 정산필, 원시보는 서로 고발하여 꼬리를 자르라."

루치아가 전하는 말을 따라 충주와 제천의 교우들은 모두 목숨을 건졌다. 다만 박취득과 정산필, 원시보는 목숨을 잃었다. 충주의 교우들은 충주를 떠나 성거산 일대 서들골, 먹뱅이, 사리목 등에 독곳을 이루고 흩어져 살았다.

"루치아님은 이제 어디로 가시려오?"

"두릉으로 갑니다."

"두릉이 어디래요?"

"열수 스승의 본가라고 들었습니다."

"아니, 열수 스승이라면 정약종 아우구스티노의 아우님이신 그분이신가요?"

어재동댁이 고개를 끄덕이자 사내 둘이 앞으로 당겨 앉으며 속삭이듯 물었다.

"아니, 어쩌자고, 그분이라면 루도비코 사도를 고변한 자 아니오?

더구나 그 형이신 아우구스티노께서 죽임을 당하셨는데도 배교한 자라 들었소."

어재동댁은 아무 말도 하지 않았다. 그렇다고 두 분이 홍산 토정 골에서 나눈 얘기를 밝힐 수는 없었다. 다른 사내가 나서서 사람 들의 흥분을 가라앉히며 물었다.

"루치아라면 전하실 말씀이 있을 것이오. 혹시 다른 사제께서 오시는 것이오?"

성거산 교우들은 사제가 와서 세례를 주고 예배를 드릴 수 있기 를 소망하고 있었다. 그러나 사제는 온다는 소식이 없었다. 그러던 차에 이존창 루도비코의 말을 전하는 작은새 루치아가 나타났다. 교우들의 시선이 루치아에게 몰렸다. 루치아는 듣지 못한 말을 전 할 수는 없었다. 순간 루치아는 이존창을 통해 자신에게 전한 사제 의 말이 떠올랐다. 그건 북경 사제단에 보내는 말이었다. 대신 루치 아는 남당포 전포에서 묵상 기도를 드리는 남쪽 교우들의 모습을 전하고 주위를 둘러보았다.

"내게 전해진 말씀이 있긴 합니다. 당분간 북경 사제단에서는 사 제를 조선에 보내지 않을 것입니다. 철선도 보내지 않을 것이고, 서 양 군사들도 오지 않을 것입니다. 오로지 조선 교우들은 천주님의 뜻을 기다리며 묵상 기도를 해야 합니다. 남당포 교우들도 그리하 고 있습니다."

방안에 모였던 교우들이 깊은 한숨을 내쉬며 탄식하는 이도 있었다.

"언제까지 기다려야 합니까?"

"그저 묵상 기도나 하라는 말씀입니까?"

루치아는 사람들의 손을 잡았다.

"함께 묵상합시다. 천주님의 뜻이 하늘에서 이루어지듯 땅에서
도 이루어질 것입니다."

교우들은 루치아의 말을 가슴에 새기며 눈물지었다. 어재동댁이
홍임을 데리고 밖으로 나오자 젊은 교우가 나섰다.

"제가 정약종 아우구스티노의 집을 압니다. 내일 제가 루치아님
을 그곳으로 안내할 것입니다. 도성에서 정하상 바오로를 뵈었고,
그곳에서 유진길 아우구스티노와 함께 가르침을 얻었습니다. 가끔
두릉에 간 적이 있어 그곳 지리에 밝은 편입니다."

젊은 교우는 최종여 나사로였다.

다음날 어재동댁은 성거까지 안내한 발품꾼을 돌려보내고, 최종
여 나사로를 따라 두릉으로 향했다. 최종여는 지개 위에 받침목을
올리고 홍임을 태우고 앞장섰다. 성거에서 입장을 지나 안성, 용인
에 이르는 길은 넓은 들판을 가로지르는 평평한 길이어서 걷기가
용이했다.

"루치아 사도님, 두릉은 드나들기 어려운 곳입니다. 대문이 늘 굳
게 닫혀 있는 곳입니다. 정하상 바오로님도 교우들을 만나기 위해

서는 두룽에서 멀리 떨어진 검단산까지 나오시겠다고 합니다. 물론 백마산 아래 도곡 능말에서도 모임을 합니다. 하지만 누구도 두룽으로는 들어갈 수 없지요. 루치아 사도님도 두룽에서 받아주지 않을 것입니다."

어재동댁은 확신에 찬 최종여의 말을 듣고 놀랐다. 더구나 정약용과는 두룽에서 합류하기로 약속했기에 더 불안했다.

"저에게 사도란 말은 당치 않아요. 사람들은 저를 어재동댁이라 부르지요. 그리고 스승과는 두룽에서 다시 뵙기로 약속했지요."

"아 그러세요. 그럼 뱃길이 닿는 능내에서 기다리면 될 것이지요. 그곳에서 두룽으로 들어가는 길은 외길이니까요."

다행이다. 최종여는 능내까지 어재동댁을 안내하고 돌아갈 셈이다.

"바오로님도 두룽에서 살고 계신가요?"

"그곳에서 머무는 것으로 압니다. 아마 루치아님께서 가시면 좋아하실 겁니다."

"전 그분들을 뵌 적이 없답니다. 스승의 큰 아드님은 뵈온 적이 있습니다만."

"글쎄요. 전 그분은 모르지요."

어재동댁은 두룽에서 자신이 해야 할 일이 무엇일지 몰라 불안했지만, 두룽으로 가는 동안 차분하게 자신이 할 수 있는 일을 오랫동안 생각했다.

11. 폐족廢族

무인년(戊寅年, 1818년) 구월 스무여드레

　정약용이 초당을 떠난 지 스무날이 지나 능내에 도착했다. 어제 동댁은 능내에서 정약용의 일행과 만나 두릉으로 들어갔다. 정약용이 돌아왔다는 소식을 들은 아들 학연과 학유는 이른 아침부터 본가로 들어서는 열수를 건너는 포구에 인접한 둥구나무 아래에서 기다리고 있었다. 정약용을 만난 학연과 학유는 자리를 펴고 아비에게 절을 올렸다.

　"무사하셔서 다행이옵니다. 절 받으소서."

　"집안은 무고하더냐?"

"별일은 없사오나 여섯 해 전에 혼사를 치른 누이는 미처 두릉에 도착하지 못하였습니다."

"누이 혼사를 치른 너희들의 마음이 아름답다. 집으로 가자."

정약용은 아들들을 앞세우고 집을 향해 걸었다. 집을 비운 열여덟 해 동안 집을 둘러싼 나무들이 더 자란 것 외에는 달라진 것이 없었다. 대문 앞에 이르자 부인 홍 씨를 비롯한 식솔들이 나와 기다리고 있었다.

정약용보다 한 살 많은 부인 풍산 홍씨는 병마절도사 홍화보의 딸이다. 정약용과 혼인하여 아들 여섯과 딸 셋을 낳아 길렀으나 아들 학연과 학유, 딸 하나만 남고 자식 여섯을 홍역과 천연두로 잃었다. 어린 자식을 잃는 고통을 겪은 정약용이 홍역과 천연두를 연구한 책 『마과회통』과 『종두심법요지』를 쓴 이유다.

정약용이 강진에 머무는 동안 부인 홍 씨가 집안을 건사했다. 정약용의 유배 기간이 길어지자 생계를 위해 누에를 쳤고, 길쌈을 했다. 정약용이 엮는 책 표지에 입힐 비단이 없다는 말을 듣고 부득이 자신이 시집올 때 입었던 붉은 치마를 강진으로 보내기도 했다. 벼슬이 끊기고 가장이 집을 비운 지 열여덟 해, 홀로 가계를 책임진 풍산 홍씨는 지독하게 절약하여 집안을 단속했다.

"부인께서 너무 오래 기다리셨습니다."

정약용은 대문 앞에서 기다리는 부인 홍 씨를 보고 다가가 손을 잡았다. 투박하게 변모한 홍 씨의 손을 물끄러미 바라보았다.

"먼 길 고생하셨습니다."

부인 홍 씨는 손을 빼며 고개를 숙였다. 눈물이 핑그르르 돌았다.

"잠시 큰형님께 문안 인사를 드리고 오겠습니다."

정약용은 홍 씨가 서 있는 문으로 들어서지 않고 담을 끼고 돌아 제법 큰 둥치의 은행나무를 지나 솟을대문으로 향했다. 대문 앞에서 노복 둘이 문을 활짝 열고 기다리다 정약용을 보고 엎드려 절했다.

"어서 오시옵소서. 큰 대감마님께서는 여러 날을 기다리고 계시옵니다."

"그러하신가? 내 들어가서 형님을 뵈어야겠네."

정약용이 대문 안으로 들어서자 큰형수 경주 이씨가 집안을 돌보는 여인네들과 서 있다가 고개를 숙였다.

"어서 오시어요. 형님이 기다리고 있습니다."

정약용은 방문을 열고 들어가 정약현에게 절을 올렸다.

"무고하셨습니까? 죄인이 돌아왔습니다."

"고생이 많으셨네. 이리 내려앉으시게. 먼 길 무사했구먼."

"서둘러 오느라고 왔지만, 이제 겨우 도착했습니다. 이렇게 살아 형님을 뵈오니 감읍할 따름이옵니다."

"이런 날이 오는구먼."

정약용이 참았던 눈물을 터트리자 정약현은 일어나서 아우의 손을 잡았다. 얼마 만에 만난 막내아우인지 죽음을 건너고 살아

돌아오길 기다리던 시간이 사무쳤다. 헤아릴 수 없는 시간이 흘러 이제 겨우 만났으나 기쁘지 않은 것은 알 수 없는 일이었다. 그들 사이엔 죽음의 강이 늘 도사리고 있었다.

"종종 집안 소식을 들었습니다. 학연이 다녀갈 때마다 형님 소식을 들으며 걱정이 많았습니다."

"아우님, 풍증은 어떠하신가?"

"그만하여 글을 읽고 쓰는 것은 무난하옵니다."

"그러면 되었네. 잘 돌아왔으이. 더는 밖으로 나가지 마시게나. 사당에는 오후에 나와 함께 가세. 음식을 마련하라 했으니 우선 쉬시게나."

"집안이 이만하기 다행입니다. 그 이후로는 무사하다 들었습니다."

"한때 지나가는 풍랑이었네. 어서 가시게. 제수씨께서 기다리시겠네."

한때의 풍랑. 목숨을 건진 정약현은 두릉으로 돌아와 두문불출 폐인이 되어 남은 식구들과 수하 노복들을 모아놓고 폐족이 되었음을 선언했다.

폐족. 이미 신유년(辛酉年, 1801년)에 풍비박산이 된 집안. 선대조 이래 근검절약했으나 부족한 살림이 아니었고, 대대로 벼슬에 나가 명문가로서 여유로웠다. 하지만 서학을 받아들인 후로 집안 식구들은 살아남는 것조차 요행이었다. 첫째 정약현은 서학과 거리를 두어 살아남았으나 사위 황사영의 백서 사건으로 두 딸은 노비가 되었거나 죽었다. 둘째 약전은 정약용이 유배가 풀리기 두 해 전에 유배된 섬에서 죽었고 그 아들 또한 병으로 죽었다. 셋째 약종은 신유년 아들 철상과 함께 참수당했다. 정약현은 남은 집안 식구들을 지키기 위해 두릉으로 서학의 무리뿐이 아니라 학문을 말하며 드나드는 사대부조차 출입을 금했다. 살아남는 것이 목적이었다.

계절이 바뀌며 두릉을 드나들던 외부 사람들 발걸음도 끊겼다. 두릉의 사정을 잘 모르는 장사치들이 물건을 팔고자 무턱대고 들다가 행랑채에서 대문 안으로 발도 들여놓지 못하고 물러가야 했다. 정약현이 사학의 무리가 어떤 일을 벌이기 위해 두릉을 드나드는 것을 막기 위해 자신이 거처하는 바깥채 대문을 제외하고는 모두 폐쇄하고 오로지 행랑아범과 어멈만 대문 출입을 허용했기 때문이다. 드난살이[29] 노비들도 집 안으로 들어와 일할 때도 함께 일을 해야 했고 홀로 일하는 것을 금했다. 논밭이나 과수원으로 나가 일하는 것도 모두 함께 가야 했고, 함께 들어와야 했다. 어둠이 내리면 집안의 모든 불을 끄고 책 읽는 소리조차 금했다.

집안은 늘 고요했고 드나드는 사람도 없어 황량했으나 집 주위와 화원에는 꽃들이 계절마다 어김없이 피고 졌다. 봄에는 정약용의 형제들이 좋아했던 작약이 피었고, 자두나무가 자랐고, 도화와

---

29 드난살이 : 주인집에서 벗어나 따로 살며 일을 하는 사람.

이화가 피었다. 여름 내내 뽕나무를 기르고 누에를 쳤다. 가을에는 밤과 감, 대추를 땄고, 채소와 마늘을 심어서 찬거리를 했으며, 치자나무와 초피나무를 뒤뜰에 심었고, 연못을 파고 물고기와 미꾸라지를 길렀다. 후원에 옻나무와 두릅나무를 길러 새순을 땄다. 집주인과 노비를 막론하고 날이 새기 전 일어나고 질 때까지 오로지 일만 했다. 날씨가 사나워 바깥일이 어려우면 집안에서 할 수 있는 일을 찾아서 했다. 부서졌거나 당장 필요한 가구를 고치거나 만들고, 돌을 다듬어 고임돌로 쓰거나 장독을 손봤다. 수시로 이엉을 엮었고, 쑥과 약초를 캐고 말려서 약장이 비지 않도록 했다.

정약현이 스스로 대문을 닫고 폐족이 되어 살자, 두릉을 찾아와 사람들의 동정을 캐묻던 좌포청 군관들이 사라졌다. 양주 관아의 벼슬아치들도 두릉을 찾지 않자, 인근의 선비들도 두릉을 드나들지 않았다. 정약현은 제주로 쓰던 술도 빚지 않도록 했다. 선친 진주목사 정재원의 제사 후 음복술을 과하게 마신 노복이 술에 취해 목소릴 높였기 때문이다. 마루나 정원, 눈에 띄는 곳에서 우두커니 앉아 있는 것도 금했다. 두릉에서는 사람들이 수시로 기도한다는 말을 듣지 않기 위해서다. 마루에 앉아 잠시 쉬더라도 손으로는 무엇인가를 만들거나 다듬거나 해야 했다. 일하지 않을 때는 방 안에서 밖으로 나오지 않았고, 밖으로 나오면 일을 하고 일이 끝나면 각자 자신의 처소로 돌아갔다. 철 따라 뻐꾸기들이 늘 울었고, 밤이면 소쩍새들이 울었다. 제비들이 날아들었고 까치가 처마나 나무 끝에 앉아 목청을 높였다. 그럴 때마다 두릉 사람들은 혹시 좋은 소식이 있을까 밖을 내다봤으나 소용없는 일이란 것을 알았다.

정약용은 큰형의 집을 나와 자신의 집으로 갔다. 집안으로 들어서자 모든 것이 단정하고 깔끔했다. 주인이 집을 비운 지 오래였지만 빈틈이 없고 정갈했다.

방으로 들어와 닫혔던 문들을 모두 열고 가져온 서책들을 정리했다. 햇살이 방안 가득히 밀려 들어왔다. 정약용은 마루에 나가 열수를 건너오는 바람결을 손으로 헤집는 듯 팔을 휘휘 저으며 손바닥을 접고 펴기를 반복했다. 어쩌면 초당의 뒷산에서 동백나무 숲을 오르내리던 동작을 잊지 않으려 본뜨는 것처럼 동작을 멈추지 않았다. 그렇지 않다. 그 동작은 초당 마당으로 내려와 몸의 기운을 모으는 백련암 초의의 날랜 춤사위를 흉내 낸 것이다. 초당 마루에 앉아 초의가 추는 춤을 보며 정약용은 그 편안함과 자유로움을 얼마나 부러워했는지 모른다. 그 동작이 새삼 두릉 집으로 돌아와 닫혔던 방을 열자 갑자기 떠오른 탓이다. 정약용은 미소를 짓고 방석 위에 가지런히 앉아 무릎에 손을 얹었다. 편안했다.

오랜만에 집안에서 전을 부치고 나물을 볶는 고소한 냄새가 진동했다. 안채에서는 사당에 올릴 탕국이 끓었고, 여러 날 전에 내린 술독에서 맑은 술을 떴다. 저녁 무렵, 정약현은 정약용과 함께 사당에 나가 절했다. 정약용이 살아서 돌아온 것을 조상에게 고하고 큰 소리로 축문을 읽기 시작했으나 감정이 격해졌다. 떨리던 목소리에 울음이 섞이자 말을 제대로 잇지 못하고 마침내 오열하기 시작했다.

"아버님, 아버님, 결국 둘째와 셋째는 돌아오지 못하였나이다……."

정약현이 머리를 떨구고 울자 사당 밖에서 늘어서 있던 식솔들도 모두 소리를 죽이고 눈물을 흘렸다. 사당을 나서지 않는 형제를 기다리며 식솔들은 지난 기간을 되새겼다. 화를 모면한 식솔들은 남의 이목을 두려워하며 견딘 시간이 안타까웠고, 아비를 잃은 하상은 펑펑 눈물을 쏟았다. 풍산 홍씨는 눈물을 참았다. 정약용이 돌아왔으나 그의 앞날은 장담할 수 없었다. 풍증은 차라리 두려운 것이 아니었다. 정약용이 돌아온 것을 빌미로 닥쳐올 위협이 성난 이리떼처럼 식솔들을 물고 찢고 뜯을 참이었다. 이미 일가 피붙이들이 모두 그리 당하고 물러났다. 서학을 공부한 이후 한순간도 마음 편히 지내지 못했고, 좌포청의 감시에서 벗어날 수 없었다.

형제가 사당에서 물러 나온 후 식솔들이 늦은 밥상을 받았으나 제대로 음식을 입에 넣는 이들이 없었다. 결국 주인들이 밥상을 물린 후 드난살이 노비들은 음식을 싸서 대문 밖 사는 곳으로 갔고, 행랑채 하인들은 늦은 밥상에 모처럼 올라온 술까지 음복하며 주인댁의 편안함을 기원했다.

새날이 밝고 식솔들이 일터로 나간 후, 풍산 홍씨는 정약용과 함께 돌아온 어재동댁을 불러 집안의 형편을 말하고 일체 대문 밖출입을 금했다. 마침 정약종 식솔들이 살던 집이 비어 있어 어재동댁과 홍임을 그곳에 거하도록 했다. 어재동댁은 빈집을 얻어 짐을 풀고 홍임이 집안에서 소일거리로 할 수 있는 일을 생각하다가 화조를 그린 그림책을 내주고 자신은 이른 새벽부터 본채로 나와 집안일을 거들려고 했다. 부엌일은 모두 정해진 사람들이 맡아 자기 몫의 일을 하니 어재동댁이 해야 할 일은 없었다. 길쌈하는 방으로 가서 실마리를 풀고 겨우 비어 있는 베틀에 앉았으나 부엌일을 마친 여자들이 들어오자 그나마 자리를 내줘야 했다.

어재동댁이 초당에서 가져온 차를 들고 풍산 홍씨의 방으로 갔다.

"뵈어도 되겠습니까?"

"들어오시게."

어재동댁이 절하고 자리에 앉자 홍 씨는 곱지 않은 시선으로 보았다.

"나돌아다니지 말라 했거늘…?"

"차를 올리려고 왔습니다. 스승께옵서 늘 자시던 차이옵니다요. 초당 인근에 자란 찻잎을 덖어 만든 것인데 향이 좋아 제법 유명하옵니다. 차를 올리겠습니다."

어재동댁은 차를 우려 찻잔에 옮겼다. 홍 씨는 천천히 차를 마셨다.

"향이 좋구먼. 자네가 차를 덖어 생활에 보탠다는 말은 들었네. 나도 스무 해 전에는 차를 즐겨 마신 적이 있었네. 혜경궁 마마께서 내린 것이라 하여 아꼈던 기억도 있지. 하지만 신유년 이후 두릉은 차향을 잃었네. 주인들이 계시지 않으니 차가 무슨 소용이며 어른들이 죽어 나가는 집에 둘러앉아 한가로이 차를 마시는 일이 가당키나 한 일인가. 오늘을 좋은 향이라 하니 한잔으로 족할 것이나 다시는 차를 들이지 말게. 큰댁 어른들도 모두 차를 마시지 않으니 그리 알게."

서릿발이 섰다. 깐깐한 말투의 낮고 작은 말소리가 날카롭게 온몸을 깊숙이 에이고 스몄다. 고통스러웠다. 어재동댁은 자리를 물러나며 앞날을 어찌 보낼지 걱정했다.

이듬해 정월 초하루. 두릉의 식구들이 모였다. 차례를 지내고 관직에 있을 때 술을 좋아했던 정약용은 식솔들을 모아 여자들에게는 차를 대접하고 남자들에게는 국화주를 내었다. 어재동댁은 두릉에서 겨울을 지낸 후 비로소 처음 차를 끓였다. 풍산 홍씨가 차를 마다하고 나가자 방안에는 정약종의 처 유소사와 딸 정혜가 남았다. 어재동댁이 찻잔을 씻은 후 다시 우려낸 차를 따르자 정약종의 부인 유소사가 차를 마신 후 물었다.

"차향이 참 좋구나. 어재동댁이라 했는가?"

"그러하옵지요."

어재동댁은 얼른 무릎을 조아리고 빈 잔에 다시 차를 채웠다.

"내가 들으니 어재동댁이 사도 이존창 루도비코의 여식이라 들었네. 그 말이 정녕 사실인가?"

"예, 사도 어르신을 아버님으로 모셨사옵니다."

"그런가? 용케 살아남았네그려."

"스승께옵서 돌봐주셨습니다."

"스승이라 하면?"

"참지 영감께옵서 저를 어재동으로 보내셨고, 남당포 어물전포에 머문 저를 초당에 머물도록 허락하셨습니다."

"홍임이 저 아이는 참지 영감의 아이란 말인가?"

어재동댁은 침묵했다. 지금껏 누구도 물어본 이도 없고 군이 말한 적도 없었다. 더구나 홍임은 머무는 집 밖으로 나간 적이 없다. 어재동댁이 입을 다물자 유소사는 고개를 끄덕이기만 했다.

"알았네. 하상 바오로가 일전에 최종여 나사로에게 들었다고 했네. 나사로를 아는가?"

"스승께옵서는 수원성을 돌아보고 오신다고 하여 부득이 천안에서 헤어졌습니다. 그 청년이 성지산에서 두릉까지 동행했지요."

"지금 성지산이라 했는가? 그곳을 어찌 아는가?"

"사도 루도비코께서 그곳으로 가서 말씀을 전하라 하여 들른 적이 있습지요."

"그럼 내 아들 하상 바오로의 말대로 그대가 작은새 루치아란 말인가?"

어재동댁은 다시 입을 다물었다.

"바오로는 실언하지 않는다네. 그래서 자네에게 도곡 능말 교우들에게 전할 말을 맡기려 하는구먼."

유소사 곁에서 아무 말도 없이 듣고 있는 정혜의 두 눈이 커졌다.

"바오로 오라버니 말씀이 옳았네요. 저와 같이 가시지요. 제가 그곳을 아니까 한 번 같이 가면 혼자 다녀도 될 것입니다."

"엘리샤벳, 조심해야지. 그리 나설 일이 아니야. 한 가지만 더 묻겠네. 자네가 루치아라고 하니 사제의 말씀을 전하던 그 아이가 틀림없는가?"

어재동댁은 유소사를 자세히 살폈다. 전혀 기억에 없는 얼굴이다. 두릉으로 와서도 처음 만난 터라 모르는 얼굴이다.

"내 얼굴을 기억할 수는 없을 터이지. 하지만 나는 언제고 아우구스티노 사도의 곁으로 갈 것일세."

어재동댁은 비로소 두릉에서 자신이 해야 할 일을 찾았다고 생각했다. 주문모 사제가 죽은 후 북경에서는 사제를 보내지 않았다. 조선 교우들에게는 사제가 남긴 말을 전할 사람이 필요했다. 그 일을 맡아 할 사람이 작은새 루치아, 곧 어재동댁 자신이었다.

정월대보름. 두릉 마을 사람들이 횃불을 들고 열수로 몰려나왔다. 마을 사람들이 나뭇짐을 짓고 불을 넣었다. 열수는 불빛을 받아 붉게 물들었다. 사람들은 열수가 붉게 물들자 저마다의 소원을 빌었다. 그날 두릉으로 성지산의 최종여 나사로가 작은 배를 끌고 왔다. 유소사의 지시를 받은 어재동댁이 배 위에 올랐다. 배는 열수 안으로 밀려 들어가 어둠 속을 달렸다. 동리마다 놓은 횃불이 열수 뱃길을 밝혔다.

"멀지 않구면요."

배가 울창한 숲 안으로 들어가는 물길을 타고 들어가자 이내 얼어붙은 뭍에 닿았다.

"내려서 조금만 걸으시면 됩니다. 가시죠."

낮에는 먼 곳까지 내다볼 수 있는 곳이나 밤이 되자 별들만 초롱초롱할 뿐 사방을 분간할 수 없었다. 산모퉁이를 돌자 독곳이 보이고 독곳 한복판에 사람들이 불을 놓고 둘러앉았다.

"다 왔습죠. 저기가 도곡 능말이죠. 오늘은 교우들이 여러 곳에서 오신 모양이네요. 제법 많이 모이셨습니다요."

"늘 이렇게 모여요?"

"그건 아니고요. 평소는 대여섯이 모이고 그들이 흩어져서 서너덧 모이고 그러지요."

어재동댁이 독곳 안으로 들어서자 불가에 둘러앉은 사람들이 일어서서 고개 숙여 절했다.

"어서 오세요. 잘들 아실 겁니다. 충주와 제천, 배론을 드나들며 사제님의 말씀을 전하시던 작은새 루치아님께서 오셨습니다. 이리 앉으시지요."

어재동댁은 사람들 가운데로 들어가 자리에 앉았다.

"저는 사도가 아닙니다. 그저 사제님과 루도비코 사도께서 하신 말씀을 그대로 전하는 작은새이지요. 솔직하게 말씀드리면 지금은 사제님도 루도비코님도 계시지 않으니 새로운 말씀을 전할 수는 없지요. 다만 그분들이 제게 교우들에게 전하라고 당부했던 말씀을 전할 뿐이지요."

불빛에 사람들의 시선이 불 끓듯 달아올랐다.

"사제께서는 제게 배론으로 가라고 하셨고, 배론 교우들에게 자신이 생각한 대로 행동하지 말라고 하셨습니다. 오로지 사제의 말씀대로 해야 한다고 하셨습니다. ……사제께서 전하라 하셨습니다. 천주님께서는 천주님의 뜻을 스스로 이룬다고 하셨지요. 우리들의 뜻이 아니고 천주님의 뜻이어야 한다고 하셨습니다. 그 말씀이 무엇을 뜻하는지는 각자 묵상하면 알 수 있다고도 하셨지요."

"사제는 언제 오시나요?"

"북경 사제는 한참 동안 오지 않을 것입니다. 주문모 사제께서는 사제의 죽음이 이어지면 큰 분란이 일어나게 되고, 조선 교우들이 환란을 입게 된다고 하셨습니다."

어재동댁이 할 수 있는 말이다. 어재동댁은 또렷하게 기억했다.

배론의 교우들은 자신들의 뜻을 모아 철선을 부르고 서양 군사들에게 기대려 했다. 오히려 역도로 몰려 죽임을 당했다. 사제의 생각은 달랐다. 교우들은 스스로 할 일을 하고 기도하고 살면 그만이었다. 가르침을 배우고 사제가 남긴 말을 믿고 묵상 기도하여 마음의 평안을 얻는 것이 교우들이 할 일이다.

어둠이 깊어지자 삼삼오오 모였던 사람들이 흩어져 자신이 거하는 곳으로 돌아갔다. 교우들은 어재동댁이 전하는 말과 달리 하루빨리 북경에서 사제가 와서 조선 교우들에게 천주학을 전해야 한다고 생각했다. 그들은 천주의 뜻이 무엇인지도 모르는데 홀로 묵상 기도로 얻을 수 있는 것은 없다고 여겼다.

어둠 속에서 어재동댁이 전하는 말을 듣고 있던 정하상 바오로는 사제의 참뜻이 무엇인지 고민했다. 하지만 사제가 올 수 없다면 조선의 천주학은 제대로 앞으로 나갈 수 없었다. 정하상은 자신이 해야 할 일을 분명히 알게 되었다. 그것은 북경으로 가서 다시 사제를 데려오는 일이다. 정하상은 결심했다. 그를 도와줄 사람은 누구보다 어재동댁이다.

어재동댁이 교우들을 만나러 다니는 길이 확대되면서 두릉에서 먼 곳까지 다녀야 했다. 하지만 아무리 멀어도 새벽어둠이 가시기 전에는 돌아올 수 있는 곳이어야 했다. 다행히 열수는 뱃길이 순탄하여 양평과 원주 부론까지 범위를 넓힐 수 있었다. 물론 어재동댁이 할 수 있는 전언은 한계가 있었다. 루도비코가 남긴 말과 사제의 말씀을 기억하여 옮겼지만, 가끔 자기 생각이 사제의 말이 되기도 했다. 그것은 우연히 상황에 따라 일어나는 일이다. 루치아는 늘 자신의 말을 되돌아봤다. 아버지 루도비코가 전한 말 이외는 더 말하지 않기로 했다. 자기 생각을 섞어 전하는 말은 교우들을 속이는 일이고, 천주의 뜻을 거스르는 일이라 여겼다.

봄이 되자 좌포청 종사관이 군관을 데리고 두릉에 들렀다. 종사관은 정약현을 찾아와 신유년의 일을 잊고 있으면 아니 될 것이라 으름장을 놓았다. 정약현은 종사관의 말을 새겨들었다. 스스로 폐족이 되어 살았던 삶이 허사가 되는 것은 아닌지 걱정했다. 더구나 정약용이 집으로 돌아온 후 조카 정하상이 바깥나들이를 수시로 하고 도성을 드나드는 날들이 늘자 하상을 불러 경계했다. 또한 하상과 그 어미, 조카딸 정혜를 모두 도성 내 정약종이 살던 집으로 보낼까도 고민했다. 폐족으로 살고 있지만, 더 위험을 감내하지 않고 두릉의 가족들이라도 지키려는 생각이었다. 하지만 정약현은 종사관의 말을 들은 후 생각을 바꿔야 했다. 종사관의 말에서 하상이 불법으로 북경을 오간 사실을 좌포청이 조사 중인 것을 알게 되었기 때문이다. 그 일은 집안 식구 누구도 모르는 일이다. 더구나 하상이 북경을 오가며 만났던 사학의 무리가 이미 좌포청에 잡혀 조사받고 있다는 사실도 알았다. 다행히 좌포청에 잡혀 있는 사학의 무리가 하상과의 관련을 부인하고 있어 당장의 위험을 벗어날 수 있으나 그 진위와 경과는 알 수 없는 일이었다. 종사관이 돌아가고 나자 정약현은 식솔들이 문밖으로 나도는 것을 다시 철저히 금했다. 특히 하상에게는 집안에 머물며 바깥출입을 해선 안 된다고 명했다.

곡우가 지났다. 백련암에서 우전雨煎 세 근을 보내왔다. 전라병사 유화원이 회령부사로 전출되자 백련암에서 선물로 차를 보내며 정약용에게도 차를 전해달라고 부탁했기 때문이다. 유화원은 회령으로 가기 위해 열수를 오르내리는 장사치의 배를 타고 두릉에 들렀다.

"뱃길이 편하다고 하여 이 길을 택했습니다."

"부사 영감께서 가시는 길이 먼데, 이곳 두릉을 들르셨으니 참으로 반갑고 고맙습니다."

"우전입니다. 양이 많지 않다며 백련암에서 미안해했습니다."

"미안하다니요? 이 귀한 차를. 가선대부 승차를 감축드립니다."

"성은을 입었습니다. 변방의 일이 막중하니 걱정이 되어 잠을 이룰 수 없습니다."

"변방에 오랑캐들의 침입이 사라진 지 오랩니다. 소소한 말썽이 있을 것이나 부사 영감의 명성으로 곧 평안해질 겁니다. 성안의 백성들을 잘 보살피시면 훌륭한 목민관이 되실 겁니다."

정약용은 가선대부로 승차한 유화원에게 고마움을 전하고 어재동댁을 불러 새 차를 끓여 대접했다.

"참지 영감, 도성이 심상치 않습니다. 다시 서학의 무리가 움직이기 시작했다는 고발이 있어 좌포청이 나섰다고 합니다."

정약용은 유화원의 말을 못 들은 척 관심을 두지 않았다.

"회령도호부는 산세가 험하고 호환으로 백성들이 고통받는 곳이라 했습니다. 부사 영감께서는 백성들을 먼저 살피는 정사를 베푸시길 바랍니다."

"참지 영감의 고언에 감사드립니다. 성은에 보답하라는 말씀으로 듣겠습니다."

"제집에서 하루라도 지내시길 바라지만, 장형께서 일찍이 폐문을 선언하신지라 안에 모실 형편이 못되옵니다. 양해 말씀 올립니다."

"익히 들었습니다. 저도 갈 길이 멉니다. 일어서야지요."

유화원을 전송하며 정약용은 자신의 처지가 조금도 나아진 것이 없다고 확신했다. 정약용은 어재동댁을 불러 홍 씨를 비롯한 두릉의 식솔들에게 백련암의 우전 차를 대접하게 했다. 어재동댁은 찻물을 끓이고 찻잔을 데운 후 송화 약과를 곁들여 차를 냈다.

차를 마시며 여인들은 어재동댁에게 백련암의 차와 차를 우려내는 예절에 대해 의문점을 물었다. 홍 씨는 남편이 청한 일이라서 달리 말을 하진 않았으나, 차를 마시지 않고 슬그머니 자리를 피했다.

어둠이 내리자 어재동댁은 홍 씨의 부름을 받고 안채로 갔다.

"자네가 아무래도 이 집 사람이 되긴 어려운 것 같네. 지금 자네가 하고 다니는 일이 무엇인지 말하게."

어재동댁은 아무 말도 하지 않고 그저 고개를 숙이고 있었다.

"정 자네가 말을 하지 않으니 더 묻지는 않겠으나 그 일이 천주학과 관련된 일이라면 당장이라도 이곳을 떠나야 하네. 이 집 사람들이 겪은 그간의 고통을 모르지는 않을 것이네."

홍 씨의 얼굴이 굳어졌다. 어재동댁도 두릉의 형편을 알고 있어 홍 씨가 화를 내는 이유도 짐작했다.

"자네가 오늘 이후 집 밖으로 나도는 것을 내 눈으로 확인하게 되면 자네는 이 집에서 살 수 없다는 것을 이참에 말해두겠네. 알겠는가?"

어재동댁은 홍 씨를 물끄러미 바라보았다. 화를 참고 있으나 부르르 떨고 있는 입술을 보면, 하고 싶은 말을 참고 있다는 것을 알았다. 그것은 바깥나들이가 문제가 아니라 스승의 명으로 차를 끓여내는 여인에 대한 투기로 보였다. 어쩌면 정약용이 슬그머니 어재동댁의 처소로 드나드는 것을 알고 있는 눈치였다. 어재동댁은 어차피 두릉에 더 오래 머물 수는 없으리라 생각했다. 그날 이후 어재동댁은 오로지 뒤채에 머물며 바깥출입을 하지 않았다. 바깥출입이 금지된 것은 정하상도 마찬가지였다. 정하상은 정약현의 눈치를 살피며 전전긍긍했다.

날씨가 더워지기 시작하자 정약용은 한동안 풍증이 가라앉지 않아 두문불출해야 했다. 마음이 조급해진 정약용은 제자 이청의 도움을 받아 미처 정리하지 못한 정약전의 『자산어보_玆山魚譜』를 정리했다. 초당의 주인인 윤규노의 아들 윤종심이 두릉으로 찾아왔다. 초당에서 정약용에게 학문을 배우던 윤종심은 이듬해 과거 시험에 응시할 목적으로 상경하던 중 두릉에 들러 시험을 대비한 도움을 청했다. 정약용은 윤규노의 부탁을 받고 불편한 마음이나 초당에서 입은 은혜를 생각하여 윤종심의 학업을 도왔다. 어쩌면 윤규노는 정약용에게 학업에 대한 도움보다는 과거 시험을 관장하는 비변사 문관들에게 윤규노의 입격을 부탁하기를 바랐을 것이다. 정약용도 제자의 시험을 위해 도성 나들이를 하려 했으나 몸이 여의치 못했다. 윤규노가 두릉에서 과거를 대비한다는 소문이 돌자 과거를 준비하는 제자들이 대문을 닫아걸었던 두릉에 드나들면서 인근 사대부들도 찾아왔다. 그들은 정약용의 해배를 위해 노력한 이들로 신현[30]처럼 아들 학연과 교류가 있던 젊은 사대부들이었다. 결국 정약용을 대신하여 아들 학연과 학유의 바깥출입이 잦아지고 도성 출입도 빈번했다. 정약현은 학연과 학유의 도성 출입을 묵인하면서도 정하상의 바깥출입만은 더 철저하게 막았다. 정하상은 두릉을 떠날 기회를 노렸다. 삼 년 전에 북경교구에서 만난

---

30 신현(申絢, 1764~1827) : 『성도일기』의 저자. 정약용이 귀가 후 자주 만났음을 기록함.

사제단과 한 약속 기일이 다가오기 때문이었다.

정약용이 두릉으로 돌아오기 삼 년 전 병자년(丙子年, 1816년) 시월 스무사흘, 동지정사 이조원李肇源, 부사 이지연李志淵, 서장관 박기수朴綺壽로 동지사 사절단을 구성하였다. 정하상은 동지사를 수행하는 역관들과 막역한 조숙 베드로의 도움으로 수행단 장사치로 위장하여 북경으로 갔다.

정하상은 경상 감사 이존수李存秀가 교우 김종한, 김약고배, 고성대, 고성운, 김희성, 그리고 여인네 시임과 성열을 사학 죄인으로 몰아 참수했다고 올린 장계를 베껴 짐 꾸러미 속에 넣었다. 북경에 도착한 정하상은 장사치들의 숙소를 벗어나 북경교구 사제단을 찾아갔다. 사제단에서는 조선에서 교우가 찾아왔다는 소식을 듣자 리베이노 누네스 신부가 그를 맞았다.

"조선의 교우들의 소식을 가지고 왔다고 들었소. 무엇을 위해 이곳을 찾았소?"

"나는 신유년에 죽임을 당한 정약종 아우구스티노의 아들이며 정철상 카를로의 아우입니다. 북경사제 주문모 신부가 죽은 이후 조선에는 교우들이 배교하고 사라진 것으로 알고 있으나 실제는 그렇지 않습니다. 많은 교우들이 죽음을 무릅쓰고 교리를 전파하고 있으며 그런 와중에 교우들이 좌포청에 검거되어 죽임을 당하고 있습니다. 여기 그 증거가 있습니다."

정하상이 경상감사 이존수의 장계를 옮긴 문서를 보여주자 누네스 신부는 놀라 잠시 기다리라며 교구청으로 달려갔다. 교구청의 사제들이 달려 나왔다.

"조선에 아직도 교우들이 있다는 말이오?"

"그렇소이다. 교우들이 들불처럼 번지고 있으나 교우들에게 세례를 베풀 사제가 없으니 이를 청원하러 왔소이다. 그러나 무엇보다도 교우들에게 교리를 우리말로 전할 사제가 필요합니다. 그러니 조선인 사제를 보내주시길 부탁합니다."

정하상은 조선에서 계속되는 천주교인 참살에 대해 소상하게 보고했다. 또한 주문모 신부 이후 오지 않는 사제를 청한다는 교우들의 비망록도 건넸다. 누네스 신부는 교황청에 조선의 실상을 보고할 것이고, 정하상이 두 해가 지나 다시 북경을 찾아오면 반드시 그 답을 주겠다고 약속했다.

정하상이 도성으로 돌아오자 이미 조숙 베드로 부부는 좌포청의 검색에 걸려 체포되었다. 정하상은 누네스 신부가 약속한 문서를 챙겨 도성을 떠났다. 두릉으로 돌아와 칩거하는 것이 당장 목숨을 보전하는 일이라 여겼다. 그렇지만 무조건 두릉에 숨어 지낼 수만은 없는 일이었다. 정하상은 북경교구에서 사제를 다시 파견할 때를 대비하여 북경을 다녀올 젊은 교우들을 물색했다. 그중 하나가 유진길 아우구스티노였고, 다른 하나는 최종여 나사로였다. 그들은 수시로 도성 명례방과 성거산, 열수 근처의 도곡 능말에서 만나 북경으로 건너갈 준비를 했다. 정하상은 자신이 그 일을 수행해야 한다고 믿었다.

여름이 지나고 가을걷이가 시작되자 동지사 사신단이 구성될 것을 대비하여 정하상은 어미와 동생을 데리고 도성으로 돌아가려 했다. 하지만 갑자기 좌포청에 잡혔던 조숙 베드로 부부가 참수형을 당했다는 소식이 전해졌다. 조숙 베드로 부부는 끝까지 정하상의 이름을 감추고 죽었다. 좌포청은 정하상에 대한 의심을 푼 것은 아니나 정하상이 두릉에서 칩거하여 더 드러나는 것이 없자 두 해 넘게 끌어온 사건을 종료했다.

정하상은 겨울을 지내기로 작정했다. 그렇다고 아무 일도 하지 않고 두릉에 칩거할 수만은 없었다. 좌포청의 감시를 무릅쓰고라도 정하상은 자신의 일을 멈출 수 없었다. 더구나 동지사를 보낼 날들이 다가오고 있었다. 하지만 두릉은 외부와 차단되어 정하상이 밖으로 나갈 틈이 없었다. 부득이 정하상은 도성으로 자신의 생각을 전할 방법을 생각했다. 어재동댁에게 도성으로 가서 유진길에게 북경교구를 찾아가 삼 년 전 약속에 대한 답을 받으라고 전할 수 있는지를 물었다. 어재동댁은 정하상의 부탁을 듣자 그 일이 마땅히 작은새 루치아가 맡아야 할 일이라 여겼다. 어재동댁의 바깥출입도 막혀 있었지만 두릉을 나가기로 작정했다. 정하상은 어재동댁에게 삼개나루 염포전 우두지와 명례동 유진길을 만나서 북경교구로 반드시 가야 한다고 전하라 했다.

어재동댁이 정약용의 거처로 갔다. 정약용은 두릉에 머무른 이후 밝은 날 어재동댁을 찾지 않았다. 가끔 차를 내오라는 말을 듣고 정약용의 거처를 찾아갔지만, 그때마다 홍 씨의 눈길이 매서웠다. 더군다나 매달 있던 달거리가 지난달 소식이 없자 어재동댁은 근심이 깊어졌다. 가끔 그런 일이 있어 드러내고 표낼 일은 아니나 달리 방법이 없었다. 어재동댁은 먼저 홍 씨의 방으로 갔다.

"저는 홍임을 데리고 초당으로 돌아가고자 합니다."

"그런가? 내가 자넬 소홀히 대한 것인가? 초당으로 가면 살 궁리는 있는가?"

홍 씨는 어재동댁이 초당으로 돌아가겠다고 하자 초당에서 홀로 살 걱정을 했지만 내심 반색하며 승낙했다. 어재동댁이 홍 씨의 거처를 나와 정약용에게 가서 초당으로 돌아갈 수 있도록 허락받길 청했다. 정약용은 아무런 말도 하지 않았다. 다만 무사하게 홍임 모녀가 초당까지 갈 수 있을지를 걱정했다. 어재동댁은 정약용에게 큰절을 올리고 하직했다.

"스승께옵서는 평안하시옵소서. 훗날 제 몸에 실린 아이가 오거든 이름이나 주소서."

정약용은 슬며시 눈을 감고 외면했다. 어재동댁은 젊은 몸이다. 홍임이 들어섰을 때도 주변 사람들은 어재동댁의 몸의 변화를 알아차리지 못했다. 정약용은 어재동댁이 몸에 변화가 생기자 불편한 두릉을 떠나 초당으로 돌아가려 한다고 생각했다. 정약용은 어재동댁을 두릉에 머무르게 하여 일어날 일들을 걱정하여 어재동댁의 청을 거절하지 않았다.

어재동댁은 곧장 초당으로 가지 않고 정하상의 부탁을 받고 도성으로 향했다. 두릉 인근 능내나루에서 배를 타고 삼개나루에 내린 것은 구월 보름이었다. 어재동댁은 서둘러 삼개나루 염포전의 발품꾼 우두지에게 갔다. 우두지는 어재동댁을 명례동 유진길에게 데려갔다.

"어찌 나를 찾았소이까?"

유진길은 날카로운 눈빛으로 어재동댁을 흘어봤다.

"두릉에서 왔습니다."

"두릉이라고요? 그곳이 어디입니까? 나는 모르는 곳이오. 자네는 어찌 이 여인을 내게 데려왔는가?"

"먼 곳에서 배를 타고 열수를 내려와 유 역관을 찾기에 안내했을 뿐입지요. 그럼 소생은 물러갑니다요."

우두지가 두런거리며 대문을 나갔다. 유진길의 곁에 서 있던 하인이 어재동댁을 밖으로 내보내고 대문을 닫았다. 어재동댁은 다시 대문을 두드릴까 하다가 대문 앞에 쪼그려 앉아 기다렸다. 한참이 지났으나 아는 척하는 사람이 없었다. 해가 질 무렵이 되자 길

건너에서 한참 동안 노려보던 한 사내가 어재동댁을 우격다짐으로 끌고 골목 안으로 들어섰다. 어재동댁은 버틸 재간이 없었다.

"네년이 그리 억지를 부려도 소용없는 짓이야. 네년이 서방을 버리고 다른 곳으로 숨으려 했단 말이야. 너 이년 죽어볼 것이야?"

어재동댁은 날벼락을 맞은 셈이다. 골목을 지나던 사람들이 혀를 차면서도 말리는 이가 없었다. 어미 손을 놓지 않은 홍임이 엉엉 울며 살려달라고 외치자 사람들이 몰려들었다.

"저리들 가슈. 내가 이년 서방이란 말유. 달아나 숨었던 년을 겨우 찾아 집으로 데려갈 참이요."

사람들이 슬금슬금 뒤로 물러섰다. 어재동댁은 두려움에 떨었으나 순간 몰려든 사람 중에 유진길의 하인이 있는 것을 보았다. 사내에 끌려 어재동댁이 골목 안으로 들어가 작은 초가집으로 끌려와 방 안으로 들어갔다. 유진길이 방 안에 있었다.

"어려움을 겪게 하여 미안하오이다. 좌포청 군관들이 내 집을 드나드는 이들을 감시하고 있고, 내 식구들도 모두 천주학을 반대하고 있어 부득이 그리했소이다."

어재동댁은 몸을 가다듬고 울고 있는 홍임을 달랬다.

"할 말이 있어 들른 것으로 아오. 두릉이라면 정하상 바오로가 보낸 것인즉……"

"작은새 루치아가 전하는 말이 있소이다."

유진길은 놀라 벌떡 일어섰다.

"지금 작은새 루치아라고 했소? 루도비코 사도의 말씀을 전하던 작은새 루치아란 말씀이오?"

"그렇소이다."

"유진길 아우구스티노가 사도의 말을 듣습니다."

"북경으로 가는 동지사 사신단을 따라가는 교우는 반드시 북경 사제단으로 가서 누네스 신부가 줄 서신을 가져오라는 전갈이오이다."

유진길은 정하상이 직접 북경으로 갈 수 없는 상황을 눈치챘다. 유진길은 곧장 밖으로 나갔다. 일이 시급했다. 급하게 북경으로 보낼 마땅한 교우가 떠오르지 않았다. 유진길은 그날 밤 삼개나루 우두지를 찾아가 수행상단의 통역 자릴 구했다. 열흘 후 유진길은 우두지와 함께 북경으로 떠났다. 유진길의 식구들은 그저 역관으로 사신단을 수행하는 것으로 알았다.

12. 남당포 전포

기묘년(己卯年, 1819) 동짓달 보름

어재동댁은 강진을 떠난 지 한 해가 지나 초당으로 돌아왔다. 초당은 가끔 들른 황상이 직접 쓸고 닦고 집을 가지런히 정리했지만 오래 비워둔 집이라 당장 손볼 곳이 많았다. 어재동댁은 남당포 어물전포로 갔다. 마침 뱃일을 나가지 않은 이용득이 말린 어물들을 곳간에 넣고 있었다.

"아니, 어짠 일이지라. 스승을 따라가셨다고 들었는디 온제 왔당가?"

"어제 돌아왔는데, 집이 험해져서 꼭 헛것들이 나오게 생겼소.

집을 좀 수리해야 하기에 나왔지요."

"그거야 어렵진 않지라. 내가 내일 일찍 사람 구해서 초당으로 갈 것이니, 먼저 가 지셔라."

"고맙소. 그건 그렇고 그간 어물전은 잘 꾸렸소?"

"장사허는 것이 내 맘대로는 아니지만 호구지책은 되지라. 요새는 나주나 영암뿐이 아니라 더 먼 곳에서도 장사치들이 온당게."

"장사치들이 몰리면 제대로 장사가 되는 것이네요?"

"시방이야 그런디 나중까지는 어쩔지 모르지라."

어재동댁은 제법 자리를 잡는 어물전도 그렇고 마량 해녀들이 가져오는 전복을 말려 좋은 값을 받게 되었다는 말과 이용득의 배에서 잡는 우럭은 찾는 이가 많아 부족하다는 말을 듣고 참으로 기뻤다.

"여계산 독곳의 사정은 어떠하대요?"

"거기는 시방 겁나게 바쁘지. 원래 거기 도공들이 도기를 구웠는디, 독곳 사람들이 도기 굽는 기술을 도공들에게 배워서 일허니 굶주림은 면했지. 독이야 큰돈이 되지 않지만, 도기는 도성으로 많이 올라갔다고 그러대."

어재동댁은 말린 우럭과 미역을 얻어 초당으로 돌아왔다. 다음 날 남당포 전포 이용득이 허드레 일꾼들과 초당으로 올라왔다. 먼저 약천의 물을 퍼내 맑은 물이 솟아 고이게 했고, 허물어진 부엌을 돌로 쌓고 황토로 겉을 발랐다. 방에 깔았던 자리를 걷어내고 가라앉은 구들을 바로잡고 새 자리를 깔았다. 이틀이 지난 후 아궁이에 불을 지피자 초당에 온기가 돌고 제법 맑은 황토 마르는 냄새가 그득했다. 어재동댁은 스승이 불을 피우고 차를 끓이던 다조 茶竈 위에 찻잔을 늘어놓고 차를 우리면서 마음이 편해진 것을 느꼈다.

이용득은 가져온 곡식과 당장 필요한 소금과 젓갈, 김치를 뒤꼍에 묻어둔 독을 씻고 쟁여 넣었다. 겨울이 지나면 묵정밭을 일궈 채소를 기르고, 새로 돋는 찻잎을 따고 덖어 곡식과 바꾸면 살아갈 수 있을 것이라 여겼다. 어재동댁이 돌아왔다는 소식을 듣고 황상은 소작을 주었던 농지에서 받은 곡식들을 초당으로 가져왔다. 곳간에 쌀이 쌓이고 독에 김치가 넉넉하고 백련암에서 보낸 시래기와 메주로 부엌을 채우자 어재동댁은 겨울을 견딜 수 있게 되었다.

봄이 되자 어재동댁의 손이 바빠졌다. 밭을 일궈 채소를 심었고, 찻잎을 따고 덖었다. 수시로 남당포로 나가 우럭과 전복을 말렸다. 홍임은 백련암으로 올라가 화승 해강에게 그림을 배웠다. 해강은 홍임의 그림 솜씨가 날로 발전하자 실물을 보고 그리도록 했다. 홍임은 아주 세밀하게 실물의 모습과 색을 재현하여 해강을 놀라게 했다. 틈틈이 홍임이 그리는 동백을 보고 있으면 동백나무에 물이 올라 막 꽃을 터트린 모습 그대로였다. 날씨가 따뜻해지자 어재동댁의 몸이 두드러지게 달라졌다. 이용득의 아내가 해산에 필요한 광목과 솜, 아이 옷을 만들 옷감을 끊어 와 해산준비를 서둘렀다. 해강 스님은 백련암 보살에게 일러 누구도 초당 출입을 하지 말라고 당부했다. 어재동댁은 하지가 이르자 산통을 겪었다. 때마침 초당에 다니러 온 이용득의 아내가 아이를 받았다.

"아따요, 사내아이요. 어라, 제 에미를 꼭 빼다박았지라."

어재동댁은 입을 오므렸다 펴기를 반복하는 아이에게 젖을 물렸다.

"한참 되었소. 젖이 오르더라고요."

이용득의 아내가 초당을 내려가지 않고 어재동댁을 돌봤다. 어재동댁은 열흘이 지나자 자리를 털고 일어나 다시 일에 몰두했다.

여름이 되자 여계산 독곳의 교우들이 수시로 어재동댁을 찾았고, 틈틈이 마량의 해녀들이 배를 타고 초당에 들렀다. 그들은 어재동댁이 들려주는 루도비코의 이야기와 사제가 남긴 가르침을 배우고 익혔다. 진리는 먼 곳에 있는 것이 아니라 자신들의 삶을 통해 사랑하는 것이라는 이야길 들으며 눈시울을 붉혔다. 서로 가진 것을 나누기 위해 여계산 독곳의 교우들은 부엌에서 쓸 자잘한 그릇들을 들고 왔고, 마량의 해녀들에게서 전복을 얻었고, 초당의 쌀과 차를 나눴다. 어재동댁의 몸이 편안해지자 더 자주 교우들의 집을 방문했다. 교우들은 남당포 어물전포로 찾아와 자기들이 가져온 물건들과 말린 어물들과 바꿨고, 전포 안으로 잇댄 작은 방에 모여 함께 기도했다.

"보시오. 우리가 흙으로 독을 짓는단 말씀이오. 그리고 그 흙무더기에 불을 지펴서 독이 불구덩이에 빠지면 새로운 옹기가 되는 것이지요. 이 옹기가 새 힘을 얻어 살아 숨 쉬게 되지요. 이 독에 물건들을 넣어 두면 상하지도 썩지도 않고 숙성되는 것은 살아 있기 때문이지요. 사람도 마찬가지입니다. 천주님께서 흙으로 사람을 지으셨단 말이지요. 그리고 생기를 불어넣으니 사람이 살아있는 영이 된 거지요."

날이 갈수록 어재동댁이 전하는 말은 영적인 기운을 지녔다. 독을 짓는 이들에게는 독으로 비유하고, 물고기를 잡는 어부들에게는 물고기 잡는 일에 비유하여 말했다. 이런 비유는 사제가 전하던 말을 기억에서 끄집어낸 것이었다. 어재동댁은 갓난아이를 업고 교우들을 찾아 점점 거리를 넓혔다. 마량에서 이용득의 배를 타고 거금도로 건너갔고, 신지도와 완도를 오갔다. 어재동댁이 다니는 길이 멀어질수록 홍임은 홀로 초당에 머물며 그림에 몰두했다. 홍임이 그리는 관세음보살은 어재동댁에게서 들은 마리아의 모습이 반영되었고, 미륵불은 하늘로 올라가는 천사의 모습이 담겨 있었다. 해강은 그런 홍임의 그림을 보고도 다른 말을 하지 않고 그저 빙그레 웃었다.

정하상은 해마다 교우들을 동지사 사신단에 속한 역관의 발품
꾼으로 역할을 맡겨 북경으로 보냈다. 그때마다 사신단의 발품꾼
들이나 마부, 역관들 중 선별하여 북경 사제단으로 안내하여 교우
가 되게 했다. 역관 유진길과 마군 조신철 카를로, 이광렬 요한 등
은 힘을 합쳐 사제를 조선으로 안내하는 일을 맡기로 다짐했다.

계미년(癸未年, 1823년) 칠월 초

진하사進賀使 정사 박종훈과 부사 서준보, 서장관 홍혁이 북경으
로 갔다. 유진길은 역관으로 그들을 수행하는 길에 북경 사제관을
다녀왔으며 이듬해에는 정하상이 교황에게 전할 편지를 지니고 북
경으로 갔다. 정하상은 편지에 계속되는 탄압으로 많은 교우들이
죽고 있는 사실을 적었다. 전라도 곡성의 한 마을에서 500여 교우
가 검속되어 온갖 고문 등을 받고 한백겸 등 열여섯 명의 교우들
이 참수형을 당한 내용을 전했다. 또한 이런 탄압에도 불구하고 조
선 교우들의 숫자가 늘고 있다는 사실을 밝히고, 조선 교우들에게
세례를 베풀 사제가 꼭 필요하다는 요청서를 덧붙였다. 하지만 북
경 사제단의 반응은 미미했다. 정하상과 유진길은 북경 사제를 조
선으로 데려오는 것을 포기하지 않았다. 해마다 북경을 방문하여
조선 교우들의 이름을 연서한 사제 파견 청원서를 올리면서 곳곳

에서 교우들끼리 여는 모임의 실상을 전했다. 교황청 포교성 장관 카펠라리 추기경은 북경교구에서 보낸 조선 교우들의 청원서를 읽고 조선에 교회 설립이 시급하다는 견해를 피력했다. 또한 교황청은 정해년(丁亥年, 1827년) 조선교구의 필요성을 인정하고 파리외 방전교회가 조선 선교를 맡아주기를 청했다. 마침내 방콕에서 활동하던 브뤼기에르Bruguiere 신부가 조선에 파견을 희망했고, 조선교구가 설정되자 주교가 되었다. 조선교구장으로 임명받은 브뤼기에르 주교는 조선어를 공부한 모방 신부, 샤스탕 신부와 함께 조선에 입국하려고 했다. 하지만 뜻을 이루지 못하고 조선으로 들어오기 전 병으로 세상을 떠났다.

남당포 어물전포는 이용득이 어부 노릇을 하지 않아도 늘 물건이 넘쳐났다. 새벽에 강진 바다로 나가 고기를 잡는 어부들은 저녁이면 잡은 물고기들을 남당포 어물전포에 넘기고 돌아갔다. 어물전포에서 일하는 교우들은 새로 들어온 물고기들을 배를 가르고 내장을 제거한 후 바닷물에 담갔다가 염장한 후 바닷바람에 말리고 이튿날부터 햇볕에 말려 마른 생선으로 꿰어 곳간에 두었다. 남당포 어물전포에서 팔리고 남은 마른 생선을 모아 이용득은 완도나 해남으로 가서 도성으로 가는 배에 넘겼다. 이용득은 늘 배를 바다에 띄웠고, 어재동댁은 교우들을 찾아갈 때마다 이용득의 배를 타고 움직였다. 뭍의 산골길을 돌아서 다니는 것보다 뱃길을 이용한 어재동댁의 움직임은 빨라진 만큼 교우들의 수도 늘어났다.

어재동댁의 근황을 접한 황상은 백적산에서 두문불출하고, 강진이나 초당을 찾질 않았다. 황상은 오로지 스승의 가르침에 힘입어 시문에 전념했다. 매일 시를 짓고 허물었고, 흔들리는 시심을 바로잡고자 화전 개간에 몰두했다. 스승이 남긴 시문을 옮겨 적기도 하고 목민심서 초고에 남긴 4편 「애민」과 6편 「호전」을 읽으며 스승이 남긴 뜻을 되새기곤 했다. 황상은 보내준 스승의 시문 중에 그 진의를 알 수 없는 「남당사_{南塘詞}」 7언절구 16수를 읽게 되었다.

홀로 그리운 사람 없이 그림자만 안고 자려는데孤館無人抱影眠

달빛 아래 등불에 옛 인연만 남았구나燈前月下舊因緣

책 읽고 몸단장하던 방은 꿈결에 희미하고書樓粧閣依俙夢

베갯잇에 흘린 눈물 아직도 그대로라네留作啼痕半枕邊

— 「남당사」 14수 전문[31]

이 시들을 여러 차례 읽으며 마침내 황상은 초당에 남긴 홍임과 홍임어미 어재동댁에 대한 그리움을 알았다. 시 구절마다 그리움을 참아야 하는 고통이 넘쳤고, 아이에 대한 안타까움도 절절했다.

---

31 정민, 『삶을 바꾼 만남』, p367 인용. 이 책의 많은 부분을 이 소설에서 참고했음.

13. 긴 기다림과 짧은 만남

병신년(丙申年, 1836년) 이월 열여드레

황상은 정약용의 회혼연을 나흘 앞둔 날 저녁 두릉에 도착했다. 보름이나 걸린 긴 여행 중 황상은 스승을 만난다는 기쁨과 설렘보다는 스승께 보여줄 시문에 대한 질책을 어찌 견딜지 걱정이었다. 만덕은 열수를 건너 불어오는 매서운 찬바람에 고개를 움츠리고 종종걸음으로 두릉으로 들어섰다. 황상은 만덕에게 스승을 만나면 갖추어야 할 예법과 묻는 말에 대한 답과 물어도 될 말, 묻지 말아야 할 말 등을 말해주려 하다가 입을 다물었다. 만덕은 초당을 떠나 두릉으로 오는 동안 묻지 않는 말을 하거나 앞서 묻지도 않았다. 그저 처음부터 걷는 걸음으로 뒤처지지 않게 걸었고, 가끔 경치를 둘러보는 듯 두리번거렸으나 동네를 지나거나 저잣거리에서도 한눈팔거나 제 마음대로 머물거나 움직이지 않았다. 황상이 미처 알아차리기 전에 만덕은 행동거지가 진중했고, 청년다운 기상과 단정한 태도로 듬직했다.

두릉은 황상에게도 낯선 곳이다. 열수가 마을을 감돌아 흐르고, 긴 산자락이 물가에 닿아 물속 깊숙이 용의 꼬리를 담고 있다. 어찌 보면 용이 물가로 나와 높은 산자락을 타고 하늘로 오르려 하는 기세를 보이기도 했다. 황상은 마을을 돌아보며 자신이 거하는 백적산 아래 동네를 떠올렸다. 거금도를 돌아 밀려온 바닷물이 백적산 아래로 거슬러 올라 칠량 바다를 이루고 탐진강을 만나 몸부림을 하는 곳이다. 들은 넓고 바다가 깊어 물산이 풍성했으나 제대로 배운 자가 드물어 그곳에서 나서 자라고 이름 없이 죽는 이가 거의였다. 용틀임의 기개는 없어 늘 아쉬움이 남았다.

황상은 정약용의 집 대문 앞에서 선뜻 들어서지 못하고 다시 망설였다. 두릉의 대문은 늘 굳게 닫혀 있었다. 누구도 주인 허락 없이는 집안으로 들어설 수 없는 곳이었다.

"누구시오? 두릉 사람은 아닌 것 같소이다."

바깥일을 마치고 돌아오던 하인이 의심하는 표정으로 황상을 두루 살폈다.

"강진에서 올라온 황상으로 스승을 뵈러 왔네."

"잠깐 기다리시오. 안에 기별해야 합니다요."

하인이 대문 안으로 들어갔다. 얼마가 지난 후 대문 안에서 예를 갖춘 옷차림의 사내가 서둘러 나왔다. 다산의 큰아들 학연이었다. 황상은 고개를 숙여 절했다.

"산석이옵니다. 스승님을 뵈러 왔습니다."

"어허, 그러네, 그렇구먼. 잘 왔으이. 어서 들어오시게."

학연이 앞장서자 황상은 주춤거리는 만덕의 손을 잡고 안으로 들어갔다. 정약용의 별채는 마당을 가로질러 작은 중문을 열고 들어서야 했다. 마당에 작은 수목들이 그득하고, 담 주위로는 냉해를 피하려는 듯 나무 밑동을 새끼줄로 엮은 과일나무들이 둘러서 있다.

"아버님, 강진에서 산석이 들렀습니다."

방문이 열렸다. 고개가 움츠러든 노인이 방문을 열었다. 다산 스승이었다. 황상은 서 있던 마당에 엎드려 절하며 울었다. 만덕도 황상을 따라 절했다.

"그래, 산석이구나. 산석이야. 잘 왔네. 잘 왔어. 내가 자넬 보고 싶었지. 어서 이리 들어오게."

방 안으로 들어와 다시 절을 마치고 자리에서 일어섰다가 앉았다. 다산의 얼굴은 거뭇거뭇하게 자리한 피곤이 역력했고 눈빛도 빛을 잃고 흐릿했다.

"시문에 전념했는가?"

다산은 먼 길을 온 제자 황상의 손을 잡고 물었다. 손으로 전하는 기운이 허약했다. 황상은 눈물이 솟구쳐 제대로 말을 이을 수 없었다.

"멈추지 말고 궁구해야 하느니."

다산은 황상의 얼굴에서 눈을 떼지 않았다.

"참으로 어려운 길이옵니다. 제자가 명석하지 못하니 앞으로 나가지도 못하고 그저 제자리이옵니다."

"시문이란 것이 그렇지."

"성과를 이룬 후에 들르려 했사옵니다."

황상은 스승의 회혼연에 대해 말하지 않았다.

"그래 성과가 있었는가?"

"성과를 기다리면 더 오래 뵙지 못할 것 같았습니다."

"그래, 그랬구먼."

다산은 고개를 끄덕이고 숨을 가쁘게 몰아쉬었다. 잠시 후 차를 마시고 천천히 만덕에게 눈길을 주었다.

"이 아이는 몇 살인고?"

만덕은 한참 망설이다가 황상이 답하지 않고 눈짓을 하자 마지못해 답했다.

"이제 지학志學은 지났고 약관에는 이르지 못했습니다."

"그런가? 아학편은 읽었는가?"

"읽었습니다. 지금은 스승께옵서 두고 가신 서책들을 읽고 있습니다."

"그래, 그렇구나. 잘하고 있다. 그리해야지."

다산은 잠시 눈을 감았다. 눈꼬리가 파르르 떨었다.

"으허, 어미를 닮았구먼. 이름이 무엇인가?"

"초당을 품은 만덕산 이름을 따서 만덕이라 부르고 있은즉 이제 이름을 얻고자 하더이다."

황상은 어재동댁의 말을 전했다.

"그런가? 그깟 이름 하나 얻어서 무엇할고……. 그냥 만덕이 좋을 것이네."

다산은 다시 눈을 감았다. 훗날 몸에 실린 아이가 오거든 이름이나 지어달라던 어재동댁이 눈에 선했다. 다산은 고개를 저었다. 죽지 않고 살아서 남겨진 운명처럼 제 뜻이 아닌 삶을 살게 될 때 가문을 담은 이름이 오히려 독이 될 것을 모르지 않았다. 만덕은 스승의 얼굴을 자세히 살폈다. 작은 입술이 곱상한 얼굴에 잘 어울리는 모습이었다. 아버지. 만덕은 속으로 읊조리듯 되새겼다.

밖에서 열수를 건너와 울 밖 회화나무에서 소쩍새가 울었다. 학연이 방으로 들어와 만덕을 데리고 밖으로 나갔다. 다산은 황상을 마주하고 앉았다가 자리에 누웠다. 황상은 스승의 손을 잡았다. 지긋하게 스승이 손에 힘을 주었다가 순간 풀려나가는 것을 느꼈다. 풍증으로 한쪽 눈이 제대로 닫히지 않는 듯 감았던 눈을 떴다 다시 감아도 한쪽 눈은 움직임이 없이 그대로였다.

"스승님, 저는 내일 이른 새벽에 떠날까 하옵니다."

"그래? 그렇게 해. 오늘은 내 곁에서 자게나. 내가 자네에게 할 얘기도 있고 해서."

황상은 스승의 곁에 우두커니 앉았다.

"사의재 곁 우물이 시원했지."

다산이 강진에 들어서던 첫날 황상의 아비 황인담이 데려간 동문 주막을 기억했다. 황상의 공부 값으로 가져온 말린 우럭에 새우젓으로 간을 한 주막집 여자의 솜씨를 떠올리며 입맛을 다셨다.

"남당포는 그대로인가?"

황상은 스승을 물끄러미 쳐다보았다. 스승이 어재동댁의 근황을 묻는 것처럼 느꼈다.

"들고나는 사람들이 넘칩니다요. 어재동댁이 그들에게 남다릅니다."

"그런가? 그럴 게야."

다산이 눈을 감고 깊은 숨을 내쉬었다. 남당포에 어물전포를 열고 지독하게 돈을 모을 때 다산은 아무 말도 없이 그저 어재동댁이 하는 대로 그냥 두었다. 장사는 하지 말라고 한마디 말을 더했더라면, 어재동댁은 초당에만 있었을 것이나 다산은 그에 관해 말하지 않았다. 독하게 돈을 모아 논을 사들였을 때에도 어떤 말을 하지 않았다.

"초당에 동백꽃이 피었겠지?"

동백꽃은 이미 피었을 것이다. 떠나올 때 꽃눈이 벌써 다소곳하게 들어선 가지들이 한둘이 아니었으니 지금쯤은 지천으로 번졌을 것이다. 다산은 동백꽃을 보고 있는 듯 미소를 지었다. 초당에서 백련암으로 이르는 길을 하루에도 여러 차례 거닐며 동백꽃들을 보았으니 이제 먼 곳에 있더라도 눈앞에 꽃들이 펼쳐져 있을 것이었다. 다산은 홍임이 두릉을 떠나는 날 그린 동백꽃을 별채 한쪽 벽에 붙여두고 보고 있었다. 홍임의 동백꽃은 아직 지지 않았다. 붉은빛 그대로였다.

어둠 속에서 소쩍새가 울었다. 깊은 밤 인기척도 없이 고요하고 적막한 두릉을 울리는 것은 소쩍새였다. 만덕은 학연이 내준 방에서 뒤척거리며 밤을 보냈다. 이른 새벽, 길을 다시 떠나기로 했으니 두릉 곳곳을 돌아보고 싶었으나 그러지 못했다. 마당으로 나갔으나 밖으로 통하는 문은 모두 잠겨 있어 함부로 열 수 없었다. 우두커니 쪽마루에 앉아 밤새 소쩍새 울음소리만 헤아렸다.

이른 새벽, 정약용의 방으로 가서 작은 밥상을 받았다. 다산은 자신의 밥그릇에서 한 숟가락 남기고 남은 밥을 만덕에게 덜었다. 간장을 두른 두부도 통째로 만덕의 밥상으로 옮겼다. 만덕이 짊어지고 온 마른 우럭을 찜한 반찬도 다산은 손대지 않고 만덕의 밥상으로 옮겼다.

"다 먹고 가거라."

다산은 숭늉으로 입을 가시고 자리로 물러나 등을 기대고 앉았다. 황상과 만덕이 상을 물리자 다산은 작은 꾸러미 하나를 펼쳤다. 『규장전운』 책 한 권과 붓과 먹, 부채, 돈 두 냥, 소량의 담배가 들어 있었다. 학연이 꾸러미를 챙겨 만덕의 손에 넘겼다. 황상이 고개 숙여 절하자 눈을 감고 있던 다산이 자리에 누웠다. 황상과 만덕은 두릉을 떠났다. 열여덟 해를 기다린 짧은 만남이었다.

두릉을 나선 지 이틀 후 황상은 다산 스승이 죽었다는 소식을 들었다. 황상은 그냥 돌아올 수 없었다. 황상은 가던 길을 멈추고 몇 차례 곡을 하고 다시 두릉으로 갔다. 만덕은 다산이 죽었다는 소식을 듣고도 울지 않았다. 하지만 저자에 들러 상복을 사서 입었다.

두릉 식솔들이 황상을 맞이하고 큰 소리로 일제히 곡을 했다. 만덕은 황상을 따라 사당으로 가서 사당에 늘어선 위패를 보았다. 황상이 도착한 다음 날 아침 만장을 앞세우고 뒷산 장지로 올랐다. 황상이 스승의 만장을 제일 앞에서 들었고, 만덕은 행렬의 끝에서 상여의 뒤를 따랐다.

황상과 만덕은 상복을 입은 채 강진으로 돌아왔다. 황상은 동문 옆 주막에서 술을 마시고 사의재에 앉아 통곡했다. 소문을 들고 찾아온 제자들이 상복을 입고 함께 통곡했다. 만덕은 초당으로 돌아와 스승이 거하던 방에 제청을 마련하고 곡을 했다. 처음에는 마른 목소리로 그저 어이어이 했으나 초당 주위 동백나무 숲으로 옮겨진 곡소리가 울려 되돌아오자 그만 눈물을 쏟으며 대성통곡 했다. 만덕의 곡소리는 그날 만덕산 곳곳으로 퍼지며 다산이 거닐던 발자국이 남은 산길과 골짜기 구석구석을 훑고 마침내 백련암으로 달려갔다가 되돌아와서 동백꽃에 부닥쳤다. 동백꽃들이 한꺼번에 후드득 쏟아져 온산을 붉게 물들였다.

에필로그

병신년(丙申年, 1836년) 정월 열이틀

파리외방전교회 모방Maubant 신부가 만주에 머물다가 조선 동지사의 마군이었던 조신철을 만났다. 조신철은 모방 신부를 앓아누운 사신단의 일꾼으로 위장하여 책문을 넘었고, 미리 기다리고 있던 정하상의 안내로 압록강을 건넜다. 보름 후 도성에 도착한 모방은 경기도와 충청도를 다니며 조선어로 세례를 베풀어 포교의 범주를 넓혀나갔다. 모방 신부의 추천을 받은 김대건, 최양업, 최방제 등이 북경으로 건너가 신부가 되기로 다짐하고 학습하기 시작했다.

같은 해 동짓달 모방과 함께 조선어를 공부한 샤스탕이 이광렬의 안내로 조선으로 넘어왔다. 샤스탕은 주로 서울, 경기가 아닌 더 남쪽으로 내려와 지리산 인근의 산골 마을과 바닷가 마을로 숨어들어 포교했다. 가는 곳마다 교우들에게 세례를 베풀었고, 교우들이 부리는 배를 타고 섬으로 들어가 홀로 기도하던 교우를 만났다. 어재동댁은 샤스탕을 만나 여계산 독곳과 마량, 거금도 교우촌 등을 다녔다. 교우들은 아기를 업고 다니며 사제의 말을 전하던 어재동댁이 이제는 아이를 내려놓고 어부 신부를 인도하고 다닌다고 인접 교우촌으로 전했다.

기해년(己亥年, 1839년) 팔월 열사흘

임금이 천주학쟁이들을 죽이라 명하였다. 서양인 앵베르 주교, 모방 신부, 샤스탕 신부와 정하상, 유진길을 추국하고 한강변 새남터에서 목을 베었다. 죄목에 이르길, 정하상은 유진길, 조신철과 모의하여 서양 신부를 맞이하여 교주로 삼았는데, 유진길은 역관이고, 조신철은 종이었다고 적었다. 이날 전국에서 천주학쟁이로 몰려 잡힌 자 중 배교하여 석방된 자는 48명, 참수형을 당한 자는 65명, 옥사한 자는 13명으로『기해일기』기록에 남았다. 정하상의 모친 유소사와 여동생 정정혜도 같은 날 참수되었다.

모방 신부와 샤스탕 신부는 교황청에 올린 보고서에 조선인 천주교 신자는 만 명이 넘는데 세례성사를 받은 이는 천이백 명, 견진성사를 받은 이는 이천오백 명, 고해성사를 한 이는 사천오백 명, 성체성사를 받은 이는 사천 명, 혼배성사를 받은 이는 사천 명, 병자성사는 육십 명, 예비 신자는 육백 명이라 썼다.

정약용이 죽고 난 후 홍임의 모녀를 도성에서 만났다는 기록이 있었다고 전하나 기해년 팔월 이후 어재동댁과 홍임, 만덕에 대한 기록은 전혀 남아 있지 않아 확인할 수 없다.

작가의 말

어느 땅에서든 믿음을 지키며 순교의 자리에서 물러서지 않고 고통을 이겨낸 경건은 찬미 받아 마땅하다.

이존창 루도비코의 삶을 묵상하는 다섯 해 작업 기간 중에 작가는 공주 금강 인근 황새바위 성지에 수시로 올라 믿음을 굳건히 지킨 이들을 찬미하면서도, 물러서서 후회하고 슬퍼하며 돌아서서 이름 없이 스러져간 이들과 함께 지냈다. 그것은 그동안 작가도 수없이 물러서고 후회하고 고통받았기 때문임을 밝힌다.

장편소설 『루도비코의 사람들』을 독자의 몫으로 조심스럽게 세상에 내놓는다. 이 작품 속의 인물들은 역사적 실재에 근거했거나 기존 선행연구자들의 연구서에 기댄 바 적지 않으나 이 소설은 온전히 작가의 여행과 답사와 상상에 근거했으니 작가의 몫임을 밝힌다. 그럼에도 정민 교수의 『삶을 바꾼 만남』과 에스라수학교육동역회가 공동집필한 『수학, 성경과

여행하다』는 큰 도움이 되었다. 또한 작가는 황새바위 성지 앞에 교문을
낸 학교에서 공부하며 집필할 용기를 얻었다.

발랄하고 흥미진진한 작품도 뒷전으로 밀리는 출판 현실에서 이 이야길
선뜻 출간하는 달아실출판사 박제영 주간에 경의를 표할 뿐이다.

2024년 봄

김홍정 씀

달아실한국소설 18

루도비코의 사람들

1판 1쇄 발행	2024년 3월 31일
1판 2쇄 발행	2024년 7월 30일

지은이	김홍정
발행인	윤미소
발행처	(주)달아실출판사

책임편집	박제영
편집위원	김선순, 이나래
디자인	전부다
법률자문	김용진, 이종진

주소	강원도 춘천시 춘천로 257, 2층
전화	033-241-7661
팩스	033-241-7662
이메일	dalasilmoongo@naver.com
출판등록	2016년 12월 30일 제494호

ⓒ 김홍정, 2024
ISBN : 979-11-7207-007-6 03810